JN049356

月の見えない夜に

千歳朔 [ちとせ・さく]
学内トップカーストに君臨するリア充。
元野球部。

柊夕湖 [ひいらぎ・ゆうこ]
天然姫オーラのリア充美少女。
テニス部所属。

内田優空 [うちだ・ゆあ]
努力型の後天的リア充。吹奏楽部所属。

青海陽 [あおみ・はる]
小柄な元気少女。バスケ部所属。

七瀬悠月 [ななせ・ゆづき]
夕湖と男子人気を二分する美少女。
バスケ部所属。

西野明日風 [にしの・あすか]
言動の読めない不思議な先輩。
本好き。

浅野海人 [あさの・かいと]
体育会系リア充。
男子バスケ部のエース。

水篠和希 [みずしの・かずき]
理知的なイケメン。
サッカー部の司令塔。

山崎健太 [やまざき・けんた]
元・引きこもりのオタク少年。

上村亜十夢 [うえむら・あとむ]
実はツンデレ説のあるひねくれ男。
中学時代は野球部。

綾瀬なずな [あやせ・なずな]
あけすけな物言いのギャル。
亜十夢とよくつるんでいる。

岩波蔵之介 [いわなみ・くらのすけ]
朔たちの担任教師。適当＆放任主義。

プロローグ　私の普通

ずっと普通に生きてきた。

人より優れたところはほとんどないけれど、際立って劣ったところも多分そんなになくて。

かけがえのない友達はいなくても、ときどきクラスの子から頼られる程度には馴染（なじ）んでる。

とりわけ好かれることはないし、むやみに嫌われることもない。

毎日はただ密（ひそ）やかに慎ましやかに過ぎていって、胸が高鳴るような出会い（できごと）を求めないのと引き換えにして、突然ひとりぼっちになるような哀しみを遠ざけた。

普通でいいんだと、自分に言い聞かせるみたいに。

普通が幸せなんだと、証明しようとしてるみたいに。

だから自分のまわりを透明な壁で囲いながら。

誰の心にも触れない代わりに誰も私の心に触れないでって。

そう、願ってるふりをしてた。

泣きじゃくったままの小さな女の子を、愛想笑いに閉じ込めながら。

だけどあの日、あの教室で。

私はあなたと出会ったの。

それまで話したこともなかったくせして、ずけずけとやわらかいところに土足で踏み込んできて、鍵をかけていた引き出しを勝手に開けて。

いま思いだしてみても、第一印象は大っ嫌いな男の子。

だけどあの日、あの夜の片隅で。

私はあなたに見つけてもらったの。

本当は望んでなんかいなかった普通という言葉を、本当はずっと息苦しかった生き方を、本当は大切にしたかった記憶を。

真っ暗闇を、照らし出してくれたから。

いま思いだしてみれば、そっと小指に絡めたのは、きっと……。


だから見えない月に願ったよ。

私はあなたにとっての特別じゃなくていい、恋人でも親友でもなくてかまわないから。

たとえば困ったとき、最初に名前を呼んでもらえるような。


——ただ普通にそばにいられたら、そういうのでいい。

五章　散らばる涙色の万華鏡

　月の見えない青に青を重ねて、哀しみの色まで塗りつぶしてしまえたらいい。

　きしきしと軋む夕焼けが泣き疲れたようにまぶたを閉じ、あたりは薄く藍に染まっていた。

　夏の日の余韻がまだ名残惜しげに漂うちっぽけな暗がりじゃ、目を背けたいものひとつ覆い隠してはくれないみたいだ。

　あの教室へと続く通学路の見慣れた鉄塔も、星のあいだをまたぐような電線も、誰かの帰りを待つ民家のやわらかな灯りも、そして、遠く置き去りにしてしまった面影も。

　滲んで溶け込むどころか、中途半端な宵闇にかえってありありと輪郭を浮き立たせている。

　ぽちゃ、ぽちゃ、ぽつん。

　まるであふれた涙の行き止まりみたいに、小さな水門の端で小さな水音が繰り返し響く。

　さっきまで顔を押しつけていたひざ小僧がじっとり湿って、黒いスラックスに艶めく濡羽色の染みをつくっていた。

　ああ、こんなふうに、と丸まった背中をなでていく臆病風に願う。

　もっと、深く。

伸ばした指先さえもかすんでしまう真夜中の底まで連れ去ってくれ。

情けない言い訳の在りかも手探りできない青の終着点に転がしてくれ。

なんて、夕暮れの届かない逃げ場に鍵をかけてひとりぼっちになろうとしても、

――るろう。

そのやさしい音色が、どこにも行かせないと言わんばかりに、俺を包み込んでいた。

*

どれぐらいの時間が流れただろう。

いつしか、サックスの演奏は終わっていた。

ほんの一曲分かもしれないし、もしかしたらわずかな静寂(すきま)さえつくらないように何曲か吹き続けてくれていたのかもしれない。

そっとハンカチを差し出すような最後の一音が、耳の奥にじんと残っている。

俺はブレザーの袖口で何度も入念に目許をぬぐってから、くしゃりと乱れた前髪を手ぐしで整え、静かに深呼吸した。

もう大丈夫の準備を終えて、ようやく、怖ずおずと視線を移動させる。

情けなさや恥ずかしさや後ろめたさでまともに見られなかった女の子の後ろ姿は、いつもと変わることなく凜としてたおやかだった。

さらりと涼しげな夜風が吹き、スカートの裾が小さくなびく。

ぱたぱた膨らむ半袖シャツの奥にある背中は、息ひとつ乱していないように凪いでいた。

その美しさに唇を噛みしめながら、なにか、と思う。

冴えないジョークでも、下手くそな強がりでもへらへらした作り笑いでもいいからなにか、口を開かなければいけない。

そうして立ち上がってありがとうとさよならを伝えたら、ため息ひとつ残さないようにこの場を後にしないといけない。

だというのに、ふと——。

サックスのストラップがきゅうと食い込み、汗ばんだ髪の毛がべたりと張り付いた細い首筋が目に入って、とたんに言葉が出てこなくなってしまう。

背負わせて、しまった。

身勝手な弱さを、甘さを、狡さを、哀しさを、後悔を、過ちを。

こんなところにいていいはずがないのに。

内田優空が、泣いてる柊夕湖を放っておいていいはずがないのに。

そうやってぐるぐると、いつまでも同じ場所で回り続けているのを見かねたように、あるいは、見守るように。

「朔くん」

どこまでも耳慣れた声が俺の名前を呼ぶ。

優空はそのままくるりと振り返って、

「いっしょに帰ろっか」

ふありと微笑んだ。

っ、なんで、そんなふうに。

聞きたいことは山ほどあるけれど、いまの自分にはその資格さえもないような気がして、

あ、ぐ、とほとんど音にもならない呻きを口の中で転がしてしまう。

「晩ご飯の材料、買って帰らないとね。夏勉（なつべん）前にお肉とか全部使い切っちゃったから」

サックスをケースにしまいながらさらりと優空（ゆあ）が続けた。

「今日の夜はなにかリクエストある？」

まるで買い出しの最中みたいに、地続きの日常みたいに。

「いや……」

ようやく、俺はまともな言葉を発した。

「頼めないよ、もう」

心のなかにあるなけなしの冷静な部分を絞り出すように伝える。

だというのに優空は、

「どうして？」

まるでわざとはぐらかすような顔でこちらを覗（のぞ）き込んできた。

どうして、って。

俺はうつむきがちにぎゅっと拳（こぶし）を握る。

わざわざ確かめなくても、理由なんてひとつしかないのに。

だって優空はこう言っているのだ。

いつもどおりふたり並んで家に帰って、仲よくご飯を食べようと。

どうしようもなく夕湖（ゆうこ）を傷つけた、その夜に。

「わかってるだろ、言わせないでくれ……」

目を伏せながらかろうじてそう答えると、またきょとんとした反応が返ってくる。

「夕湖ちゃんの告白を断ったから、ってこと？」

「……っ」

それっておかしいと思うな、と優空は言った。

「気持ちを受け入れたならわかる。恋人ができたら、他の女の子とそういうことをするのはもちろんよくないよね」

だけど、と続く声が、どこか淡々として聞こえる。

「朔(さく)くんは私を含めたみんなの前できっぱり夕湖ちゃんを振ったんだよ。だったら誰となにをしようと、負い目を感じる必要なんてあるのかな？」

「優空……」

理屈の上では、確かにそのとおりだ。

これは、そこらへんの学校をひっくり返したらじゃらじゃらと零(こぼ)れ落ちてくる、ありふれたひとつの恋の結末。

昨日も、今日も、明日も明後日もきっと、どこかで男の子か女の子が想いを告げて、届かずに、ひとり涙しているんだろう。

あいにく誰かが哀しむために時計の針は止まってくれなくて、家に帰って頭からシャワーをかぶり、味のしないご飯を食べ、ベッドにもぐりこんでもう一度泣き、けっきょく眠れない夜をやり過ごしても、なにひとつ変わらず世界は続いていく。

だからまた顔を洗って、歯を磨いて、新しい次の毎日を、って。

「……そんなふうには、割り切れないよ」

必死に堪(こら)えても震えだしそうな声で、俺は伝えた。

からからに乾いた口の中がべたりと粘(ねば)つく。

間違っているんだろう。

差し伸べられた想いを突き返した側がこんな気持ちになるだなんて。

それでも、どれほど強がり誤魔化(ごまか)してみたって胸の奥には確かな傷口がぱっくり開いていて、そこからだくだくと真っ赤な未練(こころ)が流れだしている。

『あいにく特定の彼女はつくらない主義なんだ』

お得意の軽口でうやむやにしてしまえたらよかった。

『恋人にはなれないけど、これからも友達でいよう』

薄っぺらい駆け引きでせめてもの応急処置ができればよかった。

だけどあの真っ直ぐな瞳に、言葉に、心に。

——答えを出さなきゃ、夕湖が好きになってくれた千歳朔でいられないと、思った。

「なんて」

優空がふふといたずらっぽく笑った。

「わざと意地悪な言い方しちゃった。私、朔くんにも夕湖ちゃんにもちょっと怒ってるから」

どこか満足げにちょこんと首を傾ける。

さすがに俺も、さっきの言葉が優空の本心じゃないということぐらいはわかっていた。

より正確に言えば、裏に伝えたいべつの意味が隠されているんだろうと。

ただ、それを汲み取ろうとすることも、追いかけてきてくれた理由を考えることも、こうしていっしょにいることだって……。

「勘弁してくれ、本当にいまはしんどいんだ」

俺はうなだれるように言った。

「ありがとうな優空。サックス、心に染みた。だからもう」

「——さよならは、言わせないよ」

どこか咎めるような口調で優空が断じる。

それからふありと優しく、

「そういう感情にひとりで浸ってほしくはないから」

黄色いたんぽぽのように微笑（ほほえ）んだ。

聞き覚えのある台詞（せりふ）に、きゅうっと胸が切なく痛む。

似ているようで違う向日葵（ひまわり）の笑顔が頭に浮かび、それがいま頃は土砂降りの雨に打たれて哀しそうにうつむいているのかもしれないと考えたら、いてもたってもいられない。

駆けつけることなんて、もうできやしないのに。

だから、せめて、ひとりきりで、

「お前が言うなって思われるかもしれないけど、やっぱり夕湖（ゆうこ）に悪い」

傷つけた分だけ、俺も傷つくぐらいのことはしよう。

どのみち夏休みのカレンダーは、もう真っ白だ。

そんなことを考えていたら、

「——きゅいっ」

一歩、二歩と近づいてきた優空（ゆあ）の細い指先が俺の首筋に触れ、まるでサックスのキイをそっと押さえるように優しく力をこめてきた。

「あのな、いまふざけてるような気分じゃ……」

「朔くんて」

　こちらの反応を無視して、優空はくすくすと笑う。

「夕湖ちゃんのこと、なーんにもわかってないんだね」

　どういう、と問い返そうとしたところで、言葉が続いた。

「もしもこのまま家に帰ったら、ちゃんとお風呂入る？　ご飯食べる？　ゆっくり、は眠れないかもしれないけど、ベッドに入って目を瞑る？」

　痛いところを突かれて、俺は思わず顔を背けてしまう。

　そんなことはきっとできないし、するつもりもなかった。

「ほらね」

　優空が呆れたように言う。

「どうせ真っ暗な部屋の隅っこでひざを抱えたりするつもりだったんだよね？　朝が来てもカーテンを閉めたまんま、それこそ体調が崩れてもかまわないって。ううん、もしかしたらそうなることを望んでさえいるみたいに」

「――ッ」

　ほとんど、図星みたいなものだった。

　どれだけ俺が哀しんでみせたところで、それはいったい夕湖の何十分の一だろう。

だったら、せめて、苦しむぐらいは……。

その考えの行き着く先が優空の口にしたような状況だったとしても、いまの自分なら不思議じゃない。

「朔くんはさ、本当に夕湖ちゃんがそんなことを望んでると思うの？」

ゆっくり顔を上げると、ぴりり睨みつけるような視線が突き刺さる。

「大好きな人が、自分のせいで哀しみに暮れて、苦しんで、ぼろぼろになって、『私のために傷ついてくれた』って喜ぶのかな？」

「それ、は……」

断じて違う。

優空の言葉に、思わずはっとした。

俺がそんなふうになっていることを聞いたら、夕湖は「私のせいで」ってまた哀しんで、苦しんで、いっそうぼろぼろになってしまうかもしれない。

……そういう、女の子だった。

けっきょく、とぎりぎり歯を食いしばる。

自分を罰して自分が赦されたがってるだけじゃねえか。

薄っぺらい懺悔ごっこを繰り返したところで、口にした言葉も、下した決断も、取り消せたりはしないのに。

だから、と優空がやさしく目尻を下げた。

「いまは私が朔くんの隣にいるの」

俺は一度大きく息を吸って、吐く。

ずっと握りしめていた拳を緩めてから言った。

「ごめん。約束するよ、馬鹿な真似はしない」

「はい、約束してください」

優空はこくりと小さくうなずき、

「じゃあ、お買い物して帰ろっか」

サックスのケースをかついだ。

「いや、本当にもう大丈夫だ。さすがにいまから自炊って気力はないけど、ちゃんとご飯も食べるからさ」

ふるふると、優空が首を小さく横に振って、どこか含みのある笑みで言った。

「ううん、これはまた別件」

「別件って……」

「ふたりがそうしたように、私も私のしたいようにするってこと。もし本当に嫌だったら、力ずくで家から追い出して鍵かけてくれていいからね」

「……その言い方は、ずるくないか」

だって、できるわけがない。

まだ真意は測りかねているけれど、事実として親友を振り切ってまで追いかけてきてくれた優空(ゆあ)をないがしろにするだなんて。

やさしさに甘えるだけ甘えて、多少なりとも持ち直したらすぐお払い箱だなんて。

いつもだったらこんな二択を迫ったりしないのに、どうして、今日は……。

まるで俺の心を覗(のぞ)いたように優空が背を向けた。

「言ったでしょ？　私、ちょっと怒ってるの」

振り返らずに歩き出す後ろ姿からは、その言葉にいったいどんな想いがこめられているのか読み取ることはできない。

まだ踏ん切りはついていなかったけれど、暗い道をひとりで行かせることもできなくて、俺もそのへんに転がしていた鞄(かばん)を手に取る。

ふと、空を仰いだ。

厭(いや)みったらしいほどに満天の星々を辿(たど)って、新月の夜に、祈る。

七瀬(ななせ)、陽(はる)、和希(かずき)、健太(けんた)、そして、海人(かいと)。

――誰でもいいから、どうか。

夕湖のそばに、いてあげてほしい。

＊

泣いても泣いても泣いても泣いても涙は止まってくれなくて、痛くて痛くて痛くて痛くて心が張り裂けそうだった。

「……っぐ、っひ、っひ、うぇ、ごほっごほっ」

私、柊夕湖は学校から家の方角に向かって、人通りの少ない裏道を歩き続けている。

いつもならどこかでお母さんに車で拾ってもらうのに、さっきから何回もスマホが震えているのに、なにも考えられなかった。

とにかくじっとしていたら大事なものがぷつんと切れちゃいそうで、そうなったら同じぐらい大事な人たちにたくさんの迷惑をかけちゃいそうで、ただただ自分を繋ぎ止めるためだけに足を動かしている。

肩にかけていたバッグがずり落ちてさっきから肘（ひじ）に食い込んでいるけど、それをかつぎ直そうという気力すら湧（わ）いてこない。

何度も目許（めもと）をこすった手の甲には、溶け出したファンデーションがべったり張りついている。

「っつぁ、なんで、なんでぇ……」

なんでこうなっちゃったの。
なんで伝えちゃったの。
答えなんて、最初からわかってたのに。
理由はある、決断したのも自分だ。
だけど、やっぱり、どうしても、

「……なんでぇ」

全部なかったことにしてやり直したいって後悔が次から次へと溢（あふ）れてくる。
終わっちゃうことがこんなにつらいなんて思わなかった。

大好きな人を傷つけることがこんなに苦しいなんて知らなかった。

『ばいばいみんな、また二学期にな』

やだよ待ってよ朔、そんなこと言わないで。
泣いてるように笑わないで。
私を置いてかないで。
ばいばいなんて聞きたくない。
いつもみたいに、くしゃっとした、

――ッ。

ああ、そっか、もう。
あの笑顔は見れないんだ。
また明日なって、言ってくれないんだ。
学校が始まっても、ふたりでいっしょに帰れないんだ。
公園に寄り道しておしゃべりできないんだ。

寂しい夜に電話して、声を聞かせてもらえないんだ。
休みの日に無理矢理デートに連れ出すことも、いつか食べてほしいと思ってた手作りのお弁当も、お家に招待することも、大好きって想いを届けることさえ――、

もうなにひとつ、私はしちゃいけないんだ。

それが、失恋するっていうことなんだ。

『俺の心のなかには、他の女の子がいる』

これから先、
朔（さく）の隣で笑っているのは私じゃなくて、
朔を笑わせてあげられるのは私じゃなくて、
朔がつらいとき支えて、慰めて、叱（しか）って背中を押してあげられるのは、
朔と手を繋（つな）ぐのは、
朔が見つめるのは、
朔の、トクベツになるのは、

――私じゃない、女の子。


「っく、うっちぃー」

堪えきれずに、大切な親友の名前を口にする。

ねえ、いますぐにでも。

話を聞いてほしい、ぎゅって抱きつかせてほしい、いつもみたいにやさしく微笑んでほしい、夕湖ちゃんって名前を呼んでほしい。

だけど、だけど……。


朔が教室を出ていったとき、みんな、なにも話せないし動けなかった。

私はただぼんやりと、大好きな人がひとりでくぐっていったドアを眺めていた。

そのまま何十秒かが過ぎて、

――タンッ。

誰かが一歩踏み出す足音が教室に響く。

ほとんど無意識にそっちを見たら、うっちーが机の上に置いてある自分の鞄を摑んでいるところだった。

涙でにじんだ視界のなかで、ふと目が合う。

ほんの一瞬、泣き出しそうに顔を歪めたうっちーは、ぎゅっと眉間に力を入れて私の横を駆け足で通り過ぎ、それから一度も振り返らずに朔と同じドアをくぐっていった。

思わずその背中を追いかけそうになって、ひざが小刻みにかたかた震える。

私は、いっしょに、行けない。

……そっか、うっちーも。


ちゃんと選んだんだね。

ううん、きっとずっと前からもう、決めてたんだね。

朔の、隣にいるって。


ぺたんと、気づいたら私はその場にしゃがみ込んでいた。

悠月が、陽が、海人が、慌てて駆け寄ってくる。

健太っちーは心配そうにおろおろしていて、和希は無表情で机に腰かけている。

だけどすぐになにも見えなくなって、なにも聞こえなくなってもう、なにも。

だって、だって、だって、

「うわあああああああぁッ――――」

心から大切に思える親友と、好きな人が、同時に私の前からいなくなっちゃったよぉ。

「っぐぅ」

あの瞬間の気持ちがよみがえり、また足下から真っ黒でどろどろした絶望がこみ上げてくる。

朔と、うっちーと、みんなと過ごした毎日、心から愛おしく想っていた関係、この四日間の思い出だって。

全部、私が壊しちゃった、だいなしにしちゃった。

その事実に、重さに、頭のなかがぐちゃぐちゃになってしまいそうだ。

朔、ありがとうって言ってくれたのに。

いっしょに過ごせて楽しかったって。

……あんなに、無邪気な、笑顔で。

がつっと、ローファーのつま先が歩道の段差に引っかかり、そのまま力が抜けてひざから崩れ落ちそうになる。

「夕湖（ゆうこ）ッ!!」

間髪入れずに、聞き慣れた声が私の名前を呼んだ。

ごつごつとして力強い手が、後ろから肩を摑（つか）んで支えてくれる。

私はゆっくりと振り返り、

「海人（かいと）ぉ……」

すがるようにそのシャツをぎゅっと握りしめた。

朔（さく）とうっちーが教室を出て行ったあと、どれだけ泣いてもおさまらなかった私を見て、悠月（ゆづき）が「家まで送るよ」と言ってくれた。

隣では陽（はる）が真（ま）っ直（す）ぐ私の目を見て、こくっと真剣な表情で頷（うなず）く。

「っづ、ごめん、ごめん、ごめんねぇ」

だけど私は、このままみんなといっしょにいたら余計に哀しみが降り積もっていくように思えて、優しく背中をさすってくれていた悠月の手から逃れるように教室を飛び出した。

「「「夕湖ッ!!」」」

みんなの声が痛いほどに響いたけど、昇降口まで走って、走って、走って、走った。

それでも学校を出てしばらくしたところで、後ろから足音が追いかけてきて、追いついて、私の横で止まる。

「あのよっ……これ」

そう言って、青いスポーツタオルが差し出された。

「使ってないやつだから」

「……かいと、もう大丈夫だから。お願い、ひとりに」

「絶対！」

歯を食いしばって目を伏せながら、でもはっきりとした声が響く。

「話しかけたりしねえからさ。後ろついてくことだけ、許してくんねえかな」

「でも、でも、私のせいで海人もっ——」

「んなこと気にすんな。前々からあいつには隙を見て一発お見舞いしてやろうと思ってたんだ。それに、いまの夕湖をひとりにしたら、今度は俺が朔にぶん殴られちまうよ」

無理してにかっと笑う男の子に、私はかくんと小さく頷いた。

……それからずっと後ろで見守ってくれて、転びそうになった私を支えてくれたのに、

「なんでッ!!」

気づけば、私は海人の胸をぼすぼすと叩いていた。

「なんで、どうして、殴ったりするのぉ」

「夕湖……」

言っちゃいけないことを言ってる自覚はあるのに、それでも一度漏れてしまった感情は止まってくれない。

「ひどい、ひどいよ海人。あんなことしたら、朔の居場所がなくなっちゃう。もう私たちの、ううん、みんなのところに帰ってこれなくなっちゃう」

小指越しに伝わる体温があたたかくて、あたたかくて、どうしようもなくいたかった。

「うっ、うぅ、っぐ、ごほごほっ」

海人は後ずさることも、私の腕を摑むことすらせずにじっと立ち尽くしている。

「なんで、すぐに朔を追いかけてくれなかったの!? 親友なのに、私のとこになんて、来なくていいのに。そしたら、そしたらさァ……」

そのたくましい胸に両手を押し当てたまま、体重を預けるようにうつむいた。

ぽろぽろと滴る涙が、いつのまにか薄暗くなった地面に吸い込まれていく。

ふと、固く握った海人の拳がわなわなと震えていることに気づいた。

「ごめん、ごめんな夕湖」

その言葉に思わず顔を上げて、

「なんでッ!!」

私はもう一度同じ言葉を繰り返す。

「なんで海人が謝っちゃうの、なんも悪くないのに。こんなのただの八つ当たりで、全部ぜんぶ私のせいなのに。どうして、海人がッ！」

「それでも、ごめん」

へにゃっと、海人がやさしい顔で言った。

「俺のせいで、夕湖をよけいに傷つけちまった」

そんな、こと……。

目の前にいる、どこまでも真っ直ぐな男の子は。

ただ私のために怒ってくれて、私を心配してくれて、いまこうして私のために哀しんでくれているだけだ。

誰がどう考えたって理不尽な言葉をぶつけられているのに、呆れてくれていいのに、いいかげんにしろって怒ってくれたらいいのに。

どうして、私を安心させるように、笑ってくれるの？

ああ、もしも、初めて好きになったのがこの男の子だったなら。

きっとひとかけらの不安も嫉妬も抱かないまま、大好きって叫び続けられたのに。

――それでも。

目の前にいるのが朔だったらいいって思ってしまう私は、やっぱり、嫌な女だ。

なにか今日とはぜんぜん違う理由で傷ついて、泣き出して逃げ出して、それを追いかけてきて後ろから抱きしめやさしい言葉をかけてくれるのがあの人だったらいい、なんて。

狂おしいほどに望んでしまうことは、間違っているんだろうか。

「ごめんね、海人ぉ」

だから私はただ、謝ることしかできない。

「ひどいこと言って、ごめんねぇ」

へっ、と短い笑いが返ってきた。

「もやもやしてるときは、枕でもクッションでもなんでもいいから、ぼかすか殴って発散するに限るぜ。夕湖のそういうものになれたなら、追いかけてきてよかったよ」

まるで空元気みたいに明るいその声を聞いて、私は思わずはっとする。

「っ、いっぱい叩いてごめん。自分ばっかりがつらいような顔してごめん。海人だって痛かったよね、苦しかったよね」

もっと早く気づかなきゃいけなかった。

この人は、一年生のときからずっと、朔の親友だったんだ。

毎日いっしょに馬鹿やって、肩組んで、笑って。

「ばーか、これでもバスケ部の頼れるエースだぜ。夕湖のほっそい腕でいくら叩かれたって、こんなの痛くもなんとも……」

空元気のような言葉が途中で途切れて、

「痛く、ねえよ……っ」

もう一度、そう繰り返した。

まるで必死に感情を押し殺してるみたいに、自分に言い聞かせるみたいに。

「海人、海人ぉっ」

そのあったかい胸に顔を埋めて泣きじゃくりながら、祈る。


――ねえうっちー、どうか、どうか。

朔のそばに、いてあげてね。

＊

最低だ。

最低だ最低だ最低だ。

私という女は、七瀬悠月という女は――――ッ。

夕湖を追いかけて海人が教室を出たあと、

「俺たちも、帰ろう。この面子が残ってても仕方ない」

水篠がどこか冷めた声で告げる。

まるで部外者だと言われているみたいだったけど、事実、私はただの部外者で傍観者だ。

とても真っ直ぐ家に帰る気にはなれなくて、陽とふたりで東公園に寄った。

Tシャツと短パンに着替えた相方は街灯の頼りない明かりの下、さっきから一心不乱にシュート練を続けている。

私はベンチに座ってぼんやりとその様子を眺めながら、繰り返し自分を罵っていた。

……最低だ、本当に。

教室での一幕が何度も、何度も、脳裏によみがえってくる。

夕湖が千歳に告白するんだと悟ったとき、ぞわりと血の気が引く真っ青な恐怖に襲われた。

ああ、やっぱりだ。

私が気取ったやり方で少しずつ距離を詰めようとしているあいだに、あの子は。

ぴょんと月に向かって跳んでしまった。

あれ、もしかして。

私の初恋はここで終わり、なの……？

夕湖の想いが成就するところを目の前で見届けて、よかったね、おめでとうって笑わなきゃいけないの？


ちょっと待ってよ、そんなに、あっけなく。

あの日、千歳に救われたあの瞬間、思いだすと痛々しいぐらいに初心だけど、確かに私は本物の恋の物語のヒロインになった気分でいた。


運命だって。

この人に出会うために生きてきたって。

私の一生を捧げるって。

他にはもうなにもいらないって。

だから、頭ではこういう日が来るかもしれないと正しく理解していても。

毎晩ブランケットに包(くる)まって描く未来では、いつだって自分が選ばれていた。

友達と同じ人を好きになって、ときにはけんかして、仲直りして、怒ったり泣いたりしながらも、最後には千歳と結ばれるって、そんなふうに、ありふれたハッピーエンドを……。

進学先はふたりで決めよう。

同じ大学にするかはともかく、せめて都道府県ぐらいは合わせないと遠距離はつらい。

できれば県外に出てみたいけど、千歳が望むなら福井大学でもぜんぜんいいや。

現実的には金沢か京都か、思いきって大阪名古屋？

東京、は西野(にしの)先輩がいるんだろうしちょっと心配だけど、ああ見えて古くさい男(ひと)だから、浮気なんて美学に反する真似(まね)はしないよね。

けど、おんなじ理由でいきなり同棲ってのは断られそうだな。

まずは二年間。

それぞれにひとり暮らしをしながら、週末や寂しい夜には互いの家を行き来しよう。

うっちーに見劣りしないぐらい、料理の腕を上げておかないと。

二十歳になったら、私たちらしくとびきり気障なバーで乾杯。

ときどきはいっしょにお風呂に入って、いちゃいちゃしながら背中を洗いっこ。

ベッドのなかでは泣きたくなるほどぐちゃぐちゃに愛されたい。

そうして三年目の春、ご両親にあいさつを済ませたらいよいよふたりで生活、なんて……。

たとえ幼稚な妄想だと笑われても、仕方ないじゃん。

どれだけ達観してるように振る舞ってみたところで、やっぱり自分を中心に置いてしか世界を眺めることはできなくて、わざわざ哀しみに暮れる姿なんか思い浮かべたくはないからいいほうへいいほうへ想像を膨らませていくうちに、だんだんと本当に訪れるいつかみたいに錯覚し始めたって、仕方、ないじゃん。

もしかしたら青春時代にありがちな根拠のない万能感、ってやつなのかもしれない。

それでも私なら、七瀬悠月なら。

月だって撃ち落としてみせるって、そう思ってた。

だからこそ。

まだ私が登場してさえいない舞台の上で、私の知らない劇が勝手に進んでいく置いてけぼりの寂しさに、下から見ていることしかできない悔しさに、無力感に――。

恥ずかしくて恥ずかしくて消えてしまいたかった。

こんなことなら、と味のしなくなったガムを道端へ吐き捨てるように思う。

いっそ頬よりも唇を奪ってしまえばよかった。

軽薄ぶってるくせして身持ちが固い彼の、多分、最初の女になれたのに。

西野先輩にも、陽にも、塩を送ったりしなければよかった。

どうにか今日をやり過ごしたところで、次にあっけなく私を跳び越えていくのはこのふたりかもしれないのに。

うっちーと陽がいるあの部屋のベランダで、抜け駆けして想いを告げちゃえばよかった。

本気で悩んでくれるって、言ってたのに。

夕湖に聞かれたとき、私も朔が好きって宣戦布告すればよかった。

やさしい友達が、踏み出すことをためらったかもしれないのに。

……なん、て。

そんな浅ましい私じゃ、誰彼かまわず手を差し伸べてしまうあの人にふさわしくないから。

胸張って隣に立っていられないから。

仮に過去へ戻れたとしても、きっと同じ選択をするんだろう。

ううん、それも半分はお上品な言い訳だ。

私は、踏み出すことが、恐かった。

好きな人の好きな人になれる明日と、好きな人に好きと言えなくなる明日。

両方を天秤(てんびん)にかけてみたら、あっさり後者に傾いて。

真(ま)っ直(す)ぐに大好きと叫べる気高さを、私は持っていなかったから。

もっと勝率を上げて、確実に決められる場面で。

美しい弧を描き、音もたてずリングに吸い込まれるようなシュートを……。

いつか、ウミ(陽)に言われたことがあるっけ。

そうやってきれいに決めようとしすぎて判断が遅くなる、って。


——ああ神様、どうかもう少しだけ。


私に時間をください。

ありがとうも、ごめんねも、おはようもおやすみも、千歳(ちとせ)も朔(さく)も好きも嫌いも大好きも、それから愛してる、も。

まだまだあなたに届けたい言葉がある。

十年後にいまを後悔したくなんてない。

一生に一度の恋を、遠い日の甘酸っぱい思い出になんてしたくない。

この胸にある想いは、ひと夏の花火なんかじゃない。

どうか、どうか、どうか――――。

『わりぃ、夕湖の気持ちには応えられない。
俺の心のなかには、他の女の子がいる』

だから、
その言葉を聞いたとき。
どうしようもなく心は浮き立ってしまった。

私の恋は終わらない。

きっと精一杯の心を込めたやさしさで、くしゃっと笑う千歳を見て。
きっと最後の勇気を振り絞った強がりで、おどけて笑う夕湖を見て。
ただただ、私は、途切れなかった赤い糸を思い描いていた。

千歳は、はっきりと。
心のなかに他の女の子がいると言った。
それが夕湖じゃないのなら、もしかして、もしかして。

――私かも、しれないんだ。

甘い夢想に、浸って、しまった。
目の前にいるふたりの気持ちなんて置き去りにして。
とくんとくんと、こっそり胸を高鳴らせていた。
だけど、

『……でも、やっぱり』

『朔じゃなきゃ、やだなぁ』

流れた夕湖の涙があまりに美しくて。
真っ直ぐ自分の心と、恋と向き合って、大好きな男の子に大好きと伝えて、想いが届かなかったそのあとも、大切な人を困らせないようにと笑いながら、それでも抑えきれずにこぼれてしまった言葉があまりに尊くて。

——私は、なんて、さもしい女なんだろう。


そう自覚した瞬間、言いようのない罪悪感が押し寄せてきた。

ついさっきまで覗き込んでいた足下の抜けるような絶望に、いま、夕湖が呑み込まれているというのに。

その哀しみを、痛みを、涙を、私は理解してあげられるはずなのに。

なにより愛する人が、いま傷ついていないはずがないのに。


最低だ。

最低だ最低だ最低だ。

私という女は、七瀬悠月という女は……っ。


そうして結局、うっちーが迷わずに千歳を追いかけていく背中さえ、茫然と見送ることしかできなかった。

泣き崩れる夕湖(ゆうこ)の背中をさすりながら、私は心のなかで何度も、何度も、「ごめんね」と語りかけていた。

＊

なにやってんだろ、こんなところで。

私、青海陽は、もう何十本目になるかわからないシュートがごつんとリングに弾かれる音を聞きながら思う。

とにかく身体(からだ)を動かしていないと心がびりびりに千切れちゃいそうで、帰り際、部室でボールをひとつくすねてきた。

だけど今日ばっかりは打っても打っても打っても全然すっきりなんかできなくて、失敗するたびに「外した」とか「落ちた」とか「嫌われた」っていやな言葉がぎゅんぎゅん頭のなかを飛び交っていく。

小学校のときにバスケを始めて、それからずっと勝った負けたの世界で生きてきた。

当たり前だけどそこには明確なルールがあって、ジャンプボールで試合が始まり、終了のブザーが鳴るまで、私たちは同じコートを走って得点を競う。

どうやったら点数を取れるのか、どのシュートが一点で、二点で、三点なのか、なにをしたら反則なのか。

試合に出ている選手はみんながそういうお約束を守って戦う。

当日の調子やチームの勢い、試合の流れを掴めたかどうかも大なり小なり影響してくるけど、基本的には力の差がそのままスコアボードの得点差だ。

だからこそ、強くなるためにすべきこともけっこうはっきりしている。

シュートの精度が低いのか、体力不足で後半にもたついているのか、パスワークが甘いのか、そもそも戦術的な問題なのか。

どんなときでも勝つためにできる努力の余地はあって、足を止めさえしなければ一歩ずつでも必ず目標に近づいていける。

だから、私は。

——恋も、そういうものだと思っていた。

好きな人の恋人になるとか、もしかしたら、ゆくゆくは、結婚とか。

そういう明確なゴールに向かって、努力を積み重ねていくだけだって。

誰よりも頑張れば、きっと最後には報われるんだって。

確かに私は女の子らしい性格でも見た目でもないし、美容とかオシャレだってまわりと比べたらお子さまみたいなもんだ。

けどそれって、バスケでいう身長が低いみたいなもんでしょ？

ハンデを背負って戦うことには慣れている。

何回だって、そういうものをひっくり返して勝ちをもぎとってきたんだ。

それなのに、

『待っ――』


あの瞬間、思わず叫びそうになった。

待って、ちょっと待ってよ。

まだ、試合前の整列もあいさつもしてないじゃん。

スタートの合図だって聞こえてこないよ。

ほら、私もちゃんと向き合おうって腹くくってたんだ。

さすがに夕湖が千歳のことを好きなのはバレバレだったし、なんなら自分で言ってたし。

だからさ、告白とか以前に友達じゃなくて好きな男としてのあいつに、そういうつもりで電話をかけたり、LINEをしたり、ご飯に誘ったりするためには、まずけじめをつけなきゃいけないって。

二年で同じクラスになって、私のことをかわいい女の子だなんて言ってくれて、ワンピースや水着を選んでくれたり、苦手なファッションや美容について教えてくれたり、自分の世界を広げてくれた夕湖に、いつのまにか、かけがえのない友達のひとりになっていた夕湖に、この気持ちを打ち明けなきゃいけないって。

私も千歳のことが好き、正々堂々と勝負しよう。

そこがスタートラインだって、思ってたのに……。

ねえ夕湖。

こんなのってないじゃん、あんまりだよ。

ずるい、ずるい、ずるい――っ。

夕湖は女の子として私にはないものをたくさん持ってるのに。

アイドルみたいにかわいい顔、シャンプーのＣＭみたいにさらさらの長い髪の毛、やわらかそうなのにめりはりのある身体(からだ)、大きなおっぱい、無邪気に振りまく明るい笑顔。

私は、まだ。

恋ってなんなのかさえ、よくわかってないのに。

千歳の試合に向けて練習してるときはよかった。

それ自体が隣にいられる口実になるし、畑違いだとしても少しは力になれる。

こっそり野球の本を読んでルールを覚えた。

早くまともなキャッチボールの相手になれるように、バスケの自主練のあと近所の公園で壁に向かって何度もボールを投げた。

プロ野球の試合もめちゃくちゃ観た。

なんならメジャーも観た。

もし千歳(ちとせ)が部に戻って甲子園を目指すっていうなら、私が誰よりもそばにいて力になるつもりだった。

情けないときは叱(しか)ってあげるし、しんどいときは背中を支えてあげるって。

けど、あいつは違う答えを出した。

バットを振り続けるってことは、まだ完全に諦(あきら)めたわけじゃないんだと思う。

大学野球で一からやり直すってことも、きっと選択肢に入れているはずだ。

その決断にけちをつけるつもりはない。

でも、宙ぶらりんになった私は——。

練習っていう繫(つな)がりが消えたら、この先どんな理由があれば毎日いっしょにいていいの？

あんたの時間を私にくれるの？

どうすれば私を求めてくれる？

必要としてくれる？

なんにもわかんないんだよ。

誰か教えてほしい、恋の努力ってなに？

薄々自覚はあったんだ。

私は千歳の日常を彩ってあげられるような女じゃない。

スポーツっていう唯一の取り柄で、ほんの短いあいだ、距離を縮められていただけだ。

想いは告げてしまった、キスもした。

勢い任せで手札を全部切っちゃった私に残されているものはなに？

身体（からだ）もあげる？　夕湖（ゆうこ）や悠月（ゆづき）を差し置いてそんなもの欲しがってくれる？

髪を伸ばせばいい？

お化粧がうまくなればいい？

オシャレになればいい？

もっと女の子らしいほうがタイプなら、言葉遣いも立ち振る舞いも気をつける。

お淑（しと）やかなタイプが好きなら慎ましくするし、色気がないってんならそれも考えてみる。

千歳が望むなら料理だって覚えるよ。

たくさん本を読むし、勉強も頑張ってみせるからさ。

この先なにを捧げたら、私はそのハートを抱き寄せられるの？


……ずるいよ、夕湖。

歯を食いしばりながら、もう一度思う。

たまたま一年のときに千歳(ちとせ)と同じクラスになって、私の知らないところで私なんかよりずっと長い時間を積み重ねてきて。

だからやっと距離を縮めるチャンスが巡ってきたとき、それから自分の恋を自覚したとき、あいつの隣にはもう当たり前のように夕湖(ゆうこ)がいた。

——ねえもしも、私があなた(柊夕湖)みたいだったら。

おんなじように胸張って大好きだよって叫べるのに。

顔を見たら無邪気に駆け寄って、背中を見たら追いかけて、声を聞きたくなったら電話をかけて会いたくなったら会いに行って、そんなふうに……。


理由なんか作らなくったって、特別な男の子の隣を歩ける、特別な女の子になれたのに。


これまで考えたこともなかった。

他の誰かみたいになりたいだなんて。

そんな夕湖が、最初からずっと先を歩いてるあなたが、対等なコートに立つ機会さえ、私から奪っていくの？

千歳、と心のなかで何度も名前を呼ぶ。

このまま夕湖の気持ちを受け入れちゃうの？

私、海で伝えたよね。

気にしてほしいって、女の子として見てほしいって。

いつか本気の勝負を申し込むって。

あんたも受けてくれるって言ってたのに。

嘘つき、嘘つき、嘘つきうそつき——。

そのとき、ふと。

穏やかな微笑みで答えを待っている夕湖の指先が、スカートをぎゅっと握りしめ、小刻みに震えているのが目に入った。

ああ、そっか。

——ずるいのは、私のほうだ。

本当はとっくに気づいていた。

恋にお約束なんてない。

生まれ持った容姿が、出会ったタイミングが、なんてうだうだと駄々をこねている私は、才能のせいにして足を止めるような人たちとおんなじだ。

夕湖はきっとずっと、女の子としての自分を磨くためにいろんな努力をし続けてきて、だからこそ好きな人に出会ったとき、迷わず誰よりも早くスタートを切れた。

もしかしたら、夏勉の夜、

『はいはーい、じゃあみんなはいま、好きな人っているの!? ちなみに私は朔!!』

あのやさしい女の子はチャンスをくれていたのかもしれない。

千歳に告白することを決心して、だからこそ、その前に。

手を挙げて待ったと叫べる機会を。

だというのに、

『私はいまんとこバスケが恋人かなッ!』

夕湖の言葉から目を背けたのは自分のほうだ。

そのくせ、裏ではこそこそアピールなんかして。

そのうえ、気持ちだけ伝えて答えを聞くことからは逃げたりして。

だって、どうしようもなく怖いんだよ。

正解のない努力が。

練習のできないぶっつけ本番が。

負けたら二度と参加できないトーナメントが。

相手が抱えている点数、プレースタイル、開始時間も制限時間も、なにひとつ明かされないくせして早い者勝ちの試合(ゲーム)が。

怖くて、恐くて、こわくてこわくて。

ここから先に一歩踏み出すことが、できない。


……すごいよ、夕湖。


どうしてこの状況で、そんなに真っ直ぐ(ますぐ)千歳を見つめられるの？

みんなの前で、大好きって口にできるの？

ぜんぶ終わっちゃうかもしれないんだよ？

好きな人の口から、べつの女の子の名前を聞かされるかもしれないんだよ？

もし、その女の子も千歳のことが好きだったら……。

『わりぃ陽。俺、七瀬のことが好きなんだ』


なんて、ほんのお試しに想像しただけで、哀しみのどん底に突き落とされそうだ。

千歳と悠月が教室で意味深なアイコンタクトを交わしてたり、部活終わりに校門で待っていっしょに帰る背中を見送ったり、練習試合を見に来たあいつがずっと相方のほうを目で追っていたり、あの日送ってくれたようなエールを私じゃなくてナナに——っ。

でも、きっと、夕湖は全部わかったうえでそこに立ってるんだよね。

すごいよ、強いよ、かっこいいよ。

それに比べて、

——私は、なんて臆病者なんだろう。


千歳の答えも、夕湖の笑顔も涙も。

どこか自分とは遠く離れた場所で勝手に進んでる他人事のようにしか思えなかった。

まるで途中で負けた大会の決勝戦を眺めているみたいに。

私はコートに立っている選手でも、控えのメンバーでも、監督でも、マネージャーでも、会場で熱狂している応援団ですらなくて。

テレビの画面を隔てた先にいる、ただの無関係な観客だ。

「もしもあのときああしていれば」なんて叫んでみたって、誰にも声は届かない。

だからぜんぜん私の好きじゃない笑顔を浮かべて去っていく千歳を、脇目も振らずに駆け出したうっちーをぼんやりと見送って、またひとつ「もしもあのとき」を肩にぶら下げた。

いまごろ、千歳はあの部屋にいるんだろうか。

隣にはうっちーがいて、そっと手を握っているんだろうか。

きっとみんな複雑に絡まる感情を抱えながら、それでもなにかを選んで。

ああ、知らなかったな。

——恋って、こんなに痛いものなんだ。

やがて転がっていくボールを追いかける足どりも重くなってきた頃、

「陽」

それを拾った悠月が言った。

「ご飯、食べに行こ」

さっきの嫌な想像が思わず頭をよぎり、ぶんぶんと首を振る。

Tシャツで汗を拭(ぬぐ)いながら力なく言った。

「こういうときはカツ丼かな」

らしくない不器用な笑みで、悠月(ゆづき)がそれに答える。

「だね」

私は差し出されたスポーツタオルを受けとって、芝の上にごろんと寝転がった。

悠月もそれにならい、ふたり並んで空を眺める。

太陽も、月も見えない空を。

どちらともなく、私たちはぎゅっと手を繋(つな)いだ。

*

いったいどうすればよかったんだろう。

俺、山崎健太はさっきからぐるぐると同じことを考えながら帰り道を歩いていた。

みんなであんなに楽しい四日間を過ごしてたのに、まだまだ夏休みは終わらないって話してたのに、どうして。

いや、こういうことに疎い俺でもさすがに理由はわかる。

多分、浅野（あさの）は夕湖（ゆうこ）のことが好きで、だけど夕湖は神（千歳）が好きで、だからこれまでそういう気持ちを表に出さなかったってことなんだと思う。


『一番の幸せをあげられるのが自分じゃない誰かなら、ましてそれが大切な友達（だち）なら、無理に割り込みたくねーってなっちゃうんだよな』


いつかのなにげない会話を思いだす。

きっと浅野は、神と夕湖が付き合うなら仕方ないって腹をくくっていたんだろう。

その未来を受け入れて、応援もしてたんだろう。

ちくっと、胸の奥に細い針が刺さる。

そういう気持ちは、ちょっと、わかってしまう。

恋なんてとても呼べない、ほとんど憧（あこが）れに近い未熟な感情だけど。

俺も、似たようなことを考えなくは、なかったから。

けどその想いはあまりに現実離れしていて、きっとラノベやアニメのヒロインを推すみたいな気持ちに近くて。

だから、

――最後はヒーローと幸せになってくれたらいいって、心のどこかで思っていた。


どう考えてみたって、それが一番のハッピーエンドだって。

多分みんなが納得して、祝福できる、トゥルーエンドだって。


『なんでだよ、お前が夕湖(ゆうこ)を幸せにしてやんなくてどうすんだよ』


浅野(あさの)の言葉に、俺は思わず頷(うなず)いてしまいそうだった。

神と夕湖。

ふたりでいるのがあまりに自然で、あまりにお似合いで、あまりにまぶしかったから。

その関係が目の前でがらがらと崩れていく実感が、どうしても湧(わ)かなかった。

いっつも自信満々でスカしてる神が、苦しそうにうつむいているなんて。

いっつも満面の笑みで元気を振りまいている夕湖が、ぐちゃぐちゃに泣いているなんて。

いま思いだしただけでも、引きこもりのきっかけになった一件なんかより、何倍も何十倍も心が苦しくなる。

思わずシャツの胸元をきつく握りしめると、

「なんで健太がそんな顔してんの」

クロスバイクを押しながら隣を歩いていた水篠が言った。

神が出ていき、内田さんがそれを追いかけ、夕湖と浅野もいなくなったあと。

部室に寄るという七瀬さんと青海さんを残して、俺と水篠のふたりで教室を出た。

そうして昇降口で靴を履き替えているとき、「いっしょに帰ろうか」と珍しく誘われたのだ。

「なんで、って……」

俺は少し押し黙ってから、

「あの言葉って、水篠の本心？」

怖ずおずとそう切り出した。

「あの言葉？」

わざとはぐらかしているのか本気で心当たりがないのか、水篠はいつもと変わらない様子でひょうひょうと聞き返してくる。

「……ほら、こうなることなんてわかりきってたって。かばう気になれない、って」

「ああ」

くすっと笑って、涼しい顔で続ける。

「もちろん本心だけど？　あんだけ次から次へとヒーローごっこやってたら、朔を誰かにとられたくない、自分が一番になりたいって思う子が出てくるに決まってる。遅かれ早かれ、こういう日が来るのは避けられなかった」

俺がなにも答えられずに黙っていると、

「甘いんだよ、朔は」

水篠は突き放すように言った。

「でもっ！」

もやもやした違和感がこみ上げてきて、つい大きな声を出してしまう。

一度深呼吸をしてから、助けを求めるように俺は尋ねる。

「それって神のせいってことに、なるの？」

言葉にして、ようやく自覚する。

俺は、俺は――――。

まるで悪者みたいに神が追い出されてしまったことが、納得できないんだ。

浅野の気持ちはわかる。

水篠の言っていることも理解できるけど。

俺は、いや、俺だからこそ、それは違うんじゃないかって思うんだ。

たしかに神はお節介だ。

強引だし、偉そうだし、なんでもひとりで背負いすぎだし、誰彼かまわずに甘い顔をしてるって言われたらそのとおりで。

でも、

——俺はそういうあの人に救われたから。

神がヒーローじゃなかったら、困ってる相手を見捨てられない性分じゃなかったら、いまでもあの部屋で鍵をかけて引きこもっていたかもしれない。

夕湖(ゆうこ)や、内田(うちだ)さんや、七瀬(ななせ)さん、青海(あおみ)さん、水篠、浅野。

友達になるどころか、一生話をすることさえなかっただろう。

この夏休みだって、楽しく過ごしてるやつらを想像してネットで毒を吐きながら、自分はなにひとつ変わろうとせずに、二度と戻らない青春の時間をゴミ箱に捨てていたはずだ。

俺だけじゃない。

どっちも細かい事情までは知らないけど。

神がいなかったら、七瀬さんはヤン高の人の、ストーカーの恐怖にひとりで怯(おび)えてぼろぼろになっていたかもしれない。

青海さんはバスケ部に居場所がなくなっていたかもしれない。

夕湖(ゆうこ)だって、

『優しくしてくれた朔(さく)が悪いなんて私は思わない』

ドア越しに話してくれたあの日から変わらず、はっきりそう言っていた。

一万歩譲って、かわいい女の子だけを選んで助けてるとかならまだわかる。

動機が不純でも結果として救われている人がいるならやっぱり悪いこととは思えないけど、感情論としては理解できる。

だけど、あの人は、神は。

初対面から身勝手な恨み辛(つら)みを口汚くぶつけた俺に、見捨てたところで自分の人生にみじんも影響のない陰キャ野郎に――――。

手を、差し伸べてくれたんだ。

やっぱり、神だけのせいだなんて思えないよ。

ううん、違う。

誰ひとり、悪い人なんていないんじゃないか？

俺はぐっと拳を握りしめ、もう一度口を開く。

「あのさッ、水篠！」

「多分」

まるでそれを待っていたかのように、水篠が言った。

「健太の考えてるとおりだよ」

「えっ……？」

予想外の反応に思わず口ごもる。

「ちょっとそのへん座ろうか」

水篠はちょうど目の前にあった自販機でブラックの缶コーヒーを買う。

財布から次の小銭を取り出して言った。

「健太は？」

「え、いや、自分で買うよ」

「いいからいいから」

「えと、じゃあ、コーラで」

「オッケー」

ほい、と差し出されたコーラを受けとってお礼を伝える。

そのままふたりで近くの河川敷に腰かけた。

水篠がぷしゅっとプルトップを開けて、

「乾杯、ってのはさすがに趣味が悪いか」

そのままこくこくとコーヒーを飲んだ。

思ったより喉が渇いていたのか、俺もごくごくとコーラを流しこむ。

「健太さ」

川の流れをぼんやりと眺めながら水篠が口を開いた。

「朔は悪くない、って思ったんだろ？」

「っそう……だけど、なんで？」

「ま、健太もあいつに救われた側だしね。付き合いもそこそこ長くなってきたから、それぐらいは見えてるかなって」

ふっと、どこか寂しそうに口角を上げる。

俺は確認するように聞き返す。

「水篠、かばう気はないって」

「言ったよ、かばう気はない」

でもまあ、と水篠が続けた。

「責める気にも、なれないんだよね」

それでようやく、この話の意図がわかった。

よく考えたら、いつでも仲間内で一番冷静な水篠だ。

途中参加の俺でさえたどり着ける結論なんて、とっくにお見通しだったんだろう。

「温泉でさ」

水篠は缶コーヒーを置き、両手を突いて顔を上げ、夜空を仰ぐ。

「俺に好きな人がいたって、言ったろ？」

脈絡のない話に、こくりと頷いて先を促した。

「あれ、悠月のこと」

「うん…………ってえええええええええええッッッッッッ!?!?!?!?」

あまりに衝撃的な告白を聞いて、シリアスな雰囲気をぶち壊す大声を上げてしまう。

え、七瀬さん？　水篠が？

いやスペック的にはどっちもチート級だしなんら不思議なことはないけど、それでも。

なんとなく、グループ内の女の子を好きになったりはしないようが気がしていたのだ。

「そこまで驚くことか？」

水篠がおかしそうに肩をくつくつと揺らす。

「え、でも、神や浅野にも言わなかったのに、なんで……」

「まあ海人はともかく朔は察したと思うけど、なんでだろな」

コーヒーで喉を潤してから続ける。

「柄にもなく、この行き場のない気持ちを誰かと共有したかったのかも」

「水篠でも、そういうことあるんだね」

正直に言って、なにを考えてるのかよくわからない人だと思っていた。

神や浅野といっしょに馬鹿やってても、どこか心のなかは冷めているというか、一歩引いているような印象があって。

だからよりにもよって俺にこんな打ち明け話をするなんてかなり意外で驚いた。

隣でごろんと寝転がった水篠が続ける。

「温泉のときに話したきっかけ、ってやつ覚えてる？」


『――俺はその子が他の男に惚れるところを見て惚れたんだ』


黙って頷いて続きを待つ。

「あれ、朔と悠月がヤン高の柳下とやり合ったときのことなんだよ」

その場にいなかったけど、あとから大筋は聞いた。

たしか水篠は先に向こうが手を出したという証拠を撮影する役目を任されていたはずだ。

「悠月ってさ、自分と似てるタイプだと思ってた。器用で要領がよくて、他人に対して線を引きながらうまく世の中を渡っていくような。心のどっかはいつでも冷めてるような」

　正直に言って、それなりに打ち解けてきたいまでも、俺は水篠や七瀬さんに対してそういう印象を抱いている。

　もちろん悪い意味じゃなくて、ふたりは大人びてるなって。

「実際、あのときまではそうだったんだと思う」

　水篠の声はどこか懐かしそうで、少しだけ切なそうだ。

「でも、そんな女の子がさ。必死に踏ん張って、唇嚙みしめて、男でもびびっちまうような相手を真っ直ぐ睨みつけながら叫ぶんだぜ。『私は、千歳朔の彼女だッ！』って。『指一本触らせてやるもんかッッッ!!』って」

　まいったよ、と苦笑して続ける。

「その姿が、あんまり気高くて、凛々しくて、遠くて尊くて。

　——俺にはなによりも美しく見えた」

　今度こそ堪えきれないといった感じで水篠が吹き出した。

「ま、その瞬間に失恋してんだけどね。誰がどう見たって、恋する乙女になってんだから。そしてもちろん、悠月の美しさを引き出したのは俺じゃない」

「そっ、か……」

「あんな瞬間を目の当たりにしたらさ。朔が手を差し伸べなきゃよかったなんて、口が裂けても言えないよな」

責める気にはなれないって、そういうことだったんだ。

水篠が身体の向きを変えてこちらを見る。

「ま、あとは話したとおりだよ。どう考えても勝ち目はないから、一晩で気持ちに線を引いた。だから本当は俺、朔×悠月のカップル推しなわけ。それならまあ、納得できる」

えっ、と思わず素朴な疑問が口をつく。

「こんな言い方はあれだし望んでるわけでもないけど、もしふたりが上手くいかなかったら水篠にも、その、チャンスみたいなのが生まれるんじゃ……」

水篠はどこか哀しげに、

「誰かさんみたいな美学があるわけじゃねえけど、それを願う男にはなりたくねえなー」

そして清々しい顔で笑った。

ああ、そうか。

浅野や俺は神と夕湖が幸せになればって思ってたけど、そういう願いはきっと人の数だけあって、でも全部が叶うことは絶対になくて。

だから、と水篠が言った。

「朔の葛藤も、夕湖の想いも、海人の怒りもわかる。

きっとどれひとつ、間違ってなんかないんだよ」

ふと、神が俺の部屋で言っていたことを思いだした。

『本当は仲間としてずっとつるんでいたい相手に告白されて、断らなきゃいけないってけっこうしんどいんだよ』

『どれだけ顔がよくたって、運動や勉強ができたって、本当に好きな人が振り向いてくれるとは限らないもんさ』

あのときは、てっきりこいつにも片思いの経験とかあるのかなーぐらいに受け止めてたけど。

もしかすると、いつかこういう日が来ると気づいていたのかもしれない。

だとしたらなんて、なんて哀しい結末なんだろう。

どうすれば、よかったんだろう。

なんて、神にわからないことが俺なんかにわかるはずもないけど。

はぁーと大きなため息をついてから口を開いた。

「でもさ」

ひとつだけ、気になっていたことを聞いてみる。

「なんであのとき、わざわざあんな言い方を？　いまの話のわりに、トゲがあったように聞こえたんだけど、気のせい？」

水篠は呆気にとられたように目を見開き、それからがしがしと頭をかいて、

「……悠月が、哀しそうな顔してたから」

照れくさそうにぼそっとつぶやく。

「――ぶふぅッ」

あまりにらしくない台詞に、俺は思いっきり吹き出してしまった。

「おい健太、それはないだろ」

「いや、ごめん、でも、まさか水篠の口からそんな……くふっくっく」

「よーしサッカーボールキックって知ってるか？」

がばっと身体を起こした水篠が俺の肩に腕を回してくる。

「いやそれヘッドロックだし！」

けらけらと、そうしてひとしきりふざけ合ってから俺は言った。

「大丈夫かな、みんな」

水篠はすっかりいつもどおりの調子でさらりと答える。

「さあね。でもまあ、あいつらだから」

その短い言葉からいろんな想いを受けとって、こくりと頷く。

俺も、なにか、せめてもの恩返しができればいいのに。

そう思いながら、少しぬるくなったコーラを飲み干した。

＊

とんとんとんとん、包丁がまな板を叩く。

くつくつくつくつ、お湯が沸いて。

かたことかたこと、鍋の蓋が踊る。

いつもは心地よく身も心も委ねているそのリズムがあまりにいつもどおりで、だからこそやるせないほど耳障りに思えてしまう。

俺、千歳朔は、チボリオーディオの電源を入れ、Bluetoothで繋いだスマホの音楽をランダム再生した。

スピーカーからは、SUPER BUTTER DOGの『サヨナラCOLOR』が流れ始める。

けっきょく、突き放すこともできないままに、スーパーで買い出しをして優空といっしょに帰ってきてしまった。

この一年間、ずっと続いていた日常の風景が、言いようのない罪悪感をともなってきりきりと胸を締めつけてくる。

こんなことをしているいまも、夕湖は——————。

ちゃんと家に帰っただろうか。

琴音さんは迎えに来てくれただろうか。

ひとりで夜道を歩いていたりしないだろうか。

本当はそれだけでも確かめたい。

どれほど身勝手で酷な仕打ちであれ、電話をかけて「大丈夫？」って……。

そんなこと、できるはずがないけれど。

だとしても、と思う。

俺だけが呑気に温かいご飯なんか待ってていいのか。

無理にでも優空を追い出して、哀しみに身を委ねるべきなんじゃないか。

そのまま、何日も、何日も、夏休みが終わるまで。

……なんて、さっきからずっとこんな調子じゃ、やっぱりひとりでいたら優空の言ってたとおりになっていたのかもしれない。

俺は深くため息をつく。

わからないんだ、今日の区切り方が。

泣かせてしまった女の子に対する、落とし前のつけ方が。

自分で自分を傷つけてでもいないと、このままあっさり日常に戻ってしまったら、まるで夕湖と過ごした時間が、それでも下した決断が、薄っぺらくなってしまいそうで。

ソファに深く座ってそんなことを考えていると、

「朔くん」

キッチンに立っていた優空が振り向いた。

「お風呂にお湯溜めたから先に入っておいで」

その表情は普段となにひとつ変わることなく穏やかだ。

どうして、と思う。

夕湖と優空。

この一年弱、ふたりは本当にいつもいっしょだった。

学校ではもちろん、部活がない日や土日もたいていは遊んでる写真が送られてきた。

そのたび、まるで仲のいい姉妹みたいだなと呆れたように笑ってた。

だからわからない。

目の前で夕湖が泣き崩れて、優空がなにも感じていないはずはないのに。

いまいるべきは、ここじゃないはずなのに。

「朔くん？」

もう一度優空が言った。

「っ、ああ。じゃあお言葉に甘えて」

もしかしたら、俺のせいかもしれない。

夕湖のところには七瀬が、陽が、和希が、海人が、健太が残っていたから。

親友への想いを押し殺し、仲間たちにあとを託して、ひとりになったこっちを追いかけてきてくれたのかもしれない。

だとすれば胸の内には、はち切れそうな葛藤や後悔が渦巻いているはずだ。

それを悟らせないように、いつもどおり振る舞ってくれているのなら。

俺は、なんて情けないんだろう。

せめて、これ以上よけいな心配はかけないように。

タオルと着替えを持って、脱衣所へと向かう。

『もしもいつかなにかを選ばなきゃいけなくなったときは。
自分にとっての一番を選ぶって、ずっと前から決めてたの』

夕暮れに染まった言葉の意味を、いまだけは夜の箱に閉じ込めておきたかった。

＊

バスルームの扉を閉め、蛇口のハンドルを上げると、高いほうのフックに固定したシャワーヘッドから冷たい水が降り注いでくる。

俺は壁に手をついてそれを頭からかぶった。

「……っぐ」

優空の前だからとなんとか堪えていた嗚咽がまた喉元にせり上がってくる。

覚悟をしたつもりになっていた。

そう遠くないうちにこういう日が来るかもしれないと。

誰かの気持ちに、自分の気持ちに、向き合って答えを出さなきゃいけないと。

だけど、甘ったれの想像していた世界はもっとずっと優しかったから。

みんなで少しずつ痛みを分け合って。

それでも最後には笑って新しい明日へって。

こんなふうになんの前触れも心構えもないまま、唐突に折り目をつけられて昨日に戻れなくなるなんて思っていなかった。

海人に殴られた頬がじんじんと疼く。

仲のよかった女の子に告白されて断るのは、昨日までの友達に今日から嫌われるのは、初めての経験じゃない。

明日姉に語ったように、繰り返される幻想と幻滅にうんざりして、ことさら女の子と接するときは軽薄な振る舞いや傲慢な態度で壁を作ってきたつもりだった。

初めから終わりを意識していたつもりだった。

夕湖と出会ったときだって、それは変わらなかったはずなのに。

どうして流しても流しても涙が枯れてくれないんだろう。

苦しくて苦しくて苦しくて押し潰されそうなんだろう。

俺も夕湖が好きだと答えられたらどれだけよかったか。

本当はすぐにでも全部撤回してそういうことにしてしまいたい。

明日からは、恋人同士として。

慣れた帰り道をいつもよりそわそわしながら歩こう。

寄り道した公園でぎくしゃくしながら手を繋ごう。

そんな未来を選べたなら、どれほど浮かれていられただろう。

隣にいることが自然になりすぎていたせいで、いや、だからこそ忘れかけていたけれど。

いつのまにか、こんなにも——。

かけがえのない存在に、なっていたんだな。

『お前にとっての夕湖は十秒で突き放せるような存在だったってのかよ。あっさり他の女を選べんのかよ、なぁッ!!』

「……んなわけ、ねぇだろっ」

ごつんと、バスルームの壁に拳をぶつける。

夕湖、優空、七瀬、陽、和希、海人、健太。

あいつらと過ごす日々があまりにも楽しくて、大切で愛おしくて。

自分に向けられていた好意は知っていたはずなのに、あと少し、もう少しだけとずるずる先延ばしを続けてしまった。

できればずっと、この生ぬるい幸せがだらだら続けばいい、なんて。

本当は心のなかで、そう願い続けていたんだ。

——だけど。

夕湖が届けてくれた想いも、それを受けとらなかった決断も、明日に持っていくしかない。

少しずつでいいから、前を向こう。

いつまでも俺がうじうじとしているのは、夕湖に対しても失礼だ。

そんなに後悔するぐらいならどうして断ったんだって、また海人に怒られちまう。

せめて終わりじゃなくて、始まりに。

きっとそれが、俺にできるけじめのつけかたなんだと思う。

――この期に及んでまだ、自分自身の気持ちにさえ向き合っていないのだから。

髪をかきあげて上を向き、そのままじっと水を浴び続ける。

この四日間を洗い流すように。

真夜中にふと、海の香りを思いださないように。

*

いつもよりゆっくりと湯船に浸かってから風呂を出ると、ほわほわ甘いケチャップの匂いが漂っていた。

もしかすると、待たせてしまったかもしれない。

慌ててドライヤーで髪を乾かし、Tシャツと短パンに着替える。

脱衣所のカーテンを開けると、

「いいお湯だった？」

食卓に着いていた優空がふありと微笑んだ。

つんと切なくなった心を見て見ぬふりして小さく頷く。

「まあ、この四日間はもっと立派な温泉に入ってたけどな」

自分で言っておきながら、さくりとまたどこかに傷が増えた。

「でも、意外と旅行のあとに家でお風呂入ると落ち着かない？」

「ああ、それはちょっとわかるかも」

俺が言うと、くすくすと可笑しそうに笑う。

「なんか、帰ってきたーって感じがするよね。旅行中ってすっごく楽しいんだけど、やっぱりどこかで気を張ってるっていうか。終わっちゃったっていう切なさと、やっぱり我が家は落ち着くなーって安心感がいっしょにやってくるみたいな」

「わりぃ、本当なら優空も家でゆっくりしてるはずだったのに」

ううん、と優空が言った。

「ここはもうひとつのお家みたいなものだから」

「……そっ、か」

俺は冷蔵庫の前に立って続ける。

「麦茶でいいか？」

「うん！」

ふたつのコップにそれぞれ氷を入れて、スーパーで買ってきたペットボトルの麦茶を注ぐ。

それを持ってテーブルに着くと、黄色いきれいなオムライスが向かい合わせで並んでいた。

いつか明日姉（あすねえ）に聞かれたことがあったけど、俺もケチャップライスが薄い卵で包まれたこういう昔ながらの形が好きだなと思う。

「へえ。作ってくれるの、ずいぶん久しぶりじゃないか？」

そう言うと、優空（ゆあ）が少しだけ目を伏せた。

「私にとっては特別なメニューなんだ」

その先を聞いていいものか迷っていると、照れ隠しみたいに首を傾ける。

「お母さんの味なの」

「……そか」

「続けてもいい？」

「もちろん、優空がそうしたいなら」

俺が言うと、どこか懐かしそうに語り始めた。

「小学生の頃ね、テストの点数が悪かったときとか、学校でお友達とけんかしたとき、ピアノの発表会でうまく弾けなかったとき……。決まってお母さんがオムライスを作ってくれた。

ケチャップの絵やメッセージを添えてね」

「いい思い出なんだな」

へへ、と優空はやさしい表情になる。

「だからいまでも、辛いとき、哀しいとき、苦しいとき、怒ったとき、なんとなくオムライスを作るのが癖になっちゃってて」

「そっか、俺のことを……」

元気づけるために、と続けようとした言葉にはふるふると小さく首を振る。

それから淡く微笑(ほほえ)んで――。


「ふたりのために、だよ。

これが今夜のお月さま」

ああ、たしかに、
膨らみかけの月みたいだな、と思う。
その短い台詞(せりふ)に、優空の内心が垣間見えたような気がして、なぜだかほっとした。
やっぱり、無理してくれてるんだろうな。

これ以上気をつかわせないために、俺も無理して軽口を叩く。

「肝心のメッセージが欠けてるんじゃないのか？」

オムライスの上はまだつるんとまっさらで、すぐ横にケチャップが置かれていた。

優空は驚いたように目を見開いてから、ゆっくり表情を緩める。

「書いてほしいの？」

「内容によるな」

「うーん、悔い改めよ？」

「……いくらなんでもそのジョークはひどくない？」

思わずふたりでぷっと吹き出す。

心が少しだけ軽くなるのと同時に、こんな日にも笑えてしまうんだなと哀しくなった。

「優空はさ」

やり場のない後ろめたさを誤魔化すように思わず口を開き、

「……いや、なんでもない」

すぐに言葉を引っ込める。

「なんにも聞かないんだな」は、「なにか聞いてほしい」の裏返しみたいだから。

これ以上、もたれかかるわけにはいかないから。

優空はとくに詮索するでもなく、胸の前で手を合わせた。

「さ、食べようか」

俺もそれにならう。

「「いただきます」」

お先にどうぞ、と優空がケチャップを片手に身を乗り出してきた。

ぷちゅ、とオムライスの中心よりも少しだけ俺側に寄せてそれをかけてくれる。

まるでレトロな喫茶店のよくできた食品サンプルみたいに、流れ落ちたケチャップが白い皿の上で広がった。

俺は麦茶をひと口飲んでから、持ち手のついたマットブルーのスープカップを手に取る。

細かくカットされたキャベツ、人参、玉葱（たまねぎ）、大根、セロリ、それにベーコンが入った具だくさんのコンソメスープだ。表面には乾燥パセリが浮かんでいる。

いただきます、ともう一度心のなかでつぶやいてからスプーンですくう。

せっかく風呂に浸（つ）かったあと、出る前にまた冷たいシャワーでさんざん冷やした身体（からだ）に、温かいコンソメの味と野菜の甘みがじんわり広がった。

「……うまい」

ぽつり漏らすと、優空がうれしそうに言う。

「本当？　朔（さく）くん、ビュッフェでもバーベーキューでもぜんぜんお野菜食べてなかったから。もし食欲なくてもスープなら飲めるかなって」

「うん、美味しいよ。あとで胡椒かけてもいいか？」

「もう、またそうやって」

俺はスプーンで皿の上のケチャップをすくってからオムライスの端を切る。

口に含むと、どこかほっとするバターの香りがいっぱいに広がった。

具材はシンプルに小さくカットされた鶏肉と玉葱。

先に優空の話を聞いていたからだろうか。

ケチャップの甘ったるさは、なぜだか遠い日々を連想させた。

ただしそれは幼い頃ではなくて。

この部屋で、過ごしてきた……………。

ああ、そういえば。

このスープカップも、オムライスの皿も。

最初は百均で適当に揃えていたのに、夕湖が「かわいくなーいっ」って、優空といっしょに選んでくれたんだっけ。

去年の誕生日にくれたのはジェラートピケの洒落たルームウエア。なんだかこっぱずかしくて、もったいなくて、クローゼットの中で大事に眠らせている。

毎日当たり前のように使ってるコーヒーカップ、ひとり暮らしのくせして何膳もある箸、普段は面倒で敷かないランチョンマット、さっき髪を乾かしていたドライヤーだって。

この部屋には、あまりにも夕湖の色が染みついている。
だというのに、そんな場所で、こんな夜に食べるオムライスが、

「……美味しいん、だな」

ぽろりと、堪えようとする間もなく涙がこぼれた。

はは、なんだよそれ。
悲しくて哀しくて味もわからないんじゃないのかよ。
オムライス食べられちゃうのかよ。
そんな、もんなのかよ。
一度考えてしまったら、もうぼろぼろと次から次にあふれて止まらなかった。
ぽたぽたと、ケチャップの上に透明の薄い膜ができる。
頬をつたってきた雫が唇の端から入り、舌の先にぴりっと塩気を感じた。
それでも、俺は──。

顔を上げることなくオムライスを口に運び続けた。

スプーンが何度も皿に当たり、カチャカチャと下品な音が響く。

一度に詰め込みすぎたせいで、ごほっ、ごほっとみっともなく咽せる。

「つぐ、うっぐ」

美味しい、美味しい、美味しい、でも、しょっぱい。

優空はなにも言わずにそっと立ち上がり、音楽のボリュームを少しだけ上げた。

＊

「ごちそうさま。本当に、美味しかった」

オムライスとコンソメスープを食べ終わるなり脱衣所に駆け込んで、洗面台で何度も顔を洗い、ようやくリビングに戻った俺は言った。

「はい、お粗末さまでした」

いつのまにか、優空も食事を終えていたようだ。

ふたり分の食器をシンクに運んで、洗おうとしているところだった。

「わるい、代わるよ」

「うん、お願いね」

いつもの役割分担だったので、優空（ゆあ）もすんなりと引く。

下手に慰めたりもせず、そっとしておいてくれることがいまの俺にはありがたかった。

真新しいスポンジに洗剤をたらし、コップ、スープカップ、スプーン、オムライスの皿と汚れの少ないものから順に洗っていく。

効率がいいのだと、いつか優空に教えてもらった。

すすぎは最後にまとめて、汚れがひどい場合は先にキッチンペーパーで拭（ふ）き取ってから。

いつのまにか、すっかり習慣になっているなと思う。

ついでに、残しておいた古いスポンジでシンクを隅々まで掃除する。

そうして無心で手を動かしているうちに、少しずつ気持ちが静まってきた。

時計を見ると、いつのまにかもう二十二時前だ。


「優空」

「朔（さく）くん」


ふと、互いの声が重なった。

俺は手を差し出し、先にどうぞの意志を示す。

優空がこくんとうなずいて口を開いた。

「お風呂、借りてもいいかな?」

「……は?」

「聞こえなかった?　お風呂、貸してほしいなって」

「いや一言一句漏らさずに聞き取ったうえで聞き返してるんだけど」

もうとっくに女の子が男の家にいていい時間じゃない。

「家まで送ってくから、帰ってゆっくり入ったほうがいいだろ」

俺が言うと、優空はきょとんと首をかしげた。

「えと、私このまま泊まってくけど?」

「ああ、そういう……はああああああああああッッッ!?!?!?」

あまりにも予想外だった言葉に、まぬけな声を上げてしまう。

「あれ、言ってなかったっけ?」

「いや待てまて、事前に言った言ってないの問題じゃなくてだな」

「大丈夫だよ、予備の着替えとかは持ってるから」

「そんなとこまで気を回してるわけでもねえよ!」

「朔くんがお風呂入ってるとき、お父さんには電話で説明したし」

「お願いだからとんでもない情報さらっと出さないで……」

意図的にとぼけているのか、優空は恥じらいひとつ見せずにひょうひょうとしている。

俺は深くため息をついてから、

「いいわけないだろ、女の子が彼氏でもない男の家に泊まるなんて」

ごくごく当たり前のことを口にした。

優空がふふと小さく笑う。

「朔くんは、私のことをそういう女の子として扱ってくれてるんだね」

「それ以外のなんだって言うんだよ」

「ご飯を作ってくれるお母さんとか？」

「あのな……」

頼むよ、と俺は肩を落とした。

「女の子がうんぬんとか、そんな話をしたい気分じゃないんだ」

だけど、優空は知らんぷりで続ける。

「悠月ちゃんのことは泊めたのに？」

「あれはっ、やむにやまれぬ事情があって……」

そうだった、いつか七瀬が首筋に残した落書きを見られていたんだと思いだす。

そもそも、と優空が頬をかいた。

「これが初めてってわけでもないんだし、いまさらじゃないかな？」

「――ッ」

　俺は思わず言葉に詰まってしまう。

　それを見た優空がぢっと顔を覗き込んできた。

「嫌なら力ずくで追い出してのやりとり繰り返す？」

　そうしてこちらの反応を待たないままに続ける。

「いちおう断っておくけど、さすがにやましい気持ちとかはないよ？」

「んなことを、心配してるわけじゃ」

　もちろん俺のほうも、泊めたところで、こんな日に理性を手放すほど見下げ果てた男になるつもりはない。

　だけど、同じ家で眠るということ自体が重大な裏切りのように思えて。

　もう、とっくに裏切ったあとだというのに。

「朔くん、どうせ今日は眠れないだろうから。泊まるっていっても、いつもみたいにここでお話ししてるのと変わらないと思うな」

　まるでこちらの心を見透かしたような言葉が返ってくる。

「なんで、そこまで……」

言ったでしょ、と優空(ゆあ)は真っ直(まっす)ぐこちらを見て、

「あの日のあなたがそうしてくれたように。

今度は私が誰よりも朔(さく)くんの隣にいるの」


慈しむように微笑(ほほえ)んだ。

俺はもう、これ以上なにかを口にすることができなかった。

じゃあ、と優空が自分の鞄(かばん)を手に取る。

「お風呂、お借りします」

「……そのあいだ、少し出てくるよ」

「うん、わかった。一時間もあれば終わると思う」

こくりと頷(うなず)き、スマホをぽっけに突っ込んで、俺は家を出た。

＊

マンションの外はまだむありと生温かい。

ほんの何時間か前までそこらじゅうを漂っていた潮風の代わりに、慣れた川べりの香りが鼻

孔をくすぐる。

ひるひるひる、ちいちいちいと、虫たちの鳴き声だけはやたら涼しげだ。

いつのまにか、夜はずいぶんと深くなっていた。

優空があそこまで頑なになる理由は、心当たりがある。

だからこそ遠ざけたかったのに、結局は押し切られてしまった。

なにをやってるんだ、俺は。

哀しんで、苦しんで、こんなんじゃ駄目だと腹をくくったはずなのに、あろうことか優空の目の前でまた泣いて。

どれだけ空元気を振り絞ってみたところで、脳裏には延々と夕湖の言葉が、笑顔が、涙が浮かんできて、もうなにが正しくてなにが間違っているのかも冷静に判断できない。

ぶる、ぶる、とさっきから何度もスマホが震えていることには気づいていた。

ディスプレイの通知を見ると、七瀬から一度だけ、陽からは何度も繰り返しLINEのメッセージが届いているようだ。

だけどそれを確認する勇気が、いまは湧いてこない。

内容はなんとなく想像がつく。

本当は「大丈夫だ」とか「気にするな」とか伝えられたらいいんだろうけど、夕湖のことを想うと、大丈夫だも気にするなも言葉にしたくはなかった。

そんなことを考えていたら、

――ぶるるるるる。


今度は長くスマホが震え、着信を知らせてくる。

もしも七瀬か陽、あるいは健太だったら、申し訳ないけど出るのはやめようと思いながら、もう一度ディスプレイを見る。

そこに表示されていたのは「西野明日風」の名前だった。

「明日姉……？」

思わずそうつぶやく。

あの東京旅行を経てLINEでやりとりするようにはなったものの、こんなふうにいきなり電話がかかってくるのは初めてだった。

なにかあったんだろうか。

七瀬たちは事の成り行きを知っているからこそ、俺の反応がなくても察してくれるだろう。

だけど明日姉はそうじゃない。

万が一、緊急事態だったら……。

無視することもできず、ためらいがちにディスプレイをタップすると、

『こんばんは、月が綺麗ですね』

こちらの心配をよそに、拍子抜けのすまし声が聞こえてきた。

「えっと、うん」

俺はとりあえずそう答える。

『あれっ?! ごめんね、もしかして取り込み中だった？』

「ううん、ちょっと散歩してたところ。どうしたの？」

短い沈黙のあと、明日姉が口を開く。

『……どうしたってことはないんだけど、どうしてるかな、って』

珍しく、要領を得ない反応だった。

なんと答えようか迷っていると、

『用事がないと、かけちゃ駄目？』

明日姉がどこか不安げな声を出す。

俺はなるべく明るい口調を意識して言った。

「家に帰って、ゆっくり風呂に入ってご飯を食べたところだよ」

うまく演じられたのか、明日姉の声がぴょんと弾む。

『そっか！ なに食べたの？』

「誰かさんが好きな、昔ながらのオムライス」

『いいなー、夏勉から帰った日に自炊？』

「っ、まあ、そんなとこかな」

このぐらいのはぐらかしは、許してほしい。

『じゃあ、肉じゃが覚えたら次はオムライスかな』

「……意外と難易度高いよ」

『ねえ最近私のことへっぽこだと思ってない?!』

「まさか、いまでも変わらずに憧れの先輩だ」

『………………』

ふと、会話が途切れて、

明日姉が言った。

『君、なにがあったの？』

「なにって、なんも」

『嘘！』

途中まではうまくやり過ごせそうだったのに、と思いながらそれに応じる。

「少し疲れてるだけだよ、変な明日姉だな」

『ねえ、今日は新月だよ』

明日姉の最初に切り出したひと言が頭に浮かんではっとする。

『いつもの君だったら、今宵はひと目お会いすることも叶いませんが、ぐらいの気障ったらしい返事はするんじゃない？』

「ごめんごめん、急だったからなんとなくで相づち打っちゃった。それに、今日はちゃんと夜空を眺めてなかったんだよ」

『仮にそうだとして、いつものへらへらした軽口も皮肉もなし。なにかあったことぐらいは、さすがにわかるよ。だったらいつもみたいに聞かせてほしい。言ったでしょ、残された時間で君とできるだけ長く、できるだけいろんな話がしたいって』

「でも……」

　思わず言葉に詰まる。

『あのね、もしかしたら君は私に気を遣ってくれてるのかもしれない。巻き込むべきじゃないとか、伝えたら嫌な気持ちになるかも、とか』

だけど、と明日姉はどこか寂しそうな声で続けた。

『本当に哀しいのは、蚊帳の外に置かれちゃうことなんだよ。

ただでさえ、私たちには一年の距離がある。

学校で過ごしている君を、なにも知らないから。

わがままなのかもしれないけど、自分の手が届かないところでなにかが決定的に変わってしまって手遅れになることが、怖い。

知ってしまった傷より知らなかった傷のほうが深くなることも、あるんだよ』

「明日姉(あすねえ)……」

『もう二度とっ！』

思わず強くなった語気を鎮めるように、小さく息を吸う音が聞こえた。

『もう二度と、なにも聞かされないままに君が野球してるとこを見かけるのは嫌なの』


ああ、そうか。

あの日、あのグラウンドで、明日姉はそんなふうに。

——ッ。

自分の身勝手さにほとほと嫌気がさす。

もちろん、明日姉には野球部のことを報告するつもりでいた。

でも、どうせなら万全に準備を整え、胸張って「試合出るから来てよ」と伝えたかった。

高校で再会した頃、俺はくよくよしてる姿ばっかり見せてしまったから。

今度こそ、大好きな野球に真っ直(ます)ぐ向き合ってるところを、って。

……だけど、たしかに明日姉の立場になって考えてみれば。

これまでさんざん話を聞いていたのに、いざもう一度野球をできることになったら自分はほったらかしでクラスメイトとわいわい楽しくやってる。

そんなふうに映ったって、おかしくない。

またこうやって、知らないところで、誰かを――。

「わかった。あんまり上手には、話せないかもしれないけど」

『上手じゃなくていい。君の言葉で、聞かせて』

俺は、夕湖と過ごした日々をなぞるように、ゆっくりと口を開いた。

そうしてすべてを話し終わったあと、

『ごめんね』

明日姉は短くそう言った。

「こっちこそ、野球のことはごめん」

『ううん、君なりの理由があったってことは、ちゃんとわかってるんだ。きっとそれはそれで間違ってなんかいなくて、ただすれ違っただけだってことも……』

短い沈黙が流れたあと、こくりと喉が鳴り、からんと氷の音が響く。

その奥から、電話の邪魔にならないように絞った音量で、うっすらとBUMP OF CHICKENの『embrace』が聞こえてくる。

『いまの君に届けられる言葉があればいいんだけど』

明日姉(あすねえ)は無理して笑うような声で、

『駄目だね、なにを口にしても薄っぺらく上滑りしちゃいそうだ』

どこか自嘲(じちょう)気味に言った。

だけど、俺は。

なぜだか救われたような心持ちになった。

きっと、自分のことのように心情と場景を想像してくれたからこそ、言葉を誰よりも大切にしているこの人だからこそ、なにも言えなくなってしまったのだと。

出口の見えない迷路でうずくまっている自分を、そうなっても仕方がないと、少しだけ肯定してもらえたような気がした。

『つらいね』

明日姉がひとり言みたいにつぶやく。

「うん、つらいよ」

優空(ゆあ)にも吐けなかった弱音がぽつりと漏れる。

そうして流れていた曲が終わる頃、俺たちは互いにおやすみを告げた。

＊

電話を切ってから何十秒、もしかしたら何分かは固まっていたのかもしれない。

スマホがぼすっとベッドの上に落ちる音で、私、西野明日風はようやくはっとした。

自分で強引に聞き出したくせして、その内容にまだ頭が追いついていない。

声が暗いことには最初の反応で気づいた。すぐいつもどおりになったから考えすぎかと思ったけど、話してるうちにやっぱりおかしいって。

懲りもせず他人のやっかいごとに首を突っ込んでしまう君のことだ。

またなにか、そういうものを抱え込んでしまったんだろう。

だから明日姉らしく話を聞いて、少しでも役に立てたらって。

私は、私は——。

どこまで呑気(のんき)だったんだろう。

夏勉で過ごした時間が幻想的にまぶしくて、ほんの短いあいだだけどクラスメイトになれたような気がして、家に帰ってもまだ余韻が抜けなくて。

だからまだ君の声が聴きたい、もう少し話していたい。

この四日間が夏の蜃気楼(しんきろう)なんかじゃなかったことを確認するように、ひとつひとつの瞬間をいっしょに振り返りたい。

なんて、ふわふわ浮かれているうちに……。

私が知らないところで勝手に物語は先に進んでいて。

気づいたときには、終わってた。

柊さんの決意も、他の子たちの戸惑いも、浅野くんの怒りも、きっと流れたはずの君の涙さえ、なにひとつ関わることのないままに。

ねえ、どうして。

君よりも先に生まれちゃったんだろう。

なんでクラスメイトじゃないの。

たった一枚、その切符さえあれば、私も登場人物でいられたのに。

柊さんに返事をする前に待ったをかけて想いを告げられたかもしれないのに、浅野くんに責められる君をかばえたかもしれないのに、教室から出ていく背中を迷わず追いかけて隣にいてあげられたかもしれないのに。


——その選択をする資格すら、私には与えられていない。


内田さんが、七瀬さんが、青海さんが、羨ましくてうらやましくて妬ましくて恨めしくて心が醜く濁ってしまいそうだ。

柊さんを、憎んでしまいそうだ。

あなたたち（クラスメイト）はいい。

そうやって抜け駆けで告白して、残念な結果に終わったとしても、また夏休みが明けたら学校が始まる。

嫌でも毎日顔を合わせるし、あの仲がいいメンバーのことだ。

わだかまりだって遠くないうちに消えて、友達に戻れるだろう。

この先の日々を過ごしていくうちに、またチャンスが巡ってくるかもしれない。

それこそいつか同窓会で再会することだってあり得る。

だけど、私は、先輩は。

たった一度でも失敗したら、それですべてが終わってしまうんだよ。

共通の親しい友人がいるわけでもない、必ず会える場所や機会があるわけでもない、切ろうとしても切れない繋（つな）がりがあるわけでもない。

想いが届かなかった瞬間に、

――ぷつん、と。

自覚した瞬間、かたかたと身震いするような恐怖に呑（の）み込まれた。

それはもしもの話なんかじゃない。

一歩、間違えてたら。

君が柊(ひいらぎ)さんの気持ちを受け入れてたら。


さっきの電話が、さよならの電話に変わっていたんだ。


『夕湖(ゆうこ)と付き合うことになった。

明日姉(あすねえ)とふたりきりで会うことは、もうできない。

学校ですれ違ったときは近況報告とかしようね』

嫌、だよ。

そんなのいやだ。

嫌だ嫌だ嫌だ絶対にいやだよ。

東京の大学へ行くと決めたとき、会えなくなる覚悟はしたつもりだった。

きっとお嫁さんになることはないとまで、思ったはずなのに。

いつのまにか心の片隅で描いていたのは……。

都会での新しい生活をLINEで毎日報告して、一週間に一回ぐらいは電話に付き合ってもらって、夏休みは福井に帰って久しぶりのデート。

もし君が東京に来てくれるなら。

今度こそお姉さんぶってあちこち案内してあげて、私の家で特訓した肉じゃがを、って。

存在するはずのないロスタイム。


ああそうか、私。

──離れて暮らす覚悟はできてても、離れる覚悟なんて全然できてなかったんだ。


わかってるよ、悪いのは柊さんじゃない。

彼女はただ勇気を振り絞っただけだ。

ふたりで旅行して、同じホテルの同じベッドに眠って。

柊さんが抜け駆けだっていうなら私の罪はもっと重い。

クラスメイトじゃないなら、必ず会える場所や機会がないなら、切ろうとしても切れない繋(つな)がりがないなら、自分で作ればいい。

恋人っていう、誰よりそばにいられる一枚限りの切符を。

だけど、でも、だって。

思えば幼かったあの頃は、君が夏になるとやってきて、引っ込み思案だった私をいろんなところに連れ出してくれた。

思えば高校に入って再会したあとは、君のほうから私を見つけて隣に座ってくれた。

思えばずっと、私は手を引かれてばかりで。

遠ざかりそうな君をどうやったら振り向かせられるのかが、なにひとつわからないんだ。

行かないで、置いてかないで、私をのけ者にしないで――。

もう夏になるたび哀しい気持ちになるのは嫌なの。

せっかくまた会えたのに。

また何度だってふたりで冒険しようよ。

あの日みたいにお祭りに連れてってよ。

「朔兄ぃ……」

ぎゅっと、私は枕を抱きしめた。

誰もが自分で自分にスポットライトを当てながら、ここにいるよって叫んでる。

それぞれのハッピーエンドを胸に、それぞれの物語を生きている。

いまこうしている瞬間だって、きっと。

本当は聞きたかった。

ねえ、泣いてる君にオムライスを作ってくれたのは誰？

＊

明日姉との電話を終えたあと、そのまま適当に時間を潰した俺、千歳朔は、一時間を過ぎたぐらいの頃合いを見計らって家に戻る。

身体を動かせば少しは気が紛れるかと思ったけれど、散歩程度ではかえって益体もない自省が深まる一方だ。

こんなことなら、いつかのときみたいに汗かいて風呂に入り直すの覚悟でバットを持って出ればよかった。

せめてスイングに集中していれば、多少はましだったろうに。

ぴーんぽーんと、俺は部屋のチャイムを鳴らす。

すぐに中でぱたぱたと音がして、がちゃりドアが開いた。

青いサテン地に白い星柄が入ったセットアップのパジャマに着替えていた優空は、

「なんでわざわざ？」

不思議そうな顔で言う。

普段はひとつにまとめて肩の前に流している髪が、いまは無造作に下ろされていた。

「優空（ゆあ）だから大丈夫だとは思ったけど、念のためな」

万が一にもリビングで着替えてる最中だったりしたら、今夜はもう家に入れない。

「ふふ、お気遣いありがとう」

ドアを押さえてくれていた優空の横を通り過ぎるときにふと、ふたつの意味で嗅（か）ぎなれた香りがする。

いつも使ってるシャンプー、いつか優空に教えてもらったシャンプー。

染みついていまさら振り払えないものを振り払おうと雑に靴を脱いで部屋の中に入ると、まるで俺の気持ちを代弁しているように濃いコーヒーの匂いがした。

「朔（さく）くんはホット？　アイス？」

わざわざスタンスミスを揃（そろ）えてくれた優空が言う。

「今日はご飯のあとに飲むタイミングなかったから」

あまりにも自然な台詞（せりふ）に、俺も少しだけ肩の力を抜いて答える。

「もう真夜中の入り口だぞ」

時計の針は二十三時半に差し掛かろうとしていた。

「ごめんね。でも、コーヒー飲んでも余裕で寝られるって前に」

「っ、いや、ホットでもらっていいか」

「今日はカフェオレよりもブラックかな？」

「……ああ」

　まるで全部お見通しみたいだ。

　チボリを適当なラジオの周波数に合わせてからソファに座っていると、優空がマグカップをふたつテーブルに置いて隣に座る。

　どちらにもブラックコーヒーが注がれていた。

「優空まで付き合うことないいんだぞ。ホットミルクとかにしといたら？」

　そう言うと、ふふ、といたずらっぽい笑みがこぼれた。

「朔くんがちゃんと横になるまで見張ってないと」

「信用ないな、大丈夫だよ。これを飲み終わったら、すぐには眠れないだろうけどちゃんと横になって目をつむる。そう約束したから」

「じゃあ、またソファを移動させなきゃ」

　優空はそう言ってこちらを向き、

「そのままどっちかが眠るまでお話ししてよ」

　やさしく目尻を下げる。

「だから付き合うことはないって」

「ううん、どうせ私もすぐには寝られないよ。それにあのとき、すごく安心できたから」

「そっ、か。ベッドは優空が使っていいから」

「遠慮してもどうせ譲らないんだろうし、ありがたくそうさせてもらうね」

ずず、とふたりでコーヒーをすする。

少し気が抜けたのか、俺はついぽつりとつぶやく。

「どうしてるかな」

思い浮かべている相手はすぐ伝わったようだ。

「まだ泣いてるんじゃないかな」

優空は迷わずにそう答える。

「そんな、あっさりと……」

誰のせいで、と言われたらそれまでだが、妙に淡々としているのが気になった。

「目を逸らしても仕方ないと思うな。夕湖ちゃんが泣いてることも、朔くんが苦しんでることも、そして、私がここにいることも。みんな、自分で選んだことなんだから」

「……まあ、な」

河川敷で話したときからずっと、優空はこんな調子だ。

「このあいださ、琴音さんと会ったんだ」

「うん、聞いたよ。夕湖ちゃん、迷惑そうに話してるのにとってもうれしそうだった」

その様子を想像すると、また胸が苦しくなる。

「夕湖が席を立ったとき、少し生い立ちみたいなのを教えてもらって。そうしてふたりを見てたら本当に仲が良さそうで、まるで友達か姉妹みたいで、あったかいなーって思った。ちょっとだけ、こういう家族っていいな、とか」

ちらりと隣を見ると、さっきの台詞とは打って変わって穏やかな表情をしていた。

「私も何度かご飯にお呼ばれしたりして、似たようなこと感じてたな」

「そのときさ」

俺はひと口コーヒーを飲んでから続ける。

「琴音さんに、千歳くんがそばにいると安心できるって言われたんだ。俺はいられるだけはいますよって答えた、友達だからって」

「……そっか」

「あの約束も、やぶっちゃったな」

優空はふるふると首を横に振った。

「いまの関係を変えようとしたのは夕湖ちゃんだから、いられるまではいた、ってことになるんじゃないかな。それに、私も琴音さんに言われてた。成人式のときも着付けしてるのが見たいって。ずっと仲よしのままでいてほしい、って」

そこで言葉が途切れて、

「……なのに、私、夕湖ちゃんのことっ」

はじめて優空の声が小さく震えた。

そっか、やっぱり。

さっき優空がそうしてくれたように、立ち上がってチボリの音量を上げる。

それから俺たちはしばらくのあいだ、ラジオから流れてくる知らないピアノソナタに耳を傾けていた。

それでも優空は、涙を見せなかった。

＊

「お母さん、お母さん――っ」

私、柊夕湖は、間接照明をひとつだけぽつんと点けたリビングのソファで、ワインを片手に持ったお母さんにすがりついていた。

結局あのあと、海人はなにも言わずに家まで着いてきてくれた。

鞄から鍵を取り出す元気さえなくて玄関のチャイムを鳴らすと、中から出てきたお母さんは私と、それから海人を見てなにか察してくれたらしい。

『夕湖を送ってくれてありがとう。えっと、君は……』

『ただのクラスメイトっす。じゃ、俺はこれで』

海人はそう言ってすぐに歩き出してしまう。

本当はお礼を伝えなきゃいけないのに、お母さんの顔を見てほっとしたらまた涙がこみ上げてきて、遠ざかっていく背中に心のなかで何度もありがとうと叫んだ。

それからお母さんはなにも言わずに私をバスルームに連れて行き、着替えとバスタオルを持ってきてくれた。

ぼーっと立ち尽くしてたら制服を脱がされそうになったので、ようやくはっとして「大丈夫、自分でやる」と伝えた。

それからシャワーを浴びて、湯船に浸かって、またぐちゃぐちゃといろんなことを考えた。

のぼせそうになってお風呂を出て、もう意味なんかないのにいつもどおり肌のケアをして、丁寧に髪を乾かした。

リビングに戻ったらお母さんがソファで待っていた。

この時間ならお父さんも帰ってるはずだけど、もしかしたら気を利かせて二階に行っててと頼んでくれたのかもしれない。

お母さんがぽんぽんと隣を叩くので、私はそこに座る。

自分のワイングラスをローテーブルに置き、用意してあったもうひとつのグラスにウェルチのグレープジュースを注いでくれた。

「ゆっくりでいいよ、夕湖（ゆうこ）」

「――ッ」

その言葉に私は、四日間のできごとを、朔（さく）に伝えた言葉を、その結果を、誰にも話せなかった本当の気持ちを、とっくに枯れそうな声で全部ぜんぶお母さんにぶつけた。

「ねえ、終わっちゃったよぉ」

私が言うと、お母さんはぽんぽんと頭を叩（たた）いて、

「そっか、頑張ったね」

やさしく撫（な）でてくれた。

「私、間違ってたのかな？　ひとりで勝手に突っ走っただけなのかなぁ？」

お母さんはくぴとワインをひと口飲む。

「まあ、恋のステップとしては大間違いだったねー」

その明け透けな反応に思わず頭がかっとなる。

「ひどい！　そんな言い方しなくても……」

「夕湖だってわかってたんでしょ？　このタイミングで告白したって、きっとうまくはいかないってこと。本当はまだ早いって」

「……うん。だけど、朔のことが好きなんだろうなって思う女の子が他にもいて、それは私の大切な友達でもあって、悩んで、迷って」

「私なら、絶対に夕湖と同じ選択はしない」

はっきりとお母さんが言い切った。

「やっぱりそう、だよね……」

消え入りそうな声でつぶやくと、

「だからこそ」

やさしい顔でこっちを見る。

「あなたを誇りに思うよ。真っ直ぐここまで育ってくれて。大切な人を大切に想える子になってくれて」

そこで一度、言葉を句切り、

「そういう夕湖でいてくれて、本当によかった。ありがとうね、私の娘に生まれてくれて」

にっと、お母さんは笑った。

私は、私は——ッ。

「本当に？　嫌な女じゃない？　大好きな人を、一生の親友を、かけがえのない友達を傷つけただけじゃない？」

その答えは、とお母さんが言う。

「——きっとあなたの心にいる人たちが、教えてくれるよ」

私はソファの上でひざを抱えて、いつまでもいつまでも泣きじゃくっていた。

＊

コーヒーを飲み終え、交代で歯みがきを終えた俺、千歳朔は、優空と協力してソファを寝室に運び込んだ。

声さえ届けば充分なので、ベッドからは少し離したところに置く。

リビングのチボリにオフタイマーをかけて音量を下げ、冷房を切った。

ひと足先にベッドに入っていた優空が言う。

「大丈夫だよ。私、毛布借りてるし」

俺はけっこう暑がりだから、いつも低い温度でエアコンをつけている。

反対に冷え性のきらいがある優空は、ときどきうちのクローゼットからパーカーなんかを引っ張り出して羽織っていた。

「いや、自分のほうに扇風機向けるよ。それに……」

からからと、ベランダに続く掃き出し窓を開ける。

「こっちのほうが気持ちよさそうだ」

ふありとカーテンが膨らみ、真夜中の静かな風が入り込んできた。

外もずいぶん涼しくなったようだ。

ソファに寝転がって目を閉じると、まどろむ夏草の匂いがする。

それでも頭はかっかと覚醒（かくせい）していて、まだまだ夢のなかへは逃げられそうにもなかった。

もぞ、ごそ、と優空が寝返りを打つ気配が伝わってくる。

ベッドのほうに目をやると、枕に頬（ほお）をつけたまま、横向きになってこちらを見ていた。

「なにか、お話をしようよ」

優空(ゆあ)が両手で毛布の端を握りながら口を開く。

「本当に付き合ってくれるつもりなのか」

「言ったでしょ。私も眠れそうに、ないんだ」

「そっか」

俺も身体(からだ)をよじって横向きになった。

「でも、ふたりで仲よくおしゃべりってのは……」

「夕湖(ゆうこ)ちゃんに悪い？」

「やっぱり、どうにも、な」

その言葉に優空はくすくすと身を揺らす。

シュシュでまとめていない髪の毛がはらりと流れた。

「変なの。こういうときにどうすればいいか、教えてくれたのは朔(さく)くんなのに」

「え……？」

優空は慈しむようなまなざしで、

「——夕湖ちゃんの話をしようよ」

穏やかな笑みを浮かべた。

「過ごした日々が間違いだったなんて下を向かないように。
出会わなきゃよかったなんて目を逸らさないように。
三人でお泊まりしてるみたいに」

はっと、思わず目を見開く。
そうか、優空は、あのときのこと……。

「じゃあ、今日は川の字だな」

ようやく心から微笑んで、

「ああ見えて意外と寂しがりやだから、夕湖は」

俺は枕代わりのクッションに頬杖をついた。

「うん！」

優空がくしゃっと笑って続ける。

「夕湖ちゃん、自分はしょっちゅう朔くんと帰ってるのに、私がたまに同じことすると『うっちーだけずるーい！』って言うんだよ」

「それ、逆パターンもあるぞ。『朔だけいっつもうっちーの手作りご飯食べられるの納得いかなーい！』って」

「あんなに華やかでみんなと仲がいいけど、ときどきすっごく臆病。ちょっと私が口数少ないだけで、『うっちーなんか怒ってる？』って」

「俺なんて、休日の買い物に付き合ったあと、8番の唐麺を並盛りにしただけで『朔疲れちゃった？　ごめんね、時間かかっちゃって』って言われたよ。普段は麺二玉だから」

「ふふ。夕湖ちゃんてさ、天真爛漫で心の赴くままに生きてるように見えて、意外とまわりのことちゃんと見てるんだよね。いつだったかな。すっごく寝坊しちゃって、作り置きのおかずもなくて、お弁当がご飯にふりかけ、梅干し、卵焼きだけってときがあったの。恥ずかしくてさりげなく隠しながら食べてたら、夕湖ちゃんが『うっちーあーん』っておかずを次々分けてくれて……。絶対に見えてなかったはずなんだけどなぁ」

「なんかわかる。普段はさ、夕湖ってけっこうわがままも言うだろ？　本気で困るようなやつじゃなくて、笑って許せる線は越えない範囲のっていうか、伝わるか？」

「うんうん。『駅前に新しいお店できたからいまから行こー』とかね」

「そうそう。『お服いっぱい買ったから朔の家でファッションショーするー』とか」

「あるある、それで？」

「去年のいまごろ、優空(ゆあ)はまだ毎日いっしょにいるって間柄じゃなかったけど、野球部であれこれあって凹(へこ)んでたんだ」

「うん。前にも言ったけど、夏休みにグラウンドで試合してたの練習中に見てたよ」

「ああ、健太(けんた)の家に行くとき……あれ、でも夏休み中って俺」

「まあまあ、いまはその話はいいから」

「だな。それで、なにがあったかは夕湖にも、和希(かずき)や海人(かいと)にも話せなかった。なのにその時期、夕湖がいつものわがままをいっさい言わなくなったんだよ。夏休みだから積極的に誘ってきそうなもんだけど、本当にまったく。代わりに、毎日LINEで明るい気持ちになれるメッセージや写真がたくさん届いた。帰り道で向日葵(ひまわり)を見つけたんだ、夕焼けがきれいだよ、今日のお月さますっごく大きい、ってさ」

「朔くんが戦ってることに、気づいてたのかもね」

「かもしれない。一番しんどい時期を過ぎたら、今度はあちこち連れ出してくれた」

「その頃には、もう三人いっしょ」

「ああ、そうだった……」

　そんなふうに俺たちは、

夕湖が。

夕湖ちゃんが。


あのとき。

そのとき。


俺も。

私も。


……いつか。

……また。


ずっと夕湖のことを想い続けた。

どれだけそうしていても、途切れることなく。

波打ち際できれいな貝殻を探すように、星屑をひとつずつ数えるように、夕暮れの飛行機雲を追いかけるように、とっくに訪れている明日から、逃げ出すように。

きっと俺たちは怯えている。

まるで眠りについてしまったら、今日という一日に鍵をかけられて二度と上書きできなくなるんじゃないかって。

きっと俺たちは願っている。

このまま話していれば、そのうちひょっこり夕湖が現れて、何事もなかったかのように夏休みが続いていくんじゃないかって。

きっと、俺たちは、

受け入れる準備をしている。

――それでも続いていくこれからを。

「なあ優空」

「んー？」

「夕湖と、海人と、仲直りできるかな」

「どうだろうね、まったく元どおりにはならないんじゃないかな」

「そうだよな」

「ねえ朔くん」

「なんだ？」

「夕湖ちゃんと、まだお友達でいられるかな」

「どうだろうな、なにひとつ変わらずにはいられないんじゃないか」

「そうだよね」

だからいまは、もう少しだけ。

真夜中の底で、きれいな飴玉を拾い集めていよう。

青の終着点に、哀しみの色を流しておこう。

またいつか、並んで夕暮れを歩けるように。

六章　月の見えないふたりぼっち

――十六歳、春。

私、内田優空(うちだゆあ)は藤志(ふじ)高校に入学した。

入試の成績がトップで新入生代表あいさつを任されたときは正直驚いたけど、そうか、とすぐに納得できた。

中学校のときもずっと、テストの総合順位は一位だった。

とは言っても、私はべつに天才なんかじゃない。

教科書に軽く目を通しただけで内容が理解できるわけでもなければ、初見の難解な応用問題をひらめきで突破できるわけでもない。

ほとんどの子どもと同じように、小さい頃は勉強が好きじゃなかった。

お母さんに勧められて始めたピアノやフルートを演奏してるほうがずっと楽しかったし、通知表もだいたい中の上ぐらい。

だけど小学校四年生のある時期に決心してからは、家族を安心させるために毎晩毎晩遅くまで予習や復習に励むようになった。

つまり一般に受験勉強と呼ばれるものが私にとってはずっと続けていた日常で、単に積み重ねた時間の差が結果として表れただけの話だ。

大学入試になるとまた違うのかもしれないけど、少なくともこれまでに経験してきたテストはおおよそ慣れと暗記で高得点が取れた。

地道にひたすらいろんな問題集に取り組んでいれば、自然と重要な単語や答えを導くための手順、応用のパターンなんかが蓄積されていく。

それが人よりも多かったから、人よりもいい成績を収められた。

自分で頭がいいと思ったことはない。

私がやっているのはテストで「見たことがある」を増やすための行為で、突き詰めれば事前に解答を入手しているのと大差ないからだ。

ときたま柔軟な発想や対応力を求められる問題に直面すると、どれだけ真剣に悩み抜いてみてもあっさり間違える。

じゃあ私は世間で言うところの努力家というやつなのだろうか。

それもやっぱり、少し違う気がする。

純粋に過程だけを抜き出したらまごうことなき勤勉なんだと思う。

でもそこには動機と条件が決定的に抜けていて、私は勉強ができるようになりたくて勉強していたわけじゃない。

前者は「なるべく家族に心配をかけない子」でいようと決めたから。

後者に関しては単純に友達がいなくて、他の人が遊びに使う時間を勉強に充てられたから。ようするにやらざるを得なかったからやっていたというのが実際のところで、それを前向きな努力という言葉で表現するのはどこか後ろめたい。

もともとは、学校でも音楽教室でもそれなりに仲よくしている子がいた。親友と呼べるほどの間柄じゃなかったけれど、顔を合わせればおしゃべりして、いっしょにご飯を食べたりもした。

少なくとも、ひとりぼっちだったという覚えはない。

だけど、ちょうど勉強を頑張ろうと決めた四年生の頃をきっかけに。

一人、また一人と、私のまわりからは友達が消えていった。

けんかをしたわけじゃない、いじめられていたわけでもない。

ただみんな、私よりも気の合う子や仲のいい子を見つけて、そっちとの時間を大切にするようになっただけだ。

ただみんな、どうしていいかわからなかっただけだ。

昔から、自分が「地味系」とくくられる側であることには気づいてた。

そんなにおしゃべりが得意なわけでも明るく活発なわけでもなくて、クラスでは静かな子たちと過ごすことが多かった。

流行やオシャレに敏感じゃなかったし、この頃から眼鏡(めがね)をかけはじめて、むしろそういうものから距離を置こうとさえしていた。

　これといってすることがなければ休み時間も勉強していたのが決定打だったんだろう。

気づいたときには、「物静かな優等生」という立ち位置に収まっていた。

　自分で言うのは少しはばかられるけれど、クラスのみんなは私をちょっと高いところに置いて、頭のいい人として丁寧に接してくれた。

　宿題を忘れた子にはこっそり見せてあげたり、テスト前になるとクラスの中心にいた目立つ子たちもノートを借りに来たり、わからない問題を聞きに来たりした。

　私は「自分でちゃんとやりなよ」なんて反感を覚えるタイプでもなかったので、そういうときは可能な限り力になってあげた。

　人に教えると理解が深まることも多かったし、不当に損してるという意識もとくにない。

　そんなことを繰り返しているうちに。

　私のまわりにはいつのまにか透明な壁ができていた。

　内田さん、内田さんと人は集まってくるのに、彼や彼女たちはみんな「物静かな優等生」という役割を与えられたお人形に話しかけているようで。

　誰も内田優空を知ろうとはしないし、内田優空の心に踏み込んではこないし、内田優空と友達になろうともしない。

　それが、私にとっては、とても心地よかった。

思ったよりも勉強ができたことで、肩書き（やくわり）はひとつ背負ってしまったけれど。

――私は誰よりも普通の女の子でいたかったから。

人より目立たず、人より際立って劣りもせず、たくさんの友達や親友はいらないけど、かといってひとりぼっちで可哀想にも見えない、ただそこに流れている空気のような存在で粛々と学生生活を送りたいと思っていた。

まわりに一線引かれているような立ち位置が、気に入っていた。

やがて中学に入って「物静かな優等生」という肩書きすら薄れ、「なんかみんなに勉強教えてくれるいい子」ぐらいの扱いになったとき、望んでいたものが手に入ったように感じた。

子どもがなにを、と思われるかもしれないけど、普通に生きていければ充分だ。

とびきり大きな幸運もない代わりに、どん底に突き落とされるような不幸もない。

みんなに褒（ほ）めそやされたりはしないけど、大切な人を傷つけることもない。

これでいい、こういうのがいい。

高校でもなにひとつ変わることなく、このままで……。

*

入学から数日間で、思ったよりもずっと早く、私はクラスの人たちから物静かな優等生という扱いを受けるようになった。

学区で自動的に振り分けられ、同じ小学校出身の子も多かった中学時代と違って、高校では県内のいろんなところから生徒が集まってくる。

ましてここは藤志(ふじ)高校だ。

べつに優等生扱いされたいわけじゃなかったし、本当は地味で大人しい子ぐらいに思ってもらえたらそれで充分だったけれど、成績トップで新入生代表あいさつという少し出来すぎた結果が、早々に私を馴染(なじ)んだ役割へと押し込んだ。

進学校での新生活は、想像していたよりもずっと居心地がよかった。

わいわいと騒ぐ人たちもそんなにいない。

席が近い子は「頭いいんだね」と話しかけてくれたけど、しばらくやりとりをするうちにだいたい私の人柄を察したみたいで、角が立たないよう穏やかに話を切り上げてくれる。

授業が始まると、さっそくクラスの中心で目立っている人たちでさえ、しんと静まって先生の話に聞き入っていた。

休み時間に誰かが勉強をしているのもべつに珍しいことじゃなくて、この場所なら思い描いた普通でいられると胸をなで下ろした。

私にとっては事件とも呼べるできごとが起こったのは、ある日のホームルーム。

とても進学校の教師とは思えない雰囲気を漂わせている岩波(いわなみ)先生が、クラス委員長を決めると言いだした。

ちょっと、まずいかも。

そう思って私は誰とも視線を合わせないようにそっと顔を伏せた。

委員長キャラ、なんて言葉があるように、小説や映画、ドラマなんかだと「眼鏡(めがね)をかけた成績のいい、だけどちょっと口うるさい女の子」みたいな人物が出てきたりする。

最後の特徴を除けば私はわりと適性があるほうみたいで、いままでも、こういう場で立候補がひとりもいなかったとき、お約束みたいに推薦されることがあった。

たいていクラスの中心にいる誰かが「内田(うちだ)さんがいいんじゃないですか？　頭いいし！」なんて言いだして、みんながそうだそうだと同調する。

たとえばこのクラスだと、

「はい！」


まさに思い描いていた人物が手を挙げた。

――柊(ひいらぎ)夕湖(ゆうこ)さん。

ものすごく失礼な言い方だってことは承知のうえで、最初に見たときは藤志高にこんな人がいるのかと驚いた。

テレビから抜け出してきたアイドルみたいに可愛くて、みんなと同じ制服を着てるはずなのになんだかとっても垢抜けていて、周囲の注目を一身に浴びる女の子。

だというのにそれを鼻にかけている感じはぜんぜんなくて、誰にでも親しげに話しかけながらきらきらきらと笑顔を振りまいている。

私とは、まるで正反対だ。

まだほんの数日だけど、彼女を見ていると、普通でいたいだなんて思っている自分が恥ずかしくなってくる。

わざわざ心がけなくたって、放っておいても私はごくごく平凡な人間で、柊さんみたいに特別な存在が近くにいれば嫌でもかすんで見えなくなってしまう。

……少しだけ、期待をした。

彼女は自分が立候補しようとしているのかもしれない。

もしそうなら、私は喜んで拍手をしようと。

だけど、岩波先生と短いやりとりを交わしたあとに出てきたのは、

「もし本人が嫌じゃなければ内田さんとかどうですか!?」

哀しいほどに、聞き慣れた言葉だった。

教室のあちこちで呑気な共感と拍手がぱちぱち響く。

ああ、やっぱり。

私は面倒ごとを押しつけやすそうに見えるんだな。

ううん、それはちょっと嫌らしい言い方か。

きっと柊さんは、そういう役目を任せられそうって思ってくれてるんだろうから。


「え、えっと……」


口ごもりながらも、半ば私は受け入れていた。

クラス委員長をやりたいのかと言われたら、そんなわけがない。

そもそも私は先頭に立ってリーダーシップを発揮するような性分では絶対にないし、万が一にもクラスでもめ事が起こって解決に向けた話し合いを仕切らないといけなくなったら……なんて、想像しただけで胃が痛くなる。

言いよどんでいる私を見て、柊さんが続けた。

「あっ、ごめんねいきなり。新入生代表だったし、内田さんなら安心して任せられるって思ったんだけど、嫌だったら普通に断ってくれていいんだよ!?」


含むところのないその表情が、逆に私を追い詰める。

きっと、本当に純粋な気持ちを口にしてくれているんだろう。

だけど、柊さんみたいな人がそれを言うのは、ずるい。

まわりの人たちの反応を窺ってみると、クラスはとっくに歓迎ムードに満ちていて、いまさら断ったりしたら、大なり小なり負の感情を抱く人が出てしまう。

それはきっと私の望む普通の学生生活へも影響を与えてしまうもので……。

肩を落とし、そっとため息をつく。

だからこれまでの人生でそうしてきたように、自分の意志とは関係なく、両方を比べて穏便にすませられるほうを、波風が立たないほうを選ぶ。


「ううん、大丈夫。もしみなさんがそれでいいのなら……」


私が言うと、柊さんがほっとした表情を浮かべた。

考えてみれば、ここは藤志高校だ。

人間関係を巡る面倒なトラブルなんてきっと起こらないし、クラス委員長と言ってもせいぜいがホームルームの進行や先生の手伝い程度の仕事しかないだろう。

大丈夫、だいじょうぶ。

これでいい、こっちのほうがいい。

なんて、自分を納得させようとしていたら、

「――よくねえだろ」

誰かの声が強く、はっきりと教室に響いた、

「「えっ……？」」


思わず私と柊さんの驚きが重なる。

声のほうを見ると、少し乱暴に椅子(いす)を引いて立ち上がったのはここ数日でもとりわけ目立っていた男の子だ。

たしか名前は千歳(ちとせ)、朔(さく)くん、といっただろうか。

入学してすぐ、同じように存在感のある男の子たち三人で仲よくなってわいわいと騒いでい

たから印象に残っている。

それを見たまわりの女の子たちが、ふわふわと浮かれていたのも。

正直に言って、あまり関わりたくないな、というのが彼らに対する第一印象だ。

小学校でも、中学校でも、クラスの中心にはこういう人たちがいた。

男の子の場合だとたいていが野球とかサッカーみたいな花形の運動部に所属しているか、容姿が整っているか、あるいはその両方。

なかには横柄な人たちもいたし、誰にでも優しい人だっていたから、それだけでひとまとめにして人格をあれこれ言うつもりはない。

ただどうしようもなく共通しているのは、良きにつけ悪しきにつけまわりに及ぼす影響が大きすぎるということだ。

彼らが笑ったり、いらいらしていたり、誰かを好きになったり誰かに好かれたり、なにか発言ひとつするだけでまわりが一喜一憂させられてしまう。

私はことさら慎重に、そういう人たちとは距離を置こうとしていた。

――なのに、どうして。

放っておけば私が委員長になって丸く収まっていたはずなのに。

ここで口を挟む理由なんて、あるはずもないのに。

そもそも、千歳くんたちは柊さんと仲よくしていたはずだ。

ついさっきだって、固まってなにやら楽しげに話していた。

だから普通に考えたら、ここはそっちに賛成して賑(にぎ)やかす場面。

なんで、この人はわざわざ……。

私の考えもまとまらないままに、

「あーっと、柊さ」

千歳くんは続けた。

——そこから先。


ふたりのやりとりが白熱して、ともすれば険悪な雰囲気になっていくのを、どこか他人事みたいにぼんやりと見守っていた。

驚いたことに、千歳くんが発するひとつひとつの言葉は、まるで心の奥にしまいこんだ私の気持ちを代弁してくれているようだった。

驚いたということは、無自覚なうちに私のなかにも偏見があったんだろう。

振り回される側の気持ちなんてわかるはずがない、と。

そうして気づいたときには、

「ごめん！　勝手なこと言っちゃった！」

柊(ひいらぎ)さんが私の手を握っていた。

「いや、私は、べつに……」

言いながらも、手はがちがちにこわばり、視線がきょろきょろとあたりを彷徨(さまよ)う。
引き受ける覚悟を決めていたはずだったのに、内心でほっとしたからだろうか。
一気にそわそわとした不安感が押し寄せてきた。
きゅっと肩が縮こまり、呼吸が浅くなる。
そっか、見ないふりをしていただけで、本当は自分で思ってたよりも、ずっと——。

「内田(うちだ)さんもさ」

言葉が出ずに固まっている私を見て、千歳(ちとせ)くんが口を開く。

「今回のは完全にとばっちりだけど、嫌ならせめて嫌そうな顔ぐらいしたら？　そしたら誰かが気づけるかもしれないし、愛想笑いは癖になるぞ」

——ッッ。


あとからお礼を言わなきゃと思ってた。

理由はさっぱりわからないけれど、この人が助けてくれたから。

さっきはありがとう、って。

それからちゃんと自己紹介をして、お友達になることは絶対ないだろうけど、これからもクラスメイトとしてよろしくお願いしますって。

だというのに、

「——あなたにそんなこと言われる筋合いはないと思います」


気づいたら私は千歳くんを睨みつけていた。

クラスのみんなが注目しているなかで、不快感をあらわにしながら。

せっかく差し伸べてくれた手を思いきり引っかくように。

なんで、と自分で自分に問いかける。

こんなふうに悪目立ちしたり、誰かと言い争ったりするだなんて、ことさら避けようとしてきたはずなのに。

ましてや自分をかばってくれた相手に対して、学校生活を普通に送っていきたいならせめて表面上だけでも仲よくしておいたほうがいい相手に対して。

そんなことを考えていると、私の言葉なんてまったく堪えていないとでもいうように、

「だな、わりぃ」

千歳くんはくしゃっと笑った。
まるで少年みたいなその表情を見て。
大事にならなくて本当によかった、あとでこのこともちゃんと謝らないと。
なんて冷静な頭が思うよりもずっと早く、
私は心の底から本気で腹が立った。

——むかつく、むかつくむかつくむかつく。

普段は思い浮かべもしない悪態がめらめらと湧き出してくる。

なんなんだこの人は、話したことすらないくせに。

今日のいままで、私なんて眼中にもなかったくせに。

人生すいすい送ってきたような顔でわかったふうなこと言って。

ぜんっぜん興味はないけど、あなたは見た目がよくて、きっとスポーツもできるんだろう。

たくさんの友達に囲まれて、なにひとつ不自由なく生きてきたんだろう。

だからそうやってみんなの前でも堂々と自分の主張をして、好かれるのも嫌われるのも怖くないって胸張って。

ぎゅっと唇を嚙みしめ、私なんかとっくに置いてけぼりでクラス委員長に立候補している千歳くんをもう一度睨んだ。

普段の冷静な自分だったら、これも彼なりの気遣いだって思えたのかもしれない。

不用意に出た私の言葉を覆い隠して見えなくしてくれたんだと。

だけど、だけど。

いまはそれすらも腹立たしくて仕方がなかった。

たったひと言で、私のなかのやわらかいところに踏み込んできたから。

まるでこれまでの生き方を否定されたような気がしたから。

なによりも彼の言葉が図星で、

気づいてくれる人がいた、と心のどこかが弾んでしまったから。

本当はそんな自分があんまり好きじゃないことに、気づかされてしまったから。


……私がどんな思いで愛想笑いを続けているかなんて、知らないくせに。


むかつく、むかつく。

あなたみたいな人なんて、大っ嫌いだよ。

とっくの昔に捨てたと思っていた、誰かに対する熱くなるほどの感情に、私の心臓はどくんどくんと音を立てていた。

＊

そうして迎えた翌日の朝。

なんだかもやもやしてうまく眠れず、しぱしぱする目をこすりながら私は早めに家を出た。

教室に入った瞬間、またあの言葉がよみがえってきて思わずむかっとしたけど、気持ちを落ち着けるように問題集を開く。

三十分もそうしていると少しずつ人が増えてきた。

あちこちで朝のあいさつが飛び交い、そして頭上や背中の後ろを通り過ぎていく。

誰も昨日の私を覚えてなんていないみたいだ。

その事実にそっと胸をなで下ろしていたら、

「内田さんっ！」

四角い空間の隅々までよく通る声が私の名前を呼んだ。

ドアのほうに目をやると、柊さんが小走りで駆け寄ってくるところだった。

どこか思い詰めたような様子に首を傾げながらも、ひとまずあいさつで応じる。

「おはよう、柊さん」

「うん、おはよう内田さん」

柊さんはあいさつもほどほどにしゃがんで私の手をぎゅっと握り、

「それから、昨日はほんとにごめんね？」

不安げな顔で見上げてくる。

でも、気づいたらもう内田さんいなくって」

「なんかばたばたして流れちゃったから、帰るときにもう一回ちゃんと謝ろうと思ってたの。

ああ、それは……。

仕方のないことだと思う。

なんだか心がかき乱されてぐちゃぐちゃになっていて、私はロングホームルームが終わったあと逃げるように教室を出たのだから。

なんだ、柊さんも。

まだ昨日が終わってなかったんだ。

私は心からの微笑みを浮かべて言った。

「ありがとう、本当にもう大丈夫だよ。ちょっとびっくりしちゃったけど、純粋な気持ちで推薦してくれたんだろうなってことは、わかってるから」

「っ、でも私、内田さんがどう思うのかってぜんぜん考えてなかった。ごめんね、ごめんね、ごめんね……」

後悔を滲ませながら、それでも真っ直ぐ謝る彼女を見て、ふと思いだす。

きっと柊さんにとっては記憶の片隅にも残らないささやかなできごとだろうけど、入学式が終わったあとの教室で、

『内田さん、さっきの代表あいさつ、すっっっっごくよかったよ！　こういうのってだいたい退屈なのに、ちょっと感動しちゃった!!』

やっぱり私の手を握りながら、そう言ってくれた。

わけもわからず、じんと目頭が熱くなったことを覚えている。

仕方がないこととはいえ、全校生徒の前で一年生の代表としてあいさつをするだなんて、断れるのなら断ってしまいたいぐらい苦痛だった。

それでも選ばれた以上は、温度のない定型文を並べるのではなく、この高校に入学してよかっただとか、これからの学校生活が楽しみだとか、もしかしたら私と同じように不安と緊張を抱えている新入生のみんなが少しでも前向きな気持ちになれる言葉をって。

誰も聞いていないかもしれないけど、普通に過ごせればいいなんて思ってる私が語ったところで響かないかもしれないけど……。

前日の夜まで、必死に頭を悩ませていた。

そんな自分を、柊さんが肯定してくれたように感じたのだ。

やっぱり、本当に真っ直ぐでいい子なんだろうな、と思う。

私は目の前でまだ不安そうな顔をしている柊さんの手をそっと握り返して、

「これからよろしくね」

社交辞令なしにそう言った。

これだけ華やかでみんなから愛されそうな女の子だ。

私なんかが特別なお友達になることは、きっとない。

だけど普通にクラスメイトのひとりとして、ときどきこうやっておしゃべりぐらいはできたらいいなと思う。

柊(ひいらぎ)さんは、ぱあっと満面の笑みを浮かべて、

「うん！　じゃあ、うっちーって呼んでもいい？」

うれしそうに声をはずませる。

私は思わず苦笑いで頬(ほお)をかいた。

こういう距離の詰め方はまだ慣れないというか、どうすればいいのか困ってしまう。

「えと、その、ちょっと恥ずかしいかな……」

「えーいいじゃん、響きかわいくて。それとも優空(ゆあ)ちゃんがいい？」

「ま、まあ柊さんが呼びやすいほうで」

「じゃあうっちーね！　私のことも好きに呼んでいいから！」

「と、とりあえずは柊さんからでいいかな」

「えーつまんなーい」

「そう言われても……」

柊さんはころころと表情を変えながら楽しそうに笑う。

思えば、と私は目を細めた。

こういうやりとりはいつ以来だろう。

中学のときはみんな示し合わせたように私を「内田さん」と呼んだし、私は私で名字に「くん」か「さん」をつけてしか誰かの名前を呼ぶことがなかった。

そんなことを考えていると、

「あ！」

柊さんが立ち上がって教室の前方を見る。

「朔ーッ！　おっはよー!!」

びくっと、その名前に思わず身構えた。

昨日あれから家に帰って何度も考えてみたけれど、どう見たって私は千歳くんにお礼を言わなきゃいけない立場で、だけどそれはそれとしてやっぱり思いだすたびにむかむかして。

家族でもない誰かに対してこんな感情を抱くのは初めてだった。

というか柊さん、昨日は名字で呼んでたような……。

「柊、それに内田さん。おはよー」

さすがに無視するわけにはいかないから、意を決してそろそろと顔を上げる。

片手を上げた千歳くんがふわあと大きなあくびをしながら近づいてきた。

呑気なものだ、と思わずため息をつく。

当然といえば当然だけど、向こうはなにひとつ気にしてなんかいないみたい。

柊さんに影響力を自覚しろだなんてお説教してたくせに、自分だって自分の言葉が相手にどんな影響を与えるのか自覚したほうがいいと思う。

自覚したうえで言ったんだとしたらもっと嫌なやつ。

……じゃ、なくて！

どうして私はこんなにけんか腰になっているんだろう。

今日こそ、ちゃんとお礼を言わなくちゃ。

うだうだしているうちに柊さんが口を開き、

「ねえ朔、柊はやめよーよー。なんか他人行儀だし下の名前がいい！」

まるでちょっと教科書見せてぐらいの気軽さでそんなことを言う。

なんていうか、本当に私とは正反対な女の子だ。

けっこう勇気のいるお願いだと思うんだけど、自分が古いだけなのかな？

千歳くんは少し呆れたように笑った。

「昨日、ぶしつけにお前って呼んで誰かさんに怒られたばっかりなんスけど」

そうだよね、と思わず共感してしまう。

むしろ私より、このふたりのほうがみんなの前で思いっきりやり合ってたはずなのに。

というか、昨日はそれどころじゃなかったけど、あの流れからどうしたら最終的に柊さんが副委員長をやるって話になるんだろう。

当の本人はあっけらかんと続ける。

「今日からお前も解禁でーっす♪　雑に呼んでくれていいからね！」

「あのな……」

さすがの千歳くんもちょっと困惑気味だ。

がりがりと頭をかいて、

「わぁったよ、夕湖」

どこか観念したように言う。

「はいはーい、あとでLINEも交換しようねー。もちろんうっちーも！」

「う、うん」

唐突に自分の名前を呼ばれて、勢いで私は頷いた。

なんだか柊さんを見てたら、昨日からいらいらしていた自分がばかばかしく思えてくる。

普通にお礼を言ってすっきりしておこう。

こうして柊さんとのわだかまりが解消されたのは間違いなく彼のおかげなのだ。

もし一歩間違えていたら、入学式の日にかけてくれた言葉を、そのときのじんわりとしたうれしさを、二度と思いだすことはなかったかもしれない。

そのときちょうど、千歳くんと目が合った。

「内田さんも、おはよ」

言い直させてしまった、と申し訳ない気持ちになる。

私はゆっくりと息を吸ってから、

「お、おはようございます」

少しつっかえながらもあいさつを返した。

千歳(ちとせ)くんはきょとんとしたあと、

「なんで敬語?」

堪(こら)えきれないといった様子でぷっと吹き出す。

私はかぁっと恥ずかしくなってとっさに目を伏せる。

ひと晩抱えていたもやもやだとか、あんまり近づかないようにしようっていう意識とか、いろんなものが相まって必要以上にかしこまってしまった。

だからっていきなりくだけるのも負けた気がして、

「それは、あなたのこと、まだよく知らないからです」

いっそ押し切ってしまおうと決める。

どうにかこの場さえしのげたら、もうじっくり話す機会もないだろう。

「じゃあさ」

視線を上げると、千歳くんはまだ口に手を当ててくつくつと肩を揺らしている。

「もちっとその警戒が緩んだら、せめて名前は呼んでくれよ。千歳くんでも朔(さく)くんでも呼び捨てでも可」

「——ッ」

また、この人は、どうしてそう。

いちいち気取って知ったふうなことを。

ああ駄目だ、お礼を伝えようと思ってたのに。

たったひと言、笑って「昨日はありがとう」と伝えたらそれでおしまいにできるのに。

やっぱり、どうしようもなくむかむかする。

隣では柊さんが不思議そうに私の顔を見ていた。

やっぱり、この女の子も、目の前に立っている男の子も、自分とは違う。

なにひとつ顧みる必要もないまま、好きに笑って、はしゃいで、ときにはぶつかっても、けろっと仲直りして。

普通でいようとする私の気持ちなんて、理解してもらえるはずがない。

大丈夫、だいじょうぶ。

すうっと、感情が凪いでいく。

小さい頃から私を支えてくれたひみつの呪文。

ずっと前からそうだった。

誰にも必要以上に踏み込まなければ、踏み込ませなければ、大きな幸せもない代わりにすべてが崩れてしまう不幸もない。

いままでそうしてきたように、愛想笑いでやり過ごせばいい。

だから、透明の壁越しに、

「――私、あなたのことあんまり好きじゃないと思います」


気づいたらはっきりとそう口にしていた。

え……？

なんで、どうして、私。

自分で自分の言ったことが理解できなかった。

警戒なんてしてないですよとか、ちゃんと自己紹介もしてないのにいきなり名前を呼んでいいのか迷っただけですとか、昨日はあんな態度とってごめんなさいとか。

頭のなかに浮かんでいたのは、そういう台詞だったはずなのに。

こんな言葉、人生で一度だって誰かに向けたことはなかったのに。

「あのっ、えっと」

慌てて取り繕おうとする私を見て、

「なんか、そんな気がしてた」

千歳くんはにかっと笑った。

……だから、もうッ！

そういう態度ひとつひとつが鼻につくんだって。
なんなの、なんでそこで笑うわけ？
いらっとすればいいのに、言い返してくればいいのに。
どうして私ばっかりがこんなにかき乱されて。
あなたは誰かに嫌われることが怖くないの？
単に私が地味な眼鏡っ子だから気にしてないだけ？
だけど昨日は柊さんに対してさえ、そういう感じだったよね。
わからない、この人が。

わからないから、いらいらする。

私に対してこんなふうに接してくる人は、これまでいなかった。

まるで物静かな優等生っていうラベルを剝がして中身を覗き込んでくるような。

そのとき、ぎゅっと握りしめた拳をほどこうとするみたいに、柊さんがけらけらと笑った。

「いやわかる、めっちゃわかるようっちー！」

場違いな反応に、また私は迷路へと迷い込む。

「朔ってちょーむかつくよね！　ほんと何様って感じ」

「えーと……」

「言いたいことあるなら言ったほうがいいと思うよ、昨日の私みたいに。そしたら見えてくるものとかあるかもしれないから！」

私が言葉に詰まっていると、

「内田さんさ」

嫌いな男の子が言った。

「もちっと肩の力抜いたら？

眉間(みけん)にしわ寄せてたら美人がだいなし」

ああ、なんだかもう頭のなかぐちゃぐちゃだけど、本当に、

「べつにどう思われようとかまわないです」

あなたのことは大っ嫌い!!!!!!!!!!

＊

柊(ひいらぎ)さんとだけLINEを交換した次の日から、学校生活は少しだけ賑(にぎ)やかになった。

たとえばある日。

『ねーねー、うっちーはいつもどこでお買い物とかするの?』

『えっと、スーパーとかゲンキーかな?』

『え?』

『え?　ほら、晩ご飯の材料とか……』

『じゃ！　なくて！　お洋服とかコスメとかってこと！』

『ご、ごめん。私、あんまりそういうの詳しくなくって』

『そうなの？　じゃあ今度いっしょに行こうよ！』

『うーんと、どうだろ……』


気持ちはうれしいけど、正直ちょっとだけ困る。

放課後や休日には、家でやらなきゃいけないことがたくさんあったし、あまりそういう派手な、というと大げさだけど、羽目を外すようなことはしたくなかった。

たとえばある日。


『お母さんにうっちーのこと話したら今度会ってみたいって！』

『……ありがとう、その、お気持ちだけ』

『ごめんごめん、さすがにいきなりすぎるよね。でもいつか紹介できるといいなー』

『うん、そうだね、いつか』


きっと、そんな日はこないと思う。

どうして頻繁に話しかけてくれるのかわからなかったけど、よく見ていると他の子たちにもおんなじように話しかけているのを見て納得する。

私はときどきしゃべるクラスメイトぐらいがちょうどいい。

柊さんが本当にいい子なのは伝わってくるけど、やっぱりこれ以上、関係を深めようという気は起こらなかった。

たとえばある日。

『うっちー、いっしょにご飯食べようよ』

『でも、柊さんいつも水篠くんとか浅野くんと……』

『うん、だからみんないっしょに！　ってこと』

『——いや本当に大丈夫だから気を遣わないで』

だってそこには、あ、あの男の子がいるから。

今度こそ決定的に突き放したと思ったのに。

結局、あれからもひょうひょうとした様子でことあるごとに話しかけてきた。

たとえばある日。

『内田さんさ、なんで俺と話すときだけそんななの？』

『自意識過剰じゃないですか？』

『だって他の連中と話すときは愛想よくしてるし、夕湖のときはそれよりちょっとだけやわらかいじゃん』

『そういうところが好きじゃないからです』

『ふーん。まあ、あんなお面みたいな顔で笑われるよりはいっか』

『っ、あなたは、いちいち』


友達でさえないのに、失礼にもほどがある。

それがちくちく的を射ているのが余計に腹立たしい。

たとえばある日。


『内田さんさ、ちょっとこの問題教えてほしいんだけど』

『お断りしますけど？』

『あ、嫌そうな顔できるようになったんだ』

『ええ、おかげさまで』

『素直に礼を言われると照れるな』

『厭みだってわかってますよね？』

『普通にそっちのがいいと思うから、厭みになってないんだよなあ』
『……なんにも知らないくせに』

「そっちのがいい」なんて、さらっと言ってくれちゃって。
私だって、本当は……。
たとえばある日。

『内田さん、もしかして自分で弁当作ってるの？』
『……悪いですか？』
『いや、ぜんぜん。なんなら今度料理教えてほしいぐらい』
『またちゃらちゃらと適当なことを』
『けっこうまじなんだけど……』
『自分のお母さんに教えてもらえばいいのに』
『そいつはちょっと、な』
『反抗期なんて、うらやましいかぎりですね』
『意外とかわいいとこあるだろ？』
『ますますあなたが嫌いになりました』

なんだかいつものへらへらした態度とは少し違った気がしたけど、ついつい口調がきつくなってしまう。

私も意固地になっていた。

だけどもしも、と思う。

この人にすべてを話したら、どんな反応をするんだろう。

それだけは、なぜだか少し興味があった。

＊

ある日の放課後。

柊(ひいらぎ)さんとの関係はそれ以上縮まることも広がることもなく、あの人とのやり合いも相変わらずのまま、私は七月を迎えた。

もうすぐ一学期が終わる。

おおむね、望んだとおりの学校生活を送れていた。

クラスのなかではもう完全にグループのようなものが固まっていて、私はどこにも含まれていない。だけど幸いにもちょくちょくあのふたりと話しているからか、とくだんひとりぼっちで可哀想という目で見られることはなかった。

それどころか、「どうして千歳くんと親しいの？」だとか「千歳くんて彼女いるのかな？」だとか聞かれることがあって、条件反射で引きつりそうな頰を必死に堪えながら受け流すのに苦労したものだ。

なんて考えながら廊下を歩いていたら、
背後から誰かに名前を呼ばれる。

「あー内田」

「はい」

振り返ってそう応えると、岩波先生がぽりぽりと頭をかいていた。

「千歳のやつ、見なかったか？」

「……いえ、見てませんけど」

「まだ教室で駄弁ってんだな。すまん、ちょっと頼まれてくれないか？」

「はあ……」

私はこくりと頷く。

「職員室の俺の机にプリントの束があるんだけど、それを教室まで運んどいてくれ、って。千歳に言づてしてくれると助かる。放課後来てくれとは頼んでたんだが、時間まで指定してなかったのがまずかった。このあと会議なんだよ」

うっ、と思わず言葉に詰まる。

あんまり自分から話しかけたくはないんだけど、だからって断るほどのことでもないし。

「わかり、ました」

渋々そう答えると、岩波先生は「悪いな」と片手を上げて歩き出す。

私はふうと小さくため息をついた。

すると、からん、からんと遠ざかっていた雪駄(せった)の音がかこんと止まり、

「そういえばさ、内田」

岩波先生が言った。

「機会があったら千歳ともう少し腹割って話してみ。

お前ら、似てるとこあるよ」

「なっ、どういう意味……」

「それを確認してみろってこった」

聞き捨てならない台詞(せりふ)だけを残して、岩波先生はからから歩き去ってしまう。

私と、あの人が？

ないないないない、絶対ない。

いろんなものに恵まれていて、いっつも無駄に自信満々で、たくさんの友達に囲まれながら

自由に堂々と生きてる男の子。

それに比べて私なんて……。

だいたい、岩波先生の見る目が正しいのか問題もあるし。

私は大きなため息をついた。

どうしよ、変なこと言うから余計に話しかけるの気まずくなっちゃった。

プリントぐらい、自分で運んじゃえばいいか。

くるりときびすを返し、私は職員室へと向かう。

「失礼します」

昔から先生に頼みごとをされる機会は多かったので、それほど途惑うことなく入り口近くに貼られていた座席表を見つけた。

イメージどおりというかなんというか、岩波先生の机には教科書やら資料やらが乱雑に積み上げられている。

その中央で、どっしりとした紙束が存在感を放っていた。

思ってたよりかなり多い。

「持てるかな……」

無意識にそうつぶやきながら、紙束をずりずりと手前に引っぱり、半分ぐらいが机からはみ出たところで底に手をかけて持ち上げた。

「うっ」

想像以上の重さに、思わず前屈みになる。

一応、ぎりぎりいけそうだ。

部活ではもっと重い楽器を運ぶお手伝いすることもあるし、大丈夫。

ここまで来ておきながら、プリントをもう一度机の上に戻してやっぱりあの人を呼びに行くってのは、できればさけたい。

ふんと力を入れて上半身をそりぎみに起こし、紙束を自分の身体で支えるように持った。

よし、なんとか。

ちょっと下品だけど、まわりに声をかけられそうな人がいなかったので、足を使って職員室のドアを開け、また閉める。

そうしてすぐに後悔が襲ってきた。

歩くたびにざらついた紙の端がきりきり指に食い込み、腕がじんじんしてくる。

やっぱり、素直に呼びにいけばよかったかも。

あの人だったら、このぐらいひょいっと涼しい顔で運んじゃうんだろうな。

やがて階段に差し掛かると、いよいよもって腕が痺れてきた。

普段みたいに一歩二歩とたんたん上ることができなくて、右足を一歩上げ、同じ段に左足を上げ、一歩一歩のそのそ進んでいく。

端から見たら、いまの私はかなりまぬけに映っているはずだ。

ああもうっ、なんでこんなことに。

不意に、自分がどうしようもなくみじめに思えてきた。

つんと目頭が熱くなる。

べつにプリントを運ぶのに苦労してることがじゃなくて、高校に入ってからの日々が。

なんだかうまく嚙み合っていない気がする。

ずっと私はもやもやしている。

これまで上手くやってきたはずなのに、それでいいって受け入れてたはずなのに。

全部あの人のせいだ。

しゃべるたびに神経を逆なでして、見ないふりしてたものをわざわざ取り出してきて、私だって本当はあなたみたいに、なんて――。

「内田さんっ！」

そのとき、いつのまにかすっかり耳慣れてしまった声に呼ばれた。

たかたかと軽快な足音が階段を駆け上がってきて、

「蔵センとすれ違ったんだ。職員室に行ったらプリントがなかったから、もしかしてって」

すぐ後ろで止まる。

「呼びに来てくれればよかったのに。悪かった、代わるよ」

私は呑気な顔をきっと睨み、

「けっこうです！」

強い口調で答える。

目の前の男の子はぽかんと呆気にとられているようだった。

それはそうだろうと思う。

私はいま、自分のなかにあるもやもやを脈絡なくぶつけているだけなのだから。

「なーにかりかりしてんの、代わるってば」

その言い方にまたいらっとする。

「私が頼まれた仕事なので」

「いや、内田さんが頼まれたのは俺への伝言でしょ」

「もういいからあっち行ってください」

プリントを受けとろうと差し出された手から逃れるように身をよじり、

――ガリッ。


左足のかかとが、ステップの端で盛り上がっているすべり止めのゴムに引っかかってしまう。

「いゃッ」

まずい、と思ったときにはもう身体（からだ）が後ろに傾いていた。

重い紙束がまるで突き落とそうとするみたいにのしかかってくる。

かくんと、ひざを抜かれたような浮遊感に心臓が縮み上がった。

だめ、心配、かけちゃう。

そう思った瞬間、

「——馬鹿野郎ッ!!」

ごつごつした腕が無理矢理私を抱きしめた。

ひらひら、まるでスローモーションの花びらみたいにプリントが宙を舞う。

外れて飛んでいった眼鏡(めがね)に、ぴきり、ひびの入る音が……聞こえたような。

どさっと、背中に訪れた衝撃と痛みは覚悟していたそれよりもずっと小さくて、まるで体育館の古びて固くなったウレタンマットに落下したみたいだ。

「……っづぅ」

誰かの声を肩越しに聞きながら、あったかいな、と混乱した頭で場違いなことを思う。
お腹に回された腕から、背中から、自分よりも高い体温が伝わってくる。
小さい頃、お母さんに絵本を読んでもらっていたときみたい。
だけど。
すん、と鼻から息を吸う。
汗と土埃、男の子のにおい。

あれ、私、なにを……。

「千、千歳くんっ⁉」

ようやくはっとした私は、不格好にもぞもぞと動いてその人の身体から降りる。
きょろきょろとあたりを見回して、さっきのすうっと墜落する冷たい感覚を思いだし、ようやく状況を把握した。

隣では千歳くんが頭を階段の下のほうに向けて倒れながら、手すりを支える格子状の棒を片手で摑んでいる。

落ちそうになった私をかばって、下敷きに、なってくれたの……？

「あのっ、私っ」

千歳くんはどこかうれしそうに目を細めて、

「名前、やーっと呼んでくれた」

にっと口角を上げた。

「――――ッッッ」

いてて、と身体を起こし、なんでもないように続ける。

「ったく。イケメンでちゃらちゃらしてるように見えてもじつは本気で野球に打ち込んでて鍛え上げられたバディと研ぎ澄まされた反射神経を兼ね備えてる千歳くんが隣にいなかったら、大変なことになってたぞ」

「それは、その……」

「なーんて、俺がいなけりゃ内田さんが取り乱すこともなかったか」

ささやかなひと言に、ちりちりと胸が締めつけられる。

「ごめんな、怖い思いさせちゃって。怪我はない？」

「おかげ、さまで」

「これまで悪かったよ。好かれてないのはわかってたけど、なんか放っておけなくて」

「……えと」

「お節介ついでだ。最後にひとつだけ言わせてくれ」


千歳くんは、やさしい声色で続ける。


「内田さん見てるとじれったいんだよ。

なにか事情があるのは察するし、赤の他人が言えた義理じゃないけど」

そこで一度言葉を句切り、

「――あんたの人生は、あんたのもんなんじゃねえの？」

どこか乱暴に、そしてどこか照れくさそうに、くしゃっと笑った。


とくん。

私の心臓が、小さく跳ねた。

とくん、とくん、とくん。

また偉そうなこと言ってとか、今度こそ助けてくれたお礼を伝えなきゃとか、やっぱりあなたのことが嫌いですとか、心配だからいっしょに保健室行きましょうとか、これで本当に最後にしてくださいねとか。

頭のなかで上滑りする言葉をかき消すように。

とく、とく、とく、とく。

きっと、いまさらになって恐怖がこみ上げてきたんだ。

もしかしたら、この人にまた借りを作ってしまったという悔しさかもしれない。

嫌いな男の子に抱きしめられた恥ずかしさかもしれない。

とっ、とっ、とっ、とっ。

だけどこの高鳴りは、なぜだかあのホームルームで感じた音よりも。

……甘くて、やわらかくて。

棒立ちしている私をよそに、千歳(ちとせ)くんは手際よくさっさとプリントをかき集めてしまう。

ちょっと、待って。
まだ言葉も気持ちも追いついてきていないから。
ばふばふと紙束を整えた千歳くんが、私の眼鏡（めがね）を拾って渡してくれた。
「じゃあ、これで」
これで、最後って。
いままであれだけちょっかい出してきたのに、そんなあっさり。
千歳くんはひらりと軽く手を振り、紙束を抱えて階段を上っていく。
たんたんと、振り返ろうともせずに。
もう私の存在なんて忘れてるみたいに。
ああ、と自分の手元に目を落とす。
眼鏡のレンズにはやっぱりひびが入っていた。
私はそれを強く握りしめて、

「あのっ、千歳くんッ！」

あなたの名前を呼ぶ。
どうしてそんなことをしたのかわからない。

頭の中は真っ白で、なにを口にしたらいいのかもわからない。
だけど、不思議と。

とくとくとくとく、とっとっとっとっと。

とくん。

いまこうしておかなきゃ、この先何年も経ってからふと、今日という日を泣きたくなるほど後悔する気がした。
千歳くんが不思議そうな顔で私を見下ろしている。
どうしよう、なにか言わないと。
あの、えっと、ああもう。

「――眼鏡っ！」

気づいたときには、信じられないほど間抜けな言葉が飛び出していた。

「その、千歳くんは、眼鏡かけてないの、どう思いますか？」

勝手に動く唇を自分では止められなくて。
口にした内容を反芻した瞬間、恥ずかしくて消えてしまいたくなった。
よりにもよってなにを聞いてるんだ、私は。
絶対に変な女だって思われちゃう。
さんざん冷たい態度であしらい続けてきたくせに。
どう思われようとかまわないとまで突き放したくせに。
誰かの目に映る自分なんて、もう何年も意識したことがなかったくせに。
……なんで、いまさら。
千歳くんは呆気にとられたあと、いたずらっぽい笑みを浮かべた。

「そっちのほうがいいと思うよ、優空ちゃん」

帰り道、私は眼鏡を修理に出して、コンタクトを作った。
次の日、柊さんは朝から可愛いかわいいと連呼してくれて、千歳くんはたったひと言、「いいかげん、眉間のしわも外してくんない？」って。

やっぱり嫌なやつ。

……緊張してた、だけなのに。

＊

八月の前半。

意外なことに、私はなんとなく物足りない夏休みを過ごしていた。

これは完全に自業自得だし、本当は少し望んでいたことでさえあったけど、千歳(ちとせ)くんは結局あの日からも変わらずにへらへら話しかけてきて、どこかほっとしながらもそれを冷たくあしらうというやりとりが、すっかりお馴染(なじ)みになってしまった。

私は彼を素直に千歳くんと呼ぶようになって、千歳くんはときどき、からかうように私を優空(ゆあ)ちゃんと呼んだ。

私のまわりにあった壁にも、眼鏡(めがね)といっしょに小さなひびが入ったのだろうか。

不思議ともう、むかむかも、いらいらも、もやもやもなくなって。

代わりに、むかっとか、いらっとか、もやって感じることが増えた。

なにが違うのかと聞かれたら、自分でもよくわからない。

柊(ひいらぎ)さんから少しずつ、メイクや肌のお手入れを教えてもらうようになった。

恥ずかしくてすぐには実践できなかったけど、この夏休み中に、ちょっとぐらいは試してみてもいいかなと思っている。

どうやら私はそんなふうに変化した学校生活をわりと好意的に受け止めていたみたいで、はじめて二学期が待ち遠しいという意味で八月三十一日までの残り日数を数えた。

ひとつだけ、胸の奥に引っかかっていることがある。

夏休みの前から、急に千歳くんが笑わなくなった。

より正確に言えば、心から笑っていないように見えた。

波風立てず普通に生きていくために他人の顔色を窺（うかが）うことが多かったから、毎日のように話していた人の変化にはすぐ気がついた。

加えて、私をからかうようなことも、ぴたりとなくなった。

意固地に嫌がってるふりを続けてたくせして、いざそうなると途端に不安が押し寄せてくる。

なにか気に障るようなことを言っただろうか。

調子に乗って冷たい態度をとりすぎただろうか。

だけど冷静に考えてみたらそんなのは最初からずっとで、どう見ても千歳くんは私のことなんて心のどこにもなくて。

なんだか、無性に寂しいと思った。

「……さん、内田さん」


そんなことを考えていたら、とんとんと肩を叩かれていた。

ここは藤志高の四階にある音楽室。

部活の最中なのに、ぼんやりしてしまった。

「ごめんごめん、少し考えごとしてて」

同じパートの女の子がくすくすと笑う。

「内田さんがそんなふうになってるの、珍しいね。お昼休憩だからみんなでコンビニ行こうって話してるんだけど、どうする?」

「ありがとう。お弁当持ってきてるから大丈夫だよ」

「オッケー、じゃあちょっと出てくるね」

扉から出て行く彼女たちを見送ると、ぽつんと私だけが残された。


——カキーン。


ふと、静かな音楽室にかん高い金属音が響く。

私はつられるように窓際へ行き、からりと開けた。

もわもわと、まるで湯気みたいな夏の空気が入り込んでくる。

外ではじりじり鳴くセミの声をかき消すように、「うぇーい」とか「しゃーい」といった男の子の大きな声が飛び交っていた。

私は椅子を引っ張ってきて座り、窓枠に両腕を重ねてあごをのせる。

どうやら下のグラウンドでは、野球部の練習試合が行われているみたいだった。

千歳くん、出てるのかな。

夏の大会は負けてしまったらしいけど、すごい選手なんだと誰かが噂していた。

一年生なのにもうチームの主力として活躍しているのだと。

よくよく考えたら、いつも私はここで、千歳くんはグラウンドで練習していたはずなのに、これまでちゃんとその光景を見たことはない。

なんとなく、普段の彼と野球が結びつかなかったから。

もし気づかれたらどうしよう。

なんて、どう考えても余計な心配をしながら、グラウンドに立っている選手をひとりひとり目で追っていく。

みんな帽子やヘルメットをかぶっていたけど、それでも千歳くんかそうじゃないかぐらいはわかるようになっていた。

最初は違和感のあったコンタクトも、いつのまにかすっかりと馴染んでいる。

五分ほどそうして隅々までを見渡して、あれ、と思う。

千歳（ちとせ）くんが、いない……？

けっこう真剣に探したから、見落としじゃないはずだ。

病気とか怪我（けが）で休んでるんだろうか。

大丈夫かな、と思ったとき、

——カキーン。


相手チームの打った球が、その人から見て左側に引かれた白線の外側に転がっていく。

すごい、野球のボールってあんなに速いんだ。


「ファールっ！」


誰かがそう叫ぶ。

ボールはバッターの人と反対側の奥。

テニス部やハンドボール部のコートとグラウンドを区切る高いネットに当たって止まった。

ちょうどそこを走っていた野球部の人が拾い、

「平野(ひらの)ぉーッ‼」

素人の私から見てもびゅーんとすごいボールを投げ返す。

その声で、その立ち振る舞いで、

「あっ……！」

すぐに千歳くんだとわかった。

グラウンドに出ている人とベンチのまわりばっかり見てたから気づかなかったけど、あんなところにいたんだ。

服装はみんなと同じユニフォームじゃなくて、くたくたになった練習着。

でも、どうして……？

試合は何事もなかったかのように再開された。

それを見届けた千歳くんは、往復のダッシュを始める。

端っこのほうで、ただ黙々と。

全身を振り絞って駆け抜ける姿は、どう見たって怪我をしてるって感じじゃない。

真っ青な空と大きな入道雲を背負いながら。

走って、走って、走って、ただただ走り続けていた。

まるで一瞬でも止まったらなにかに追いつかれてしまうとでも言うように。

手を抜いたって誰ひとり気づかないような場所で。

頑張ったって誰にも認めてもらえないようなひとりぼっちで。

どうしてこういうことになっているのかはわからない。

ただひとつ、彼にとって好ましい状況じゃないのは確かだ。

なにかミスをしたペナルティなのかもしれないし、走るだけなら差し支えがないところを故障しているのかもしれない。

試合に出られずグラウンドの隅で走っているなんて、きっと、運動部の子からしたら悔しいはずだ、恥ずかしいはずだ、やるせないはずだ。

なのに、千歳くんが。

あのいっつも澄まして格好つけてる男の子が。

まわりの目なんてまるで気にせず、泥臭く必死になってあがいてた。

たとえ、どういう理由であろうと。

決して下を向かないで、ただがむしゃらに前だけ見ているその姿が。


——なんだかとてもまぶしくて、切なくて、胸が苦しくなった。

あんなに自分と向き合ったことがあるだろうか。
目を背けずに戦ったことがあるだろうか。
無性に堪えきれなくなって、がたんと椅子から立ち上がり、ぎゅっと拳を握る。
大きく息を吸い込んで。
頑張れ、頑張れ、頑張れがんばれがんばれ。

「がんばれ千歳くーーーーーーんッッッ!!!!!!」

私は、思いっきりサックスを鳴らすように叫んだ。
はぁはぁと肩で息をしたら、急に恥ずかしくなってぴゅうとしゃがみ込む。
エアコンの効いた部屋に入り込んできた夏風のせいだろうか。
なんだか胸が熱くて熱くて仕方がなかった。

＊

そうして心のどこかで待ちわびていた二学期に、待ちわびていた時間はもうなかった。
千歳くんは毎日ぼんやりと窓の外を眺めることが多くなり、柊さんたちといるときでさえ、あまり楽しそうには見えない。

まるで人が変わったように口数は少なく、いたずらっぽい笑顔が影を潜めた。

野球部を辞めたのだと、柊(ひいらぎ)さんから聞かされた。

彼女は彼女で、千歳(ちとせ)くんにどう接したらいいのかわからなくなっているようで、そのぶん私のところへ話に来る機会が増えた。

嘘(うそ)だ、と思わず叫びそうになる。

あの練習試合のあとも、音楽室の窓から見る千歳くんはいつだって必死に戦っていた。

さすがにそれだけ続けばなにか理不尽な仕打ちを受けていることは理解したけれど、絶対にこんなことで折れるもんかって、歯を食いしばって。

なのに、いったい、どれほどのことがあったの？

本当は直接聞いてみたい。

それで力になれることがあるなら、なんて。

……何様のつもりなんだ。

千歳くんが柊さんにさえ打ち明けられないことを、どうして私なんかに話してくれるだろうか。柊さんでさえ途惑っている状況に、私がなんの役に立てるというのだ。

そもそも。

階段で助けられたあの日から、少しだけ距離が縮まったように感じていたけれど、実際にはたくさんいるクラスメイトのひとりでしかない。

ちょっと呼び方が変わったぐらいで、遠くから見ていただけで、勝手に親近感を覚えて。

長い夏休みに一度だって言葉を交わしていないどころか、連絡先すら知らないくせに。

こんなのは、むなしいだけの空回りだ。


なに考えてんだろ、私。


望んでいた立ち位置だったはずだ。

誰にも踏み込まず、踏み込ませず。

波風の立たない日々で、空気のように。

だからきっと、これでいい、こういうのがいい。

どれだけそう思い込もうとしても、なにひとつ関わることが許されないやるせなさを、誤魔化すことはできなかった。


――そのまま、数週間が流れ。

結局、私の知らないところで、千歳くんは少しずつ調子を取り戻していった。

以前のように話しかけてくる機会も増え、へらへらした軽口がまた聞けるようになった。

ある日の帰り道。

河川敷で、彼がショートカットの女の人と話しているのを見た。

土手の上から見える横顔だけでも、とてもきれいな人だった。

千歳くんは安心しきったような、頼っているような、甘えているような、とにかく見たことのない表情でくつろいでいて。

たとえば隣にいるのが私だったら、なんて自嘲気味に笑った。

＊

そして迎えた九月末、ある放課後。

今日は学校側の都合ですべての部活動が休みになっていた。

授業とホームルームを終え、早々に帰ろうとしていた私は、

「うっちー、ちょっと待ってー！」

柊さんに呼び止められた。

「どうしたの？」

突然声をかけられることはもう慣れっこだったけど、こんなふうに帰り際は珍しい。

「今日、うっちーも部活休みだよね？」

「うん、そうだけど……？」

柊さんの顔がぱあっと明るくなり、私の手を握る。

「これからさ、朔たちと８番食べて帰ろうって話してるんだ。もしよかったら、うっちーもいっしょにどう!?」

「えっ、と」

これまでにも、「いつか遊ぼうね」と言われたことはあった。

夏休み中にも、何度かLINEが届いた。

そのたびに私は申し訳なく思いながらもはぐらかして、だけどきっと向こうも社交辞令だろうなと考えていた。

だからこんなふうに具体的なお誘いを受けたのは始めてだ。

正直、入学当時ほど頑なに固辞したいという気持ちはない。

家族のご飯は帰ってから作っても充分間に合うだろうし、ほんの少しだけ、そういう高校生らしい放課後に興味もあった。

とはいえ、水篠くんや浅野くんとはほとんど話したことがないし。

それに、彼はどう思ってるんだろう……。

あれこれ考えて口ごもっていると、

「来ればいいじゃん」

少し離れたところから様子を窺(うかが)っていた千歳(ちとせ)くんがあっさりと言った。

「ラーメン食うだけだぞ、なに悩んでんの？」

そのぶっきらぼうなひと言が、私の背中を押す。

「じゃあ、お邪魔しても、いいかな……？」

「もっちろーん！」

柊(ひいらぎ)さんがぴょんぴょんと飛び跳ねる。

私もふふっと笑いながら、ぴょんと一度だけ跳ねた。

8番らーめんの扉をくぐると、どこか懐かしい匂いがした。

小さい頃は、週末になると家族みんなでよく来ていたものだ。

何年ぶりだろう、とつい目を細める。

ひとりで入るのにはちょっと抵抗があったし、いつからか家族も「8番行こう」と言いださなくなっていたので、本当に久しぶりだ。

テーブル席に着いて、とりあえずは各々が注文を済ませた。

私はちょっと迷ったけれど、野菜らーめんの味噌にバターをトッピングする。

昔、お母さんが飽きずにいっつもこれを頼んでた。

最初は真似して同じものを頼んで、そのうち私は塩派になったけれど、なんだか今日は思い出の味を食べたい気分だ。

ラーメンが届くのを待っていると、

「うっちーってさ！」

向かい側に座っていた浅野くんが身を乗り出すように言った。

「は、はいっ」

その勢いに、思わず私はかしこまる。

「あ、ごめん。いつも夕湖がうっちーって言ってたから。呼び方それで大丈夫？」

へにゃっと表情を緩めて頭をかく浅野くんに、私はほっと胸をなで下ろした。

「うん、大丈夫だよ」

「さんきゅ。それでうっちーって、なんで朔とだけ仲いいの？」

「え、仲よくないけど？」

迷わずそう答えると、隣の水篠くんがぷっと吹き出した。

「ごめん、海人アホの子だから脈絡なさすぎて。俺もうっちー呼びでいいかな」

私はこくんと頷く。

「うん、それは全然いいんだけど……」

「うっちーって、クラスだと夕湖か朔と話してることが多いよね。それを見た海人が、夕湖はわかるけど唯一仲のいい男がなんでよりにもよって朔なんだ、ってうるさくて」

私が反応するよりも早く浅野くんが口を開く。

「だってそうだろ！　入試で学年一位のお淑やかな美少女。いっつもにこにこしてるのに、特定の友達はつくらないミステリアスガールッッッ」

「えと、それ、誰の話……？」

「うっちーに決まってるっしょ！」

「ふへぇっ?!」

思わず変な声を出してしまう。

美少女？

ミステリアスガール？

どこの？　誰が？

私は安定の地味系眼鏡っ子ですけど？

「って言っても」

水篠くんがくすくすと口許に手を当てる。

「海人がそんなこと言いだしたのは、うっちーがコンタクトにしてからなんだけどね」

「おまっ、そればらすのはなしだろ和希！」

照れ隠し抜きで、いったいこの人たちはなにを言ってるんだろうと思う。

水篠くんも、浅野くんも、柊さんも、その、一応、千歳くんも。

それぞれタイプは違うけど、誰もが羨むような美男美女の集まりだ。

そんな人たちが、私なんかを。

にこにこ見守ってる柊さんがいなかったら、間違いなく新手の嫌がらせと勘違いしてた。

というか、いまでもちょっと疑ってる。

いつも話しかけてくれていたふたりには本当に申し訳ないけど、もしかしたらずっとからかわれてただけなんじゃないかって。

私の気持ちなんて露知らず、隣に座っている柊さんが声を弾ませる。

「海人の見る目なさすぎー。私は入学式のときからすっごくかわいいと思ってたよ！」

「ひ、柊さんっ⁉」

夕湖はさ、と水篠くんが言った。

「どうしてうっちーとお近づきになりたいって思ったわけ？」

お近づきに、なりたい……？

流れるようにさらっと飛び出した台詞に、かぁっと恥ずかしくなる。

そうじゃないよ。

柊さんは誰とでも分け隔てなく仲よくする人で、その他大勢のひとりが私。

だからそんなことを聞いたら困らせちゃう。

ああもう、なんか居心地が悪くなってきた！

けれど、柊さんはなんでもないことのように続ける。

「うーんとね、最初はごめんなさいしにいっただけなんだけど、だんだんうっちーと話してると落ち着くなーって思うようになって。なんでだろって考えてみたんだ」

そんなふうに、感じてくれてたんだ。

柊さんがこっちを見てへへっと笑う。

「それで気づいた！　うっちーってなにげにまわりをすっごくよく見てるの。誰かが傷ついたり、哀しんだり、凹んだりするようなことは絶対しないし言わない。だからこんなに居心地がいいのかなって」

違うよ。

私は心のなかでつぶやく。

言葉にはならなかった。

そんなに高尚なものじゃない。

ただただ、自分の求める普通を守るために、頭を低くしているだけだ。

そうやって持ち上げられるようなことは、本当に、なにも。

柊さんが続ける。

「あ、朔に対してはナゾに別だけど」

「そうなん!?」

反応したのは浅野くんだ。

「俺はてっきり、朔の軽口にうっちーがたぶらかされてるのかと」

「ううんそれは絶対にないよ」

この件に関してはあっさり口が動いた。

水篠くんが千歳くんを見てにやにやと言う。

「どうやら、お気に召してないみたいだけど？」

ふん、と短く鼻を鳴らす音が聞こえる。

「俺にだけ冷たいのが好意の裏返しだってことはわかってるよ、優空ちゃん」

口の端を上げる千歳くんに、私は間髪入れず言い返した。

「違いますけど？」

「え本当に？　ほんのちょっぴりも？」

「ええ本当に、まったく、これっぽっちも」

「……ぐすん」

ぶはっと、それをみんながいっせいに吹き出す。

浅野くんが言った。

「なんだ、朔の空回りかよ」

水篠くんがそれに続き。

「ま、朔だしね」

柊さんが私の腕にしがみつく。

「うっちーの友達は私だもーん！」

そうして肩をすくめる千歳くんを見て、私もくつくつと笑った。

＊

クラスメイトとこんなに長い時間話したのはいつ以来だろう。

浅野くんも、水篠くんも、明るくて面白くて、それでいてほとんどはじめましての私を気遣ってくれるようなやさしさがあった。

当たり前だけど柊さんと千歳くんは自分が知ってる姿よりずっとリラックスしていて、彼らの気の置けない関係がちょっとだけうらやましく思えてくる。

もし私も毎日みんなと過ごせたら、なんて。

少し浮かれすぎかな。

気がつくと、窓の外はもう真っ暗になっていた。

私はそれでようやくはっとする。

あれ、いま……？

8番に来てから初めてスマホを確認すると、もう二十時近くになっていた。

やっちゃった、と心臓が跳ねる。

普段なら、部活のある日でもとっくに帰ってご飯を作っている時間だ。

まさかこんなに遅くなるとは思っていなかったから、家族にはなんの連絡も入れていない。

通知を確認すると、LINEの未読メッセージが十件以上溜まっていた。

不在着信も六件。

学校の知り合いでときどきLINEのやりとりをするのは吹部の子たちと柊さんぐらいだから、きっと全部家族からのものだろう。

少し大げさだとは思うけど、今日は部活がないことを伝えていたし、私が事前の報告もなしに遅くなることなんてスマホを持つようになって初めてのはずだから、必要以上に心配をかけてしまったのかもしれない。

やっぱり、浮かれすぎちゃった。

みんなに断ってひと足先に抜けさせてもらって、お店を出たらすぐ連絡を入れよう。

そう思った瞬間、

――ヴッヴヴッヴッヴッ。


手にしていたスマホが震えた。

ディスプレイに表示されている名前は、中三で受験勉強真っ最中の弟だ。

きっと「なにしてんの、腹減ったんだけど」という催促に違いない。

育ち盛りで、最近は食べても食べても物足りないみたいだから。

「うっちー出ていいよー」

隣で気づいたらしい柊さんが言った。

「ごめん。弟なんだけど、じゃあかけ直すってだけ……」

私はそう言って電話に出る。

「もしもし、遅くなってごめんね。いまから」


『――姉ちゃん、とりあえず落ち着いて聞いてよ』

耳元から聞こえてきたその声は、どこか切羽詰まっていて、

『父ちゃんが、病院に運ばれた』

ゆっくりと、そう告げた。

がしゃッ。


手をすり抜けたスマホが一度テーブルを叩いて床に転がる。

「え……？」

頭のなかが真っ白になっていた。

空っぽの手を耳の近くにかざしたまま、

「なんで」

私は虚空に向かってつぶやく。

「──」

「────」

「───」

「─────────────」

柊さんが、浅野くんが、水篠くんが、そして千歳くんが、慌てて話しかけてくる。
だけど、誰がなにを言っているのか、私にはひとつも理解できなかった。
お父さんが、病院に……？
昨日まで元気だったのに。
朝だって、行ってらっしゃいって送り出したのに。
そんな、やだよ、嫌だよ——ッ。
がたんっと立ち上がり、気づいたときには出口に向かって駆け出していた。
ラーメンを運んでいた店員さんとぶつかり、カシャーンとかん高い音が響く。
ごめんなさい、ごめんなさいごめんなさい。

「内田さんッ!!」
「うっちーっ!?」

千歳くんと柊さんが私の名前を呼んでるけど。
立ち止まって説明している余裕なんて欠片もなかった。
外に飛び出し、わけもわからずに私は走る。
走って、走って、走ってはしってはしって———。

どこに向かえばいいのかも、なにをすればいいのかもわからないままに。

だけど。

じっとしていたらお父さんがどこかに消えて二度と会えなくなっちゃうような気がして、こんなことをしても意味なんかないのに、こみ上げてくる吐き気と嗚咽を堪えながら私は足を動かし続けた。

ビイイイイイイイイイイイイイイイイイイイッ。

車のクラクションが鳴る。

ごめんなさい、ごめんなさいごめんなさい。


スマホはどこ？

ない。

鞄はどこ？

ない。

ここはどこ？

わかんないよ、わかんないよわかんないよ。

駄目、ちゃんとしなきゃ。

お店に戻ってみんなに謝って弟に病院の場所を聞いて、それから。

――ッッッ。

どれだけ自分を落ち着かせようとしても濁流のように嫌な想像が押し寄せてきて頭のなかがぐちゃぐちゃになってしまう。

こんなときこそ私がしっかりしなきゃいけないのに。

大丈夫だいじょうぶ。

大丈夫だいじょうぶ大丈夫だいじょうぶ。

大丈夫だいじょうぶ大丈夫だいじょうぶ大丈夫だいじょうぶ。

助けて、たすけて誰か。

お母さん――ッ。


「内田(うちだ)さん――ッ!!」


そのとき、背後からぎゅっと腕を摑(つか)まれた。

どうしようもないぐらい混乱しているはずなのに、なぜだか。

声の持ち主はすぐにわかって。

どうしようもないぐらい敬遠していたはずなのに、なぜだか。

すべてを委ねてしまいたくなって。

「……ちとせ、くんっ」

私を追いかけてきたのは、大嫌いだったはずの男の子だった。

「はえーよ吹奏楽部。スカートぱたぱたしてもう少しでパンツ見えそうだったぞ」

ばか、本当にもう、こういうときにまであなたって人は。

「こんな河川敷まで走ってきてどうしようってんだ。まず落ち着けって」

もう堪えきれなくなって、

「どうしよう、私のせいだッ!!」

私は千歳くんの胸にすがりつき、シャツを両手でぎゅっと握りしめる。

「いつもどおりの時間に帰らなかったから。約束を守らなかったから。二度とこんなことがないように、普通でいようって決めてたのに。なにひとつもう心配かけないようにって。私にはもうお父さんしかいないのにっ――」

「優空ッ!!」

ぎゅっと、千歳くんが両腕で私を抱きしめた。

まるで階段から落ちそうになったあの日を再現するように。

「大丈夫だ。優空が想像してるほど悪いことは起こってない」

分厚くてあったかい胸のなかで、どくん、どくんと心臓の音が聞こえる。

千歳くんは何度もそう繰り返す。

大丈夫、だいじょうぶ。

その言葉に、私はまたお母さんを思いだしていた。

「でも、病院に運ばれたって……」

とん、とん、背中を叩きながら千歳くんが答える。

「電話が繋がったままだったから、弟くんに事情を聞いたよ。先に結論から言うと、手首の軽い捻挫らしい」

「ねん……ざ?」

「残業でいつもより遅くなったから、早く帰ろうとして会社の階段で足を滑らせたんだとさ。派手な落ち方したから念のために同僚の人が救急車を呼んだけど、他はとくに問題なさそうだって。おっちょこちょいはお父さんに似たのか？」

「ひどいっ!!」

思わず顔を上げると。

すぐ目の前で、千歳くんがやさしく微笑（ほほえ）んでいた。

「落ち着いた？」

ともすれば吸い込まれそうな瞳（ひとみ）の色が、その距離が急に恥ずかしくなって身をよじる。

千歳くんはあっさり腕の力を緩めて、二歩ほど下がった。

「弟くん、謝ってたよ。姉ちゃんは心配性だから慎重に伝えようとしたら、逆に重苦しい空気出しちゃった、って」

私はさっきのやりとりを思いだして、へなへなと力が抜ける。

「確かに、とりあえず落ち着いて聞いてって言ってたっけ」

それから、と千歳くんが続けた。

「弟くん、病院に駆けつけてたみたいでお父さんとも代わってくれた。『なんの心配もいらないから、そのままお友達と遊んできなさい』。そう伝えてほしいって頼まれたよ。

娘のことをよろしく、とも」

少し冷静になったら、取り乱したことへの恥ずかしさや千歳くんたちへの申し訳なさが一気にこみ上げてきた。

「あの、その、すみませんでした。お店のほうは……」

たしか飛び出すとき、お皿を割ってしまったような記憶がある。

「夕湖が『こっちは任せて朔はうっちーを追って!!』ってさ。あとで連絡入れておくよ」

「ああもう私、本当になにを」

「なあ優空」

千歳くんが言った。

さっきは混乱している私の注意を引くためだったと思うけど、そのまま呼び方が下の名前になっていてちょっとくすぐったい。

「もしよかったら、少し話さないか?」

「えっと、でも」

「この場に居合わせちゃった以上は見て見ぬふりもできないし。なんつーか、あんまりそういう感情にひとりで浸ってほしくはないんだよ」

「……はい」

「自販機で冷たい飲み物でも買ってくるよ。なにがいい?」

「それなら私が」

　ぷふっと、千歳くんが吹き出す。

「財布、持ってないだろ」

「あっ……」

　そうだった。

　全部置いて飛び出してきたんだ。

　つもうやだ、情けないとこばっか見せて。

　千歳くんが自分のスマホをちらりと確認する。

「鞄は夕湖がお店に預けておいてくれたって。あとで取りに行こう。これだけは俺が持って飛び出してきたから、ほら」

　そう言って、私のスマホを手渡してきた。

「一度、連絡入れておくか？」

「ううん、大丈夫。ありがとう」

　受けとってみると、ディスプレイに大きなひびが入っている。

　私は思わず眉をひそめてため息をついた。

「千歳くんといると、いっつもなにかが壊れます」

「言っとくけど、眼鏡もそいつも俺のせいじゃないからな？」

呆(あき)れたように笑って、千歳(ちとせ)くんが土手を駆けていく。

その背中を見つめながら、ものだけの話じゃないよ、とひとり言のようにつぶやいた。

＊

河川敷に腰を下ろしてぼんやり水音に耳をすませていると、すぐに千歳くんが戻ってきた。

女の子が好きそうなの見繕(みつくろ)ってきたけど、と差し出された二本のうち、私はほうじ茶ラテをもらう。

「ありがとうございます」

気にすんな、と千歳くんは隣に座ってカフェラテのプルトップを開けた。

ぐびりとひと口飲んでから、

「私のせいだ、ってなに？」

ぽつりとそう漏らす。

「え……？」

「無意識なのかわかんないけど、さっき言ってた」

本当に自分がそんなことを口にしたのか記憶は定かじゃない。

ただ、心当たりは充分すぎるほどにあった。

なんと答えたらいいのかわからずに途惑っていると、千歳くんが続ける。

「あ、言いたくなかったらべつにいいぞ。なんでもない話をしよう。ソースカツ丼はどの店が一番好きだとか、おろし蕎麦のつゆはぶっかけ派だとかつけ派だとか、それから季節の話、草花の話、猫の話、星の話」

茶化すように、慰めるように、はぐらかすように、委ねるように、この人は話す。

「相手は俺じゃなくたっていい。夕湖でも、お母さんでも、他の誰かでも。ただ話しているだけで救われることもあるって、最近教えてもらったからさ。いまの優空には、そういう時間が必要に思えたんだ」

ふと、ショートカットの美しい女の人が脳裏をよぎった。

あの人が千歳くんの隣にいたように、いま、千歳くんは私の隣にいてくれようとしているのだろうか。

最初で最後の一度だけ。

ほんの少し、心の内側を見せるぐらいは、許してくれるだろうか。

「……その、お母さんの」

私は、小さな声で言った。

「お母さんの話を、聞いてくれますか？」

千歳くんはほんの少し目を見開いたあと、こくんと頷いた。

＊

――私のお母さんは、やさしい人だった。

いっつもにこにこと微笑んで、大声で怒鳴られたことなんて記憶にない。

幼い頃は、よく子守歌代わりにピアノやフルートを奏でてくれた。

ささやくような音で、抱きしめるようにゆっくりと。

どちらかと言えばお母さんっ子だった私はそれを聴いている時間が大好きで、寝ちゃったらもったいないって必死に目をこすっているのに、気がついたらいつも夢のなかにいた。

「優空も弾いてみたい？」と言われて、恐るおそる叩いてみた鍵盤の感覚は、いまでもはっきりと指に残っている。

小学校に上がると、お母さんの勧めで音楽教室へと通うようになった。

ピアノも、フルートも、本格的に練習を始めると楽しいことばかりじゃなくて。

発表会の課題曲は難しかったし、うまく弾けなくて先生に怒られると、全部投げ出してしまいたくなることもあった。

私よりあとから習い始めた子がどんどん追い抜いていって、「もうやめる」って、泣きじゃくってふてくされたこともしょっちゅう。

だけどそういうとき、お母さんは決まって、

「大丈夫だいじょうぶ」

ふわふわと頭を撫でてから、ぎゅっと抱きしめてくれた。

「誰かと比べたり、競争したりしなくてもいいの。普通に音楽を楽しんでくれたら、お母さんはそれで充分」

普通、というのがお母さんの口癖だった。

テストの結果がよくなかったときも。

「大丈夫だいじょうぶ。普通に頑張ったならそれでいい」

お友達とけんかしたときも。

「大丈夫だいじょうぶ。普通に仲直りできるよ」

学校で将来の夢を聞かれて答えられなかったときも。

「大丈夫だいじょうぶ、普通に生きてくのが一番幸せなんだから」

小学校も中学年ぐらいに差し掛かると、自分に人より際立って優れたなにかがないことには気づき始めていた。

運動も、勉強も、音楽だって、私よりできる子はたくさんいる。

だけどそのたびに、「大丈夫だいじょうぶ」とおまじないみたいにつぶやいていた。

普通でいいんだよって、お母さんがいつも言ってくれたから。

それが一番幸せなんだよって。

実際お母さんは、私から見てもすっごくきれいでピアノやフルートが上手なことを除けば、どこにでもいる普通のいいお母さんだったと思う。

仕事はせずにずっとお家にいて、朝は早起きでお父さんのお弁当作り。

午前中は掃除や洗濯をして、午後になったらお買い物。

夜になると、毎日いろんなご飯を作ってくれた。

私はお母さんが料理をしているところを見るのが大好きで、いっつもまとわりついて「なにを作ってるの？」「いま入れたのは？」なんて聞いていた。

時間があるときは、お手伝いをしながら教えてもらうことも多かった。

初めて子ども用の包丁を買ってもらったときは、うれしくってキャベツやきゅうりをざくざく切ってたっけ。

そんなお母さんだけど、いつかお父さんがこっそり教えてくれたことがある。


『お母さん、本当はすごい人だったんだよ』

『すごいって……？』

『お父さんは詳しくないけど、関西の大学にいた頃、ピアノの大きなコンクールで入賞したこともあるんだ』

『そうなんだ⁉　でも、なんでプロ？　にならなかったの？』

『……それはね、お父さんのせい。もっと華やかな世界で生きられたかもしれないのに、福井に帰って就職するというお父さんについてきてくれたんだよ。私は普通に温かい家庭を築けたらそれでいい、って。だったらせめて音楽の先生になればって話してみたんだけど、中途半端にしがみつくと未練が残るから、ってさ』

『そっか……。じゃあ、きっといまが一番幸せなんだね！』

『ふふ、そう思ってくれてたらいいね』


そんなふうに、私たち家族は穏やかな日々を送っていた。

朝起きて、学校や会社に行って、お母さんはそのあいだにお家の仕事を片づけて、夜になるとみんなでのんびり過ごす。

だいたい平日はその繰り返しで、休みの日になると、よく家族四人揃(そろ)ってエルパや8番に出かけた。ときどきはみんなで映画館に行ったり、カラオケで歌ったり。誰かの誕生日になると連れていってもらえる回転寿司の「海鮮アトム」が、私には特別なご褒美(ほうび)だった。

ちょっとした変化が訪れたのは、弟が小学校に入学した頃。

お母さんにも少し余裕ができたみたいで、学校から帰ったとき、ひとりでピアノを弾いてる姿を見かけることが多くなった。

寝る前に聴かせてくれるようなやさしい曲じゃなくて、鍵盤を叩(たた)きつけるようにして、なんだか叫んでいるような、泣いているような、はげしくてちょっと哀しい曲。

自分がレッスンに通うようになって、ようやくお母さんのすごさがわかるようになった。

多分、教室の先生よりもっとずっとうまい。

お母さんは私に気づくと、いたずらが見つかったようにへへっと笑って演奏をやめちゃうから、だんだんと部屋の外でこっそり聴くのが習慣になった。

そういうときは、日が暮れて晩ご飯の支度を始めるまで、いつまでも、いつまでも、止まることなく弾き続けていた。

いつかの夜、いつものようにピアノを聴きながら、思いきって尋ねたことがある。

「お母さんはリサイタルとかやらないの？」

私の言葉に少しだけ驚いたような顔をしてから、

「ふふ、いま小さいお客さんの前でやってるでしょ」

やわらかい声でお母さんが答えた。

「そういうのじゃなくて、ちゃんとしたホールとかで」

「お母さんはこうやって普通に楽しく弾けてればそれでいいの」

「教室の先生も言ってたよ。大人で習いに来てる人もいるって。そうしたらいっしょに発表会とか出られるのに！」

私がそう言うと、

——ぴりんっ。


淀（よど）みなく指を動かしていたお母さんが珍しくタッチミスをした。

その高音がまるで怒っているように聞こえて、思わず私はどきっとする。

私、なにか、いやな言い方をしちゃったかな。

いっしょに広いホールで連弾とかできたら楽しいだろうなって、ただそれだけのつもりだったのに……。

「あちゃあ、失敗」

そんなことを考えていたら、お母さんがぺろっと舌を出してこっちを見る。

「お母さんも先生に教えてもらおっかな」

なんだか無理して笑ってるような気がして、言わなきゃよかった、と私は思った。

……そうして、小学四年生になった、ある日。

放課後、私は珍しくクラスの子に誘われて、みんなで遅くまで遊んでいた。

あたりが真っ暗になってからようやく門限を過ぎていることに気づいて慌てて家に帰ったとき、お父さんがリビングのテーブルにぽつんと座ってうつむいていた。

テーブルの上にはお酒の空き缶が何本も転がっていて、その隣にはなにか緑色の枠がびっしり詰まった紙が置いてある。

「ごめんなさい、遅くなっちゃった。お母さんは？」

お父さんはどこかとろんとした目でこちらを見た。

「お母さんは、出ていったよ」

「お買い物ってこと？」

言いながらリビングを見回すと、ソファの上で弟がひざを抱えてひっくひっくと泣きじゃくり、ずるずると鼻をすすっている。

なにか、言いようもないほど悪い予感がした。

まるで、世界が丸ごと書き換わってしまったみたいに。

昨日とは違う今日に立っているみたいに。

お父さんが小さく首を横に振って、

「遠いところに行っちゃったんだ。ここにはもう、帰ってこない」

震えそうな声で言った。

え……？

いま、なんて。

私はランドセルを投げ捨ててお父さんに駆け寄った。

しょぼんと下がった肩を揺すりながら、

「ねえ、お父さんッ!?」

必死に泣くのを堪（こら）えながら大声を出す。

涙を流したら、すべてを認めなきゃいけなくなる気がして。

「それってどういう意味？　旅行ってこと？　おばあちゃんの家にいるの？」

そっと、お父さんが私の手を握ってもう一度首を振る。

「違うよ、違うんだ優空(ゆあ)。お父さんとお母さんは、お別れすることになった。これからは三人で生きていくんだよ」

「そんなの嘘(うそ)ッ!!」

私は手を振り払ってばんとテーブルを叩(たた)く。

「お母さんが私たちを置いていくはずない！　だっていっつも言ってたよ？　毎日が幸せだって、あなたたちと出会えてよかったって、生まれてきてくれてありがとうって。ピアノもフルートも、お母さんよりうまくなるまで教えてあげるって。大きくなったらいっしょにドレス着て演奏しようって。なのにどうして、どうしてッ」

とうとう、お父さんの目からひと粒の涙がこぼれた。

「普通に生きてくことが、嫌になったのかもしれないなぁ」

――ぴりんっ。

いつかのミスタッチが頭のなかで鳴る。

嘘だ、嘘だ嘘だうそだ。
お母さん、口癖みたいに言ってたもん。
普通でいい、普通が一番だって。
普通のなにが悪いの？
毎日家族とご飯を食べて、いっしょにテレビを見て、それじゃ駄目なの？
つい昨日だって、私の練習に付き合ってくれたのに。
上手になったねって、言ってくれたのに。
いっしょにお風呂に入っていっしょのお布団で寝たのに。
そんなのひどいよ。
なんにも教えてくれないなんて。
心の準備だってできてないのに。
もう二度と、お母さんとは会えないの？
私たちといるのが辛くなったの？
門限をやぶったから怒っちゃった？
悪いところがあるなら教えてよ。
苦手な勉強も頑張るよ、約束はぜったいにもう破らない。
だから、だから、だから――。

ぽろり。

とうとう、私の目からも涙がこぼれる。

「ゃだ、そんなのやだあああああああああああああッッッッ!!!!!!」

その叫び声に共鳴するように弟もお姉ちゃんお姉ちゃんと抱きついてきて、お父さんはテーブルに突っ伏し、三人でいつまでも寄り添っていた。

＊

家族以外の人に、こんな話をしたのは初めてだ。

ううん、家族のあいだですら、あれからちゃんと向き合ったことはない。

お父さんはもともと多くを語らない人だから、別れ際にどんな話をしたのかも、どうしてももう一度説得しようとしないのかも、あの離婚届を提出したのかどうかさえ、私たちに伝えようとはしなかった。

九歳の私とまだ七歳だった弟に聞かせるには重すぎると思ったのかもしれないし、ただ口にしたくなかっただけなのかもしれない。

千歳くんは隣でただ黙って耳を傾けていてくれた。

ふと、当時のことを思いだす。

小学校の友達は、田舎にありがちな風の噂で私のお母さんがいなくなったことを知ったとたん、まるで腫れ物を扱うみたいに離れていった。

それも仕方のないことだと思う。

まだ幼い子どもにとって同級生の母親がいなくなるなんて、それも自分の意志で出ていっただなんて、反応に困って当然だ。

どうしてこの人に話したんだろう。

確かに私は動揺していたけど、それだけが理由じゃない。

目の前にいたのが違う誰かだったなら、きっと同じことはしなかった。

くだらないジョークで笑い飛ばしてくれると思ったんだろうか。

また抱きしめてもらえると甘えたんだろうか。

そんなことを考えていると、

「だから、さっきは？」

ひととおりの話が終わったことを察したのか、千歳くんがぽつりと言った。

さっき、とは聞き返すまでもなく私が取り乱したことだろう。

こくり、と頷いて口を開く。

「馬鹿みたいって思うかもしれないですけど、あの日のことがフラッシュバックしてきちゃって。慣れない友達からの誘いに乗って、時間を忘れて、私がそんなことをしているうちに……」

「や、当然だろ。納得したよ」

それから、と千歳くんは続ける。

「お母さんがいなくなって、優空はどうしたんだ?」

「どうって……?」

「なにを感じて、なにを考え、そういうふうになったのかってこと。もちろん、ここで終わりにしてもいい。だけど、もし話したいなら最後まで付き合うぞ」

……本当は、この先まで伝えるつもりはなかった。

話してどうなるものでもないし、あまりにも私の内面に深く踏み込みすぎている。

だけど、千歳くんは。

深く同情するでも、過剰に心配するでも、言葉に詰まっている様子でもなかった。

少なくとも表面上は顔色ひとつ変えず、ただ普通に会話を続けてくれている。

どのみち、と思う。

ここまで話してしまった以上、もうさっきまでいっしょにラーメンを食べていたような関係には戻れない。

本当はもう少し、あんなふうに過ごしてみたかったけれど。

どうせなら最後に、最後まで聞いてもらおう。

私は、覚悟を決めてゆっくりと口を開く。

「……最初は、ただただ哀しかったことを覚えています。もしかしたら自分のせいかもしれない、私たちを育てるのが負担になっていたのかもしれない、もっといい子だったら、ピアノやフルートが上手だったら、いっしょに連れていってもらえたのかもしれない」

千歳くんは相づちをうつでもなく、どこか遠くを眺めている。

「ようやくそれが収まったら、次に押し寄せてきたのはどうしようもない怒りでした。だってそうじゃないですか？　あまりにも勝手すぎるよ。私や弟になんの説明もなく、さよならさえ告げずに突然いなくなっちゃうなんて。それなりの年齢になったいま考えても、絶対に人として許されないことだと思う」

話しているうちに、当時の感情がありありとよみがえってくる。

「お父さんに温かい家庭が築けたらそれでいいって言って結婚したくせに。私たちを産んだくせに。お母さんがどういう気持ちでいなくなったのかは知らない。もう一度、本気で音楽の道を歩みたくなったのかもしれないし、お父さんよりも大切な人を見つけたのかもしれない。百歩譲ってそうだったとしてもッ！」

私はぎりぎりと歯を食いしばる。

「まるで、こんな、楽しかった時間さえも全部嘘にしてしまうようなやり方で。お母さん、ずっと言ってたんだよ？『普通でいい』って、『それが一番なんだ』って。あれは自分を納得させようとしていたの？　これでいいんだ、間違ってないんだって。本当はそうじゃないってささやく心の声を無視するために？」

ぽろ、ぽろと、自然に涙がこぼれ始めていた。

「だったら、その言葉に救われていた私はどうなるの？　お母さんの自分勝手な言い訳に振り回されていただけ？　特別じゃなくてもいいんだって、普通に生きていても幸せになれるんだって、大丈夫だいじょうぶって」

なによりもっ、と語気を強めながら、情けなく笑う。

「……ねえ。あなたとの生活が普通で退屈だって、答えを突きつけられたお父さんは、どうすればいいの？」

私はすがるように続けた。

「あれからずっと、いまになってもまだ、お父さんは抜け殻みたい。ただの一度もお母さんを責めたりせず、ただひたすら、男手ひとつで私たちを育ててくれて」

だから、だから、だからっ。

「――だから、私は誓ったのっ！

あの人が教えてくれた、そしてあの人が捨てた普通のまんまで、お父さんと弟のそばにいようって、幸せな家族を取り戻そうって。

私がお母さんの代わりになるって。
そう、決めたんだ」

ずっと、ずっと心のなかに仕舞っていた想いは、一度溢れだしたらもう止まらなかった。

「ねえ千歳くん、私、頑張ったんだよっ。九歳の子どもながらに必死で考えて、もう二度とお父さんや弟を哀しませないように、不安な想いをさせないためにはどうすればいいのかって。『ちゃんと育てられているのか』なんて悩ませないよう真面目に勉強し始めた。誰かとけんかしたり、いじめられたりして心配をかけないように、クラスメイトとは適度な距離を保つようにした。はめをはずして変なトラブルに巻き込まれないように、オシャレとか流行を、そういうのに敏感で目立つ人たちを遠ざけた。間違っても学校からお父さんに連絡がいくような問題なんて起こさないために、本当は嫌だなってときも、辛いときも、苦手な相手にも、愛想笑いで、誤魔化して」

「――そうやってせいいっぱい普通に生きていこうとしてきたんだよッッッ!!!!!!」

げほっ、げほっと、慣れない大声に思わず咳き込む。

「っぐ、づぅ」

酸素を求めるように空を仰いでも、月は、見えない。

「……私だって、あなたたちみたいになりたい。仲のいい友達を作って、毎日みんなではしゃいで、ふざけ合って、ときにはけんかして、また仲直りして。大切な親友にできた好きな男の子の話で盛り上がったり、私が好きになった男の子の、相談をしたり」

それは、目の前にいる人に会って初めて気づかされた感情だった。

こんな生き方を望んでなんかいないのだと。

私はただ過去に囚われているだけなのだと。

本当はあなたみたいに、真っ直ぐ前を向いて。

くしゃっと、笑っていたいのだと。

「いつのまにか、千歳くんや柊さんと話す機会を心待ちにしている自分がいた。ラーメンに誘ってくれたとき、どきどきしたけどうれしかった。こんなふうに、これからもって」

ぽた、ぽたと濡れる拳を握りしめて。

「けどできないのッ！　私は普通でも幸せになれるって、証明しなくちゃいけないから。どんなに些細なことであっても、お父さんを、弟を、傷つけたくはないから。私は、私たちを捨てたお母さんみたいになりたくないいんだよぉッ!!」

ぜえ、ぜえと息を荒らげながら。

「それになにより、誰かと仲よくなってしまったら、大切な人ができてしまったら。またいつかすべてを喪う日がくるんじゃないかって。傷つけて、傷つけられてしまうんじゃないかって。繋いだ手を、離さなきゃいけなくなるんじゃないかって。どうしようもなく、怖い」

だから、と私は止まらない涙を必死に拭いながら告げる。

「……だからもう、私に関わらないでください」


あなたは、眩しすぎるから。

近づけば近づくほど、自分の矛盾が浮き彫りになってしまうから。

私の内面と向き合おうとしてくれるから。

うっかり、甘えてしまいそうになるから。


「最後に、話を聞いてくれて、本当にありがとうございました」


それだけでもう、充分だ。

なんの巡り合わせか、私は家族にすら伝えず何年もひとりで抱え込んでいた秘密を打ち明けることができた。

お母さんが出ていってから、はじめて、誰かの前で泣くことができた。

この記憶だけで、私はまた頑張っていける。

だからありがとう、ありがとう、ありがとう。

大嫌いだった、男の子。

「……優空、いや、内田さんのほうがいいか」

千歳くんが途惑ったように口を開く。

うん、それでいい、そういうのがいい。

明日からはまた、あなたと内田さん。

大丈夫だいじょうぶ。

なんていうかさ、と千歳くんが大きく息を吸い込み、

「ばっっっっっっっっっっっっっっっっっかじゃねえの!?!?!?!?」

力いっぱい叫んだ。

……え?

「ああもう、っざけんなよほんと」

　私、なんでいま怒られたの？

「なんかじれったい生き方してるとは思ってたけど、理由が斜め上すぎたわ！　というか、内田さん頭いいくせして、なに言ってんのか半分ぐらいわかんねえよ」

　呆気にとられたせいで、いつのまにか私の涙はぴたりと止まっている。

「『家族に心配かけたくない』ってのと『普通に生きて幸せになる』っていうのが複雑怪奇にこんがらがって知恵の輪お化けみたいになってんのはまだいい。それだけきついことがあった小学生が泣きながら必死に考えた結果ってんなら、理解はできるし同情もする」

　けど、と千歳くんは睨むように真っ直ぐ私の目を見た。

「いつまで九歳の可哀想な女の子でいるつもりなんだよ。

いい、いい、いい、あんたは内田優空だろ」

「なッ――」

ああ、最初からそうだった。
なにを浮かれて勘違いしてたんだろう。
そうやってずけずけ人の心に踏み込んできて。
わかってるふうなことばっかり言って。
それがいちいち私のやわらかいところに刺さって。
やっぱり、私、あなたのことなんて。
大っ嫌いだよ!!!!!!!!!!

「あなたにそんなこと言われる筋合いなんてないッ!!」

私は力いっぱいそう叫ぶ。

「なんにも知らないくせに。幸せな家庭でなにひとつ不自由なく育ってきて。いろんなものに恵まれてたくさんの友達に囲まれて。お母さんへの反抗期？　笑わせないでよッッッ!!　私なんて、どれだけ反抗したくたって、それすらもう叶わないのに!!」

そのとき、

「──筋合いなら、あるさ」

千歳くんがへっと笑ってから、私の手をぎゅっと握った。

「ついてきな」

そのまま立ち上がって、歩き出そうとする。

私はわけもわからないまま、ほとんど無理矢理手を引かれてそれに従った。

離してくださいっ。

そう言って振りほどくこともできたのに。

やっぱりこの人は真っ直ぐ前を向いていて。

その瞳が、どこまでも力強くて。

繋いだ手のひらから伝わるあたたかさに、もう一度だけすがってみたくなった。

＊

８番ラーメンでお店の人に謝罪とお礼を伝えて、私の鞄と自転車を回収したあと、そのまま連れてこられたのは四階建てのマンションだった。

けっしてきれいとは言いにくいけど、すぐ近くでとぽとぽ響く川のせせらぎが気持ちいい。

「ここ、は……？」

階段で最上階まで上り、ある一室の前で立ち止まった千歳くんに私は尋ねた。

「あー、俺ん家」

こともなげにあっさりと答えが返ってくる。

「そっか、ここに住んでるんだ……ってええッ⁉」

あんまり自然に言うから流しそうになったけど、千歳くんの、家？

「ちょっと待ってください。私、わんわん泣いたあとで顔ひどいことになってますし、手土産とかなんにも」

そもそも、どうしてこんなところに。

さっきの話となんの関係が？

千歳くんは私の動揺なんて意に介していない様子でふっと笑う。

「大丈夫、誰もいないから」

言いながら、もう鍵を開けている。

誰もいないって、家族が留守にしてるって、ふたりっきりって、こと？

それはそれでどうなの？

いっつも柊さんといっしょにいて、いろんな女の子から話しかけられてる千歳くんが私なんかにどうこう、ってことはさすがにないと思うけど。

だからって、こんな時間に、家族のいない。

「あの、私ッ」

「いいから入んなよ、優空。見せたいもんがあるんだ」

さっさとドアを開けた千歳くんがとんと私の背中を押す。

そうして一歩踏み入れた家の中は確かに真っ暗で、人の気配がない。

あとから入ってきた千歳くんが、ぱちんと灯りを点けた。

白熱電球のやわらかい光が室内を照らし出す。

どうやら玄関に入ったらすぐにリビングというつくりの部屋みたいで、ダイニングテーブルやソファ、壁一面の本棚といった家具が目に入る。

かすかな違和感があった。

なにかが、足りないような。

千歳くんはさっさとスニーカーを脱いでスリッパを履き、それから靴箱の奥をがさごそと手探りしている。

取り出してきたのは、多分、百円均一とかで買ったスリッパなのだろう。言い方は悪いけどちょっとぺらぺらで、両足がまだ繋がったままだった。

ふっふと埃を払うように息を吹きかけてから、透明の紐をがりっと歯で噛んで千切り、私の前に置く。

「上がって」

ここまで来て引き下がるわけにもいかず、私は怖ずおずとローファーから足を抜き、適当に脱ぎ捨てられた千歳くんのスニーカーといっしょに揃えた。

玄関に並んでいるのは私たちの二足だけで、すっきりとしている。

「お邪魔、します」

そうして踏み入れた家の中は、お世辞にも片付いているとは言いがたかった。

普段から家族の料理を作っている習慣で、ついキッチンに目をやる。

そこにはまだ汁の残ったカップラーメンが放置されていて、だというのにお皿や箸といった食器類はどこにも見当たらない。

ダイニングテーブルの上にはペットボトルや飲みかけのコーヒーカップ、空になったコンビニの惣菜容器。

ソファは脱ぎっぱなしなのか洗濯して干したあとなのかも判別できないTシャツやショートパンツに占拠されている。

人目を避けるような片隅に、野球で使うバットとグローブ。

「とりあえずさ」

きょろきょろしている私に、千歳くんが言った。

「こっちの部屋見てもらうのがてっとり早いかな」

そう言って、リビングの一角にある引き戸をからりと開ける。

「えと、失礼します……」

なんだかそわそわしながら、私は千歳くんの隣に立った。

リビングに隣接した、六畳ぐらいのこぢんまりとした一室。

そこには、ただぽつんと。

シングルベッドが佇(たたず)んでいた。

「え……？」

私が住んでいるのは一軒家だ。

こういうマンションの間取りに詳しいわけじゃない。

だけど、これって。

「１ＬＤＫってやつだな」

千歳くんが言った。

ぞっと、なぜだか自分のことでもないのに背筋が冷たくなる。

思えば、引っかかるところは多々あった。

妙にすっきりした玄関、出番を待っていた真新しいスリッパ、対称的に散らかった室内、誰も料理をしていないようなシンク。

寝室には、ベッドがひとりぼっち。

そして、なによりも。

いろんな人間が暮らしている場所特有の雑多な気配がなかった。

たとえばお母さんが隅々まで管理しているキッチン、お父さんのお酒や趣味の道具、やんちゃな兄弟が残した爪痕（つめあと）さえ、なにも……。

この部屋は千歳（ちとせ）くんという男の子の一色にしか、まだ染められてはいなかった。

わかったか？

照れくさそうに、千歳くんが頭をかく。

「俺も親がいないんだよ。

涙ぐましいことに、ふたりとも」

心の準備はできていたはずなのに、思わず息を呑（の）む。

「……え、あの、その、私っ」

これまで千歳くんに向けた言葉がよみがえってくる。

『自分のお母さんに教えてもらえばいいのに』

『反抗期なんて、うらやましいかぎりですね』

『幸せな家庭でなにひとつ不自由なく育ってきて』

……私は、なんてことを。

どうして自分だけだと思い込んでいたんだろう。

こんなに真っ直ぐ笑える人は、どうせ恵まれた環境で育ってきたに決まってるって。

哀しい過去を背負っている人は、もっと哀しい顔をしてるはずだって。

ひとりでいらいらして、好き勝手ぶつけて。

千歳くんはなんでもないことのように続ける。

「中学のとき、両親が離婚したんだ。もっともうちは話し合った結果だし、その前からずっと予兆はあった。一人暮らしを選んだのは俺の意志で、その気になれば連絡だってとれる」

それでも、と彼は私の目を見て、

「境遇が似たもの同士。

ちょっとお節介焼く筋合いぐらいは、あるだろ？」

照れくさそうに微笑(ほほえ)んだ。

ああ、本当に、この人は。

「ぷっ、くっ」

「優空(ゆあ)？」

「――あはははっ」

気づいたときにはもう、私はお腹を抱えていた。

「ここでその反応は違くないか？」

千歳くんが困惑した声で言う。

「だって、もう、そんなに雑なくくり方ってある？　ぜんぜん違うよ。中学生と小学生じゃ受けたショックの大きさも違うし、心の準備ができてたのと突然いなくなるのも違うし、なのにざっくりひとまとめって、あーおっかしい」

「まあ、そりゃあ優空のほうがきつかっただろうけどさ。いいだろ、だいたいおんなじってことで」

いやよくないって。

本当に、違うんだよ。

あなたは私のほうが不幸だって思ってるのかもしれないけど、そうじゃないの。

中学生になるまでいっしょに暮らして、積み重ねた時間の分だけかさ増しする別れの苦しさだってあるはずだ。

泣きじゃくるしかなかった九歳の子どもと違って、いろんな物事が理解できるようになった年齢だからこその葛藤（かっとう）があったはずだ。

目の前で少しずつ両親の関係に亀裂が入っていくのをそばで見続けなきゃいけない無力感が、連絡をとれるのにとろうとしない寂しさが、どちらにも着いて行かずたったひとりきりで残された孤独が、ちゃんとあったはずで。

だから本当は、その哀しみに浸っていていいはずだ。

恨み言を吐いても、泣き言を漏らしても、誰ひとり責められないはずだ。

それを、そんな、雑にぽいって。

——ただ私に言葉を届ける道具として、あなたの過去（いたみ）を手渡してくれるの？

ああ、なんて。

誰かにあたたかくて、やさしくて、強い人なんだろう。

もしかしたら、普通はこういう彼の態度を見て「両親が離婚するってそんなものなのか」と納得するのかもしれない。

けっこう冷めてるんだな、とか、もう乗り越えたんだな、とか、案外気にしてないんだな、とか、そんなふうに。

でも、私だからこそわかる。

生まれたときから当たり前のようにそばにいて、そしてこれからも当たり前のようにそばにいてくれると信じ切っていた、いや、そもそも信じる信じないではなくそういうものだと思っていた両親との別れというのは、生半可な痛みじゃない。

文字どおり自分の半身を、あるいは残りの人生の半分をごっそりもがれたような絶望。

本当なら、可能なかぎり誰にも教えたくなんてないはずだ。

だってその瞬間、事実を知った相手が可哀想なものを見る目に変わるから。

自分だけが、当たり前の世界からはじき出されてしまったような感覚になるから。

ただ町を歩いているだけで、お前は不幸なんだと突きつけられるような気がするから。

万が一、大切な誰かに話さなければならない日がきたとしても。

幾重にも前置きを積み重ねて、何重にも予防線を張り巡らせて、慎重に、慎重に言葉を選びながら探るように伝えるのが普通だ。

それでも千歳（ちとせ）くんがこんなに平然と振る舞う理由があるとすれば。

ただただ、両親が離婚したという事実を聞かされる、あるいは偶然にも知ってしまった誰かのため。

いまこの瞬間であれば、間違いなく内田優空のためだ。
取り乱して、落ち込んで、泣き出した私に自分の過去まで背負わせないように。
無神経にぶつけてしまった言葉を後悔させないように。
きっと、これからの話をするために。
やっぱり、似てなんかいないよ。
あなたは、私なんかよりずっと——。

「話の続き、するか？」
千歳くんが言った。

「……はい！」

私は迷わずそう答えたあとで、部屋を見回してから、

「でも、その前にちょっとお片付けしてもいいですか？」

ぽりぽりと頬をかく。

「面目ない……」

叱られた子どもみたいにうつむく千歳くんを見て、私はくつくつと笑った。

＊

手当たり次第に食べ物や飲み物の空を捨て、コップを洗ってシンクを軽く掃除し、ソファの上にあった洗濯済みらしい洋服をたたんで、ついでに冷蔵庫のなかにあった賞味期限切れの食品を処分してから、最後にコーヒーをいれてようやく私はソファに腰を落ち着ける。

そのあいだ、千歳くんは正座をしながら居心地悪そうにもじもじしていた。

途中に何度か「俺はなにすればいい？」と聞かれ、「いいからおちょきん（※正座）して待っててください」と返したのを真に受けたみたいだ。

私はコーヒーをひと口飲んでから言う。

「はい、お待たせしました」

「……か、かたじけない」

「ふふ、もういいよ、足崩して」

隣に座っていた千歳くんは照れくさそうに立ち上がり、ふと思い立ったように小さなオーディオ機器の電源を入れる。

この人でも、女の子と静かな場所でふたりきりは気まずいと思ったりするのだろうか。

ラジオから、小さな音量で懐かしいピアノソナタが流れてきた。

『エリーゼのために』

小学生のとき、どうしてもうまく弾けなくて、鍵盤をちゃんと押さえられなくて、何度もお母さんと練習したことを思いだす。

戻ってきた千歳くんは、湿っぽい空気をわざと壊すみたいにどさっと荒っぽい座り方をした。

それでさ、とこちらを見る。

私はゆっくりと首を横に振って口を開いた。

「言いたいことは、わかってるんだ」

千歳くんが先を促すように目を細める。

「歪だって、思ってるんでしょ？　私の生き方が」

「まあ、な」

「さっき、『いつまで九歳の可哀想な女の子で……』って言ったよね？」

「少し、乱暴な言い方だったたよ」

ううん、と私は目を伏せた。

「ずっと見ないふりしてたけど、そのとおりなの。九歳の可哀想な女の子が作った矛盾だらけのルールに、私はいまでも縛られている」

「もっと言えば、お母さんの思い出に、『普通』という言葉に」

「あいかわらず、痛いとこ突くなあ……」

気づけば、警戒するように、遠ざけるように使っていた敬語が消えていた。

千歳くんがぐでんと足を伸ばす。

「そもそも、普通の生き方ってなんだろな。藤志高に首席入学しといて普通ぶってるとそのうち三角定規で背中刺されるぞ」

「それは、その、予想外だったというか、普通に毎日勉強してたらなんか自然と……」

「耳かきでもよければいますぐ刺してかっぽじったろか？」

だいたい、と言葉が続く。

「なんだっけ？　友達つくらない、オシャレしない、嫌なことがあっても我慢する。それって普通じゃなくて、俗な表現を使うならぼっちとか地味とかぱしりっていうやつでは？」

「ちょっと言い方！」

本当に、ずけずけと容赦ない。

ため息をついてから、気を取りなおして口を開く。

「それも千歳くんが言ってたとおりで、普通の生き方っていうのと家族に心配かけないっていうのがごっちゃになってるんだろうね。とにかく問題起こして迷惑だけはかけないようにって」

「ちなみにオシャレなやつとつるんでなんの問題が？」

「……ほら、盛り場で遊んで悪い人に絡まれたりとか」

「女子高生が盛り場て」

昭和かよ、と千歳くんが吹き出す。

そうやって改めて指摘されると、私自身も穴を掘りたくなるぐらい恥ずかしい。

ひとしきり笑ってから、千歳くんがからかうように言う。

「そもそも、優空が普通ってやつを見失ってるんだな」

「どういう……」

問い返そうとした私の言葉を遮るように、

「それこそもっと普通に考えればいいんじゃないのか？

普通に毎日学校行って、普通に友達をつくって普通に遊んで、普通にときどきけんかしてまた仲直りして、勉強も部活もしんどいときは普通にさぼって、普通にオシャレして、普通に気になる相手ができて、それから普通に恋をする。

お母さんが優空に望んでたのは、そういう幸せなんじゃねえの？

普通に考えたら、普通ってそういうもんだろ。

つーか普通ふつう言いすぎてよくわかんねーなもう」


どこまでも普通の答えが返ってきた。

それは笑っちゃうぐらいにありきたりで。

だけど。


――心の奥のほうで、ずっと、ずっと私が望んでいた世界だった。


ぴき、ぱり、とひびの入る音がする。

まただ。

またあなたのせいで、なにかが壊れそう。

単純な、話。

千歳くんは、なにひとつ難しいことなんて言ってない。

普通の幸せとはなにか、なんて聞かれたら、きっと百人中九十人ぐらいは似たような回答をするだろう。

でも、と私は思う。

哀しみに暮れる九歳の女の子がたどり着いた最初から間違ってる生き方を、これまで誰ひとり「違うんじゃない？」とは言ってくれなかった。

もちろんそれは自分のせいだ。

打ち明けようとしなかったから、頼ろうとしなかったから、知られたくなかったから。

でも、この人は。

そんな私の息苦しさを、どこか最初から見すかしているみたいだった。

だからいらいらして、突き放そうとして、どうしようもなく気になって。

それにさ、と千歳(ちとせ)くんが頭の後ろで腕を組む。

「優空(ゆあ)はとりつかれたように心配かけたくないって言ってるけど、家族なら話してくれないもどかしさってのも、頼られない寂しさってのも、あるんじゃないか？」

「え……？」

とんとん、と人差し指の腹で胸を指さしながら、

「だって、優空はお母さんがいなくなったときに思わなかった？
そんなに悩んでたなら、どうして話してくれなかったの？
ひとりで苦しんでたなら、どうして頼ってくれなかったの？」

自分に聞いてみろと言わんばかりに。

「――ッッッ」

今度こそ、まるでがつんと頭を殴られたような衝撃が走った。
そう、だった。
確かに私はお母さんがいなくなったあの日から、繰り返しそんなことを考えた。
もし私たちの面倒を見るのが大変だったなら言ってよ。
掃除も洗濯も覚える、料理だって代わりに作れるぐらい上手くなるから。
もう一度ピアノをやりたくなったなら相談してよ。
絶対に反対なんてしなかったのに、協力したのに。
もし他に好きな人ができたなら。
私がお父さんのいいとこ百個並べて考えを変えてみせるから。

そっか、私……。

「いつのまにか、お母さんと同じこと」

その先は行き止まりなのに、最後はすべてを放り出すしかなくなるのに。

にっと、千歳くんが口の端を上げる。

「だいたい、親が好きに生きてんのに、俺たちだけが我慢する必要なんてあるか？　優空の家だってそうだぞ。出てったお母さんはもちろんだけど、それを子どもに黙ってあっさり受け入れたお父さんも、やっぱり勝手だよ」

でもさ、と言葉が続く。

「そういうもんなんじゃねーの？　家族に限らず、友達も、恋人も。誰かに迷惑かけたり、かけられたりしながらみんな好き勝手に自分の人生を歩いてくんじゃないかな。だって、お父さんやお母さんの子である前に、弟くんのお姉ちゃんである前に、もの静かな優等生である前に、普通の女の子である前に」

千歳くんはぽんと私の肩を叩(たた)いて、

「あんたは内田優空じゃん」

とびきりくしゃっと笑った。

――かしゃーん、ぱらぱらぱらぱら。

頭のなかで、ガラスの割れるような音がした。

なんで、どうして、あなたは。

私より私のことを知っているの？

きっと、ずっと前から、誰かに言ってほしかった。

気づいてほしかった。

見つけてほしかった。

そんな生き方をしなくていいって。

前を向いて歩こうって。

大切に思える友達がほしい、毎日誰かと笑い合っていたい、女の子なんだからオシャレもお化粧もしてみたい、嫌なことは嫌って首を振って、好きな人に好きって言いたい。

『——あんたの人生は、あんたのもんなんじゃねえの？』


ずっと胸の奥に刺さって抜けなかったとげが、すうっと溶けて染みこんでくる。

やっとわかったよ。

千歳くんは自分自身がそうやって生きてきたんだね。

過去のせいにしないで、誰かを言い訳にしないで、両脚で踏ん張って。

でも……。


「いいのかな。ずっと卑屈に下向いてきた私なんかに、自分で壁を作って閉じこもってた私なんかに、いまさらそんなふうに生きる価値なんて……」

まだ踏み出すことが怖くて、情けない弱音が漏れると。

ぱちん、千歳くんがでこぴんで私のおでこを弾いた。

「いたいっ……!?」

じんわりと、なぜだか安心する痛みが広がる。

「んなことねーよ。俺や夕湖がお気持ちボランティアで話しかけてたとでも思ってんのか。具体的に説明しろって言われてもこっぱずかしくてできないけど、あんたが気になるからそうしただけだ。俺たちは優空と仲よくなりたいんだよ」

千歳くんがそっと私の首筋に触れた。

「生きる価値とかよくわかんねーけどさ。どうせ人間なんてここをきゅいっと締め上げられるだけで呆気なく死んじゃうんだから、明日がどうなるかなんて誰にもわかんない。事故に遭うかもしれない、病気になるかもしれない、家族が突然いなくなるかもしれない、仲間だと思ってたやつに背を向けられるかもしんないし、夢を見失うかもしれない。それは俺たちが一番よくわかってるだろ」

だから、と指先が首筋から頬に移る。

「優空(ゆあ)のお母さんにはなれないし、その過去をなかったことにすることもできない。けど、これからの思い出を、戻らない今日をいっしょに作っていくことはできる。たまたまこんな近くに似た境遇のふたりがいるんだ。もし俺でよかったら、毎日いっしょにばかやって、笑って、泣いて、けんかして、迷惑かけてかけられながら、まるでもうひとりの家族みたいに」

一度言葉を句切り、やさしく目尻(めじり)を下げた。

「――互いに欠けた穴を埋められるような、友達(ひと)になろうよ」

その瞬間、ぽろりと、涙がこぼれた。
それがすぐに大粒の雨になって、私の頬(ほお)を、あなたの指を濡らしていく。
伝わるぬくもりがあたたかくて、やさしくて、頼もしくて。
本当に、どこまでも、あなたって人は。

「まったく朔くんは」

私は、差し出された手をぎゅっと握りしめて、

「……うん！」

くしゃくしゃになった顔で笑った。

＊

それから私はベランダを借りて、お父さんに電話をかけた。

本当は直接目を見て伝えたほうがいいんだろうけど、やっぱり長年胸に秘めていた想いを打ち明けるのにには勇気が必要で、だから背中を支えてくれるこの場所がよかった。

長くなるかも、と伝えたら朔くんはやさしい瞳で、「いいよ、適当に風呂入ったりしてるから好きなだけ話してきな」と笑っていた。

お母さんがいなくなった日のこと、私が決意したこと、これまでどんなふうに生きてきて、これからどうしていきたいのか。

包み隠さず、できるかぎり丁寧に話した。

お父さんは途中から、電話越しでもわかるぐらいに声を震わせて、

『すまなかった、すまなかった。なにも気づいてやれなくて、我慢させて、苦労させて』

そんなふうに、何度も、何度も謝っていた。

最後には弟とも、少しだけ話をして。

長い、長い、私のひとり相撲が終わった。

そうして電話を切り、部屋に戻ると、

「——ひゃぁッ!?」

上半身裸で首にタオルをかけた朔くんが、呑気にサイダーを飲んでいた。

「あなた、なに考えてるんですかッ！」

思わずまた敬語が復活する。

「んあ?」

「服！　服着てくださいっ!!」

「ああ」

朔くんはさっき私がたたんだ洗濯物のなかから適当にTシャツを引っ張り出して、面倒そうにかぶった。

「男ばっかの家で暮らしてるんだから慣れっこだろ」

確かに、うちの弟も風呂上がりは似たようなものだし、私がいても平気で着替えたりする。

「そういう問題じゃありません！　他の子が来たときもそんな格好してるんですか？」

「他の子って？」

「えっと、柊さんとか……？」

「優空が初めてだよ」

さらっと朔くんが言った。

「へ？」

「うちに上げた女の子ってことだろ？　優空が初めてだって言ったんだ」

「そう、なんだ……」

とくん、と思わず胸が高鳴った。

「あんだよ、とっかえひっかえ連れ込んでるようにでも見えたか？」

「……えと、ちょっとだけ」

「こういうときこそ愛想笑いで誤魔化せよおい」

短い沈黙のあと、ふたりでぷっと吹き出した。

なんだか無性に可笑しくなって、けらけら笑う。

そっか、初めてなんだ。

私の、ために。

とく、とく、とく、とく。

違うの、これは、とうれしそうに飛び跳ねる鼓動の意味を言い訳しようとして、もうそんなことをする必要もないんだと気づく。

まだ慣れない感情を鎮めようとソファに腰を落ち着けると、

「お父さん、どうだった?」

ばふっと隣に座った朔くんが言った。

「これまでごめん、ってたくさん謝ってた。優空に頼りすぎていたって。これからは家事も料理も手伝うから、もっと好きなように生きてくれって。それがお父さんの望みだからって」

「そっか、そういうもんだよな」

「なんか拍子抜けだったな。こんなふうにほんのちょっと話をすればいいだけだったのに、何年もかかっちゃった。弟に『今日はご飯作ってあげられなくてごめんね。お腹空いてない?』って謝ったら鼻で笑われたよ」

「へえ、なんて?」

「『姉ちゃんは過保護すぎるんだよ。もう中三なんだから、カップラーメン食うなりコンビニ行くなりどうにでもする』って」

「そりゃそうだ」

ははっと、歯を見せて笑う。

その横顔に、まだ少し濡れた髪の毛に、ちょっとだけ見とれてしまった。

それからふと、朔くんはスマホに目をやる。

「やべ、もうこんな時間か」

私もそれに倣うと、時刻はもう二十三時を回っていた。

「家まで送ってくよ、優空」

立ち上がろうとした朔くんに、私はきょとんと伝える。

「えと、私このまま泊まってくけど？」

「ああ、そういう……はあああああああああッッッ!?!?!?」

今度は向こうが動揺する番だった。

正直、その反応を期待してたのでにやけそうになる。

「いきなりなに言ってんの、お前」

お前も解禁、って言ってた柊さんの気持ちがちょっとだけわかっちゃった。

たしかにこういうのは、悪くない。

「もうお父さんに了解もらったけど？」

「びっくりするほど恐ろしいことさらっと言うんじゃねえよ」

「まあ、さすがに男の人ってとこは伏せたけどね。『話を聞いてくれた友達の家にそのまま泊まる』って。お父さん、なんかうれしそうだったよ。これまで、私がそんなこと言いだすなんてあり得なかったから」

「一番伏せちゃいけないとこ伏せてんのにそのほんわかエピソード素直に受けとれねえわ」

私はくすくすと笑う。

「迷惑かな？」

「迷惑ってか、困惑？」

「誰かに迷惑かけて、かけられながら好き勝手に生きろって言ったの朔くんだよ」

「段階ってもんがあるだろ。いきなり全開でアクセル踏み抜くんじゃねーよ世間知らずか」

「それに、家族みたいに思える友達になろうって、言ってくれたのも」

わしゃわしゃと頭をかく朔くんを見て、からかうように言う。

「誰かさんのおかげで、あの日以来、初めてはめを外すんだから。責任とって付き合う義務があると思いまーす」

「あのな……」

観念したようなため息がこぼれた。

「ったく、押し倒されても文句言うんじゃねえぞ」

「大丈夫だいじょうぶ。朔くん、私のことそういう女の子として見てないでしょ」

これには反応しにくいだろうから、言葉を続ける。

「コンビニだけ、付き合ってくれる？　いろいろと準備あるから」

「わかったよ」

「あと、お風呂借りてもいいかな？」

「っ、外で素振りしてるからそのあいだに済ませてくれ」

「はい、なるべく早く終わらせるね」

自分でも、大胆なことをしているのはわかっている。

だけど今日は、今日だけは。

もう少し、この人と話をしていたかった。

もう少し、隣にいてほしかった。

それぐらいどうしようもなく、私は浮かれていたから。

＊

コンビニで買い物を済ませ、お風呂に入り、汗をかいた朔くんがもう一度シャワーを浴びたときには、もう日付が回っていた。

いまはふたりでソファに並んで、アイスにしたカフェオレを飲んでいる。

クローゼットから適当に見繕(みつくろ)ってと言われて借りたスウェットは、だぼだぼしててなんだかほっこりする。

「こんな時間にカフェインとったら寝れなくなるんじゃないのか？」

朔くんが言う。

「んー、あんまり早く眠りたくないなって。そっちこそ、付き合わせちゃってごめんね」

「あいにく、俺は夜中にコーヒー飲んでも余裕で爆睡できるぞ」

「そっか、なら安心した」

ふと、思い立って口を開く。

「そういえば朔くん、かれこれ半年ぐらい一人暮らししてるんだよね？」

「だな、高校入るときからだから」

「そろそろ慣れてきた頃だよね？」

「この部屋に帰ると落ち着くようになってきたよ」

「なのにさっきの惨状？」

「……申し開きのしようもございません」

照れ隠しのように頬をかく朔くんを見て、私は苦笑した。

「男の子だから、散らかってるのはまあ仕方ないと思うよ？　うちの弟もそういうところあるし。けど、食事はほとんどレトルトとか冷食、コンビニにファストフードだよね？」

ゴミ箱に、その手の容器や包みが山ほど見つかった。

朔くんはばつが悪そうに口を開く。

「最近は、ちょっとおっくうになってな。一応、夏休みまでは食事にも気を遣ってたんだよ。そんなに手の込んだものじゃないけど、飯はちゃんと炊いて、肉なり魚なり焼いて、なるべく野菜も、って。身体（からだ）作らないといけなかったからさ」

そっか、野球部、と私は思う。

だけど調子に乗ってそこから先に踏み入ってはいけない気がした。

それこそ、わかったふうな口を利いてしまうことになる。

そもそも彼は、私が音楽室の窓からあの光景を見ていたことも、そのときどんな想いを抱いていたのかも知らない。

だからわざと軽い調子で言った。

「学校では完璧超人みたいな顔してるくせに、意外と抜けたとこあるんだね」

「そういうとこが母性くすぐるだろ？」

「うん」

私がさらっと答えると、「へ？」と間抜けな声が返ってくる。

「だからこれからは私が作るよ、ご飯。毎日は無理だけど、ときどきここに来て。常備菜とか日持ちのするものは慣れてるし」

「……通い妻？」

「もう、言い方！　その代わり、手が空いてるときに食料の買い出しとか手伝ってくれるとうれしいな。うちの弟、育ち盛りでいつもすっごい量になっちゃうの」

朔くんはくくっといたずらっぽく笑った。

「ほんのついさっきまで、『私と関わらないで』ってぎゃんぎゃん泣いてたやつとは思えない距離の詰め方だな」

「……………きゅいっ」

「ちょっと優空ちゃん頸動脈締めたら死ぬって話したよね⁉」

もう、自覚したらそれこそ死ぬほど恥ずかしいんだから。

だけど、私がこの人に返せることなんて、そのぐらいしか思いつかないから。

「まったく朔くんは」

ぷくっと頰を膨らませてわざとらしく顔を背けると、隣でまた笑い声がはじけた。

「負けたよ」

そう言って、朔くんが手を差し出してくる。

「じゃあ頼んでもいいか、優空」

私はにっこり笑って、

「はい、任されました」

その手をしっかりと握った。

＊

やがてそろそろ横になろうという雰囲気が漂い始めると、朔くんは自分がソファで寝るから優空はベッドを使っていい、と言ってくれた。

さすがにそれは断ろうとしたけれど、どうにも折れる気配はなさそうだ。

普段はちゃらちゃらしてるくせに、こういうところは意外と古くさいというか、男の子なんだな、と思う。

本当はまだまだ話し足りなかった。

もしかしたら、いや、間違いなく迷惑だと思うけど、できれば眠りに就く直前まで。

この人の声を聞いていたい。

だから私の提案で、リビングにあるソファを寝室へと運び込む。

さすがにぴったりくっつけるのは抵抗があったから、ほどよく離して。

とはいえソファの背もたれで壁ができるのはなんだか寂しくて、横向きになればお互いの顔が見えるように配置する。

なんて意気揚々と準備をしたはいいものの、いざベッドの毛布をめくったときは、顔から火が出そうになった。

私、勢い任せになんてことを。

だけどいまさら尻込み（しりご）しても仕方ないと、思いきってそこに寝そべってみる。

がばりと毛布をかぶったら、男の人の匂いがした。

お父さんとも、弟とも違う。

表面を漂うシャンプーや香水の匂い、その奥にあるちょっとがさつで、汗臭くて土臭くて、なんだか晴れた日の芝生みたいな匂い。

すうすんと何度か鼻で息をしたあと、自分の行いを俯瞰（ふかん）してかぷかぷ咽（む）せる。

いやなにやってるの私。

いまのはさすがにないよ。

朔（さく）くんに気づかれてないかな？

ああもう、だって、なんか……落ち着くんだもん。

そんなふうにどぎまぎしていることなんて露知らずといった様子で朔くんが言った。

「優空（ゆあ）、起きてるか？」

「……うん」

「まだ話していい？」

「……うん、私も、まだ話したい、です」

「さすがに『です』はもういらないだろ」

「えと、話したい、かな」

「『楽しかった時間さえも全部嘘にしてしまうようなやり方で』、って言ったの覚えてる？」

「うん……」

「優空はさ、お母さんのことまだ恨んでるのか？」

「……恨んでるし、怒ってるし、許せてない、と思う」

「そりゃそっか」

「どうして？」

「ずっと考えてたんだけどさ」

「うん」

「べつにお母さんがいなくなったからって、嘘にはならないんじゃないかって」

「どういう意味？」

「まんまだよ。結果としてお母さんは優空を置いていっちゃったのかもしれないけど、届けてくれた言葉に嘘はなかったんじゃないか」

「そうかな……」

「いや、言い方が悪かった。もしかしたらお母さんは裏でいろいろ悩んでて、自分を納得させようとしてただけなのかもしれないけど。それでも優空の幸せな記憶まで嘘にする必要はないんじゃないか？　ってこと。伝わる？」

「……」

「お母さんが嫌いになった？」

「………」

「俺の勘違いだったら怒ってくれていい。優空は普通を捨てたお母さんへの復讐っていうか、否定するために普通の幸せを手に入れようとしたんだよな」

「……そうだと、思う」

「理屈ではわからなくもないけど、俺だったら思い出の染みついた『普通』なんて言葉は真っ先に切り捨てるけどな。それからお母さんが教えてくれた、音楽も」

「──ッ」

「なあ優空。大っ嫌いで許せないのは事実かもしれない。でも、本当は同じぐらい大好きなんじゃないのか？　あんなことがあってもまだ、過ごした時間を、そのときにもらった言葉を、忘れたくないんじゃないのか？」

「ぁあ……っ」

朔くんの言葉が、また私のやわらかいところを刺す。

どうすればよかったの。

なにが正解だったの。

私は、私は——。

「せっかくすっきりした気がしてたのに、穏やかに眠れそうな気がしてたのに、ひっくり返すみたいに嫌なことばっかり言うんだね。

そうだよ朔くんの言うとおりかもしれない。

絶対に許せない、人として間違ってる、受け入れられないって。

思ってる、はずなのに……」

ぎゅっと、毛布を抱きしめながら、

「だけど、だけど、お母さんと過ごした日々は。

間違いなく幸せだったんだよ」

ははっ、と朔くんが短く笑う。

「なんだ、わかってんならそれでいいじゃん」

「え……？」

「好きなら好きでいいんじゃないか」

「でも……」


話をしようよ、と男の子は言った。


「寝落ちするまでは聞くからさ。お母さんの好きだったとこ、教えて」

「好きな、とこ……？」

「優空が知ってるかわかんないけど、俺、野球部を辞めたんだ」

「うん。柊さんから、聞いた」

そっか、とソファの上で朔くんが体勢を変え、こちらを向く気配が伝わってくる。

「高校野球で使うボールってさ、石みたいに硬くて見た目以上に重いんだよ。バットの変なところに当てるとびりびり手が痺れるし、ピッチャーのコントロールミスで脇腹に食らった日には本気で呼吸が止まる」

へへ、とどこか楽しげな笑みがこぼれた。

「けどな、そいつをバットの芯で捉えると、すこんって抜けるような感覚なんだ。百何十キロで飛んでくる石ころを鉄の棒でぶっ叩いてるのに、まるでおもちゃのプラスチックバットでカラーボールを打ってるみたいで、癖になる」

うれしそうに声が弾む。

「そういうときは、打った瞬間にホームランだってわかるんだ。まるでバットとボールと自分がひとつになったように、『よーし行ってこい』って青空に吸い込まれてく打球を見送る」

一度言葉を句切り、穏やかに目尻(めじり)を下げる。

「あの一瞬に取り憑(つ)かれて、手に残った感触が忘れられなくて、何度でも味わいたくて、俺は野球を続けてたんだろうな」

だから、と朔くんが続けた。

「やるせなくて、悔しくて、情けなくて、何度も何度も自分を責めたよ。

なにが間違っていたんだろうって、どうすればよかったんだろうって。

けど、さ。

たどり着いたのが望む場所じゃなかったとしても、想いが報われなかったとしても、二度とあの場所には帰れないとしても。

やらなきゃよかったとは、思えなかったんだよな。

野球が大好きだった時間は、過ごした日々は――。

もう俺そのものだったから」

薄闇にぼやけたやさしい表情は、これが単なる慰めではなく、嘘偽りのない本心であることを物語っていた。

あの練習風景、そして二学期が始まった頃の様子を見ていれば、朔くんにとって野球部を辞めるというのがどれほど重い決断だったのかということは想像できる。

それでも、そんなふうに……。

私は毛布の端をぎゅっと握りしめて。

「……絵本をね、よく読んでくれたの」

ゆっくりと、古いアルバムをめくるように語り始めた。

「お母さんの脚のあいだにすぽっと収まって、後ろから抱きしめてくれるみたいに。登場人物によって声色を変えたりして、すっごく上手だった」

「誰かさんも俺としゃべるときだけ声色ぜんぜん違ってたけど」

ふふ、と小さく笑って続ける。

「ずっとお家にいるのに、だらしない格好をしてたことはなかったな。シャツなんかいっつもしわひとつなくて、柔軟剤とお日様のいい匂いがするの」

「優空の身だしなみが整ってるのは、それを見て育ったからかな」

「鼻唄をうたいながらお料理をしてる姿が、まるで楽器を演奏してるみたいだった。とんとん

とんとん、かっかっかっかっ、ってリズムを刻んで。完成したときは、直前まで使ってた道具以外はシンクになにも残ってなくて、魔法の杖をひと振りしたようにぴっかぴか」

「道理で、真っ先にキッチンを片づけてたわけだ」

「それからね」

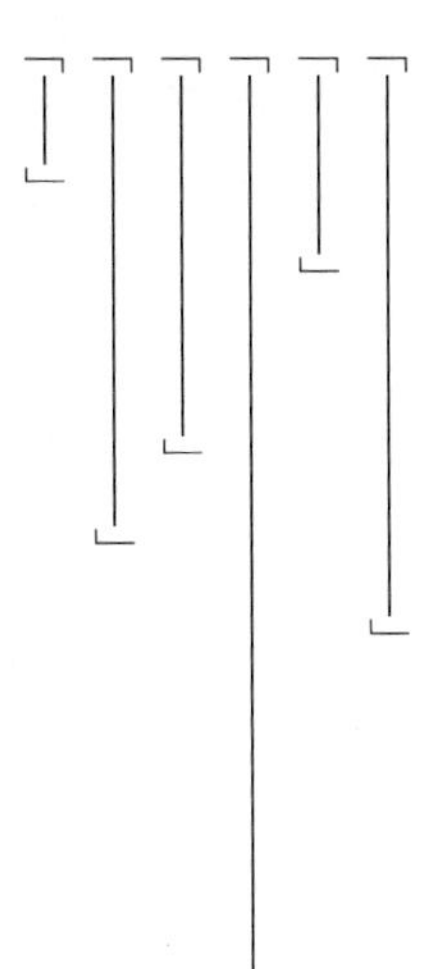

「――――」

「――」

「――――――」

「――」

「―――」

「―」

まるで堰を切ったように、私はお母さんのことを話し続けた。

本当はずっと心のなかに葛藤があった。

見ないようにしていた矛盾が。

大嫌い、許せないって頑なに思い込もうとしていたはずなのに。

ピアノを弾いていても、フルートを吹いていても、もういいかげん忘れようと思って始めたサックスに触れているときでさえ、「普通に音楽を楽しめばいいんだよ」って微笑みながら聴いてくれているみたいで。

それから哀しいとき、苦しいとき、辛いとき。

頭に浮かんでくるのはやっぱりお母さんの顔で。

——大丈夫だいじょうぶ。

ああ、そっか。

あの日から、ずっと、いまでも。

心のなかには、お母さんがいる。

「私……」

頬を枕につけて、朔くんを見た。

「お母さんのこと、忘れなくてもいいのかな。大好きだったって言ってもいいのかな。どこかで幸せになっていてほしいって、祈ってもいいのかな」

「さあな、それは俺に答えられることじゃない」

そっけない反応のあとに、「ただまあ」と言葉が続いた。

「——少なくとも優空の表情は、さっきまでよりいまのほうがいいと思うぞ」

そのひと言が、足りなかった最後の欠片（かけら）だったみたいに。

まるで眠る前にピアノを聴いていたときのように。

やさしい気持ちがじんわりと身体（からだ）を満たしていく。

っ、お母さん、お母さん、お母さんお母さん。

あなたのことが、いまでも許せないほど大嫌いで。


「……大好き、でした」


それから私は、枕に顔を埋め、声を押し殺してとうとう泣いた。

じんわりと頬を伝い広がっていく染みは、なぜだかとてもあたたかい。

朔くんは頭を撫（な）でるように小さな声で、「おかあさん」の童謡を口ずさんでいる。

あの日から、家族の前ですら涙を見せたことはなかった。

どんなにくじけそうなときでも、必死に歯を食いしばって、眉間（みけん）に力を入れて。

だというのに、この人のせいで、この人のおかげで。

今日というたった一日に降った約七年分の雨が、大きな水たまりを作っていく。

明日から、私は。

もう九歳の自分に縛られなくてもいい。

柊(ひいらぎ)さんとたくさんお話ししよう。

メイクを教えてもらって、お洋服の買い物に付き合ってもらおう。

髪も、真似(まね)して少し伸ばしてみようかな。

水篠(みずしの)くんと浅野(あさの)くんに、もう一度ちゃんと自己紹介しなきゃ。

お父さんにも弟にも、いっぱい迷惑をかけて、かけられて。

大嫌いなお母さんの、大好きだった思い出を抱きしめて生きていこう。

あんた(私)の人生を、あんた(私)のために。

どれぐらいそうしていただろうか。

いつのまにか朔(さく)くんの子守歌は終わり、くうくうと呑気(のんき)な寝息が響いている。

私は音を立てないようにそっと立ち上がり、ベランダに出た。

ちりちり、ちりちりちりと、虫たちの演奏会に耳を澄ます。

ベランダの手すりにもたれかかって、空を仰いだ。

胸いっぱいに息を吸い込むと、思ったより冷たい空気に肺がびっくりする。

ただぼんやりと夏は終わり、一歩、また一歩と、プリントの束を抱えて階段を上るような慎重さで、秋が近づいてきているみたいだ。

目に映るものを、肌で感じる風を、音を、匂いを、温度を、ひとつずつ確かめていく。

いつまでも忘れないように、いつでも思い出せるように。

——月の見えない夜に見つけた月を、心の真ん中に吊しておくために。


それから部屋に入り、ソファの傍らにしゃがみこんだ。

学校ではいっつも唇の端をへって上げて、軽口ばっかり並べてるくせに。

そのくせときどき、途惑うほどに男らしいくせに。

こうして見るとまるで少年みたいで、うちの弟とそんなに変わらないかも。

起こさないように注意しながら、前髪をかきわける。

こんなにじっくりとこの人の顔を見るのは初めてかもしれない。

ずっと目を逸らしたり、背けたりしていたから。

……ふーん、やっぱり整ってるんだ、なんか釈然としない。

筆で描いたようにきりっとした眉毛、女の子みたいに長いまつげ、すっと通った鼻筋、鋭い輪郭、思ったよりもやわらかそうな頰。

薄めの上唇に、ぷくっと膨らんだ下唇。

試しに右手の小指で、その表面を端からそっとなぞってみる。

少し乾燥してかさつくけれど、弾力はぷるんと瑞々しい。

夢のなかでもくすぐったかったのだろうか。

途中でむにゃむにゃと動いた口に、指先をほんの少しはむと咥えられ、唇を湿らすように伸びてきた彼の舌先がちろりと触れる。

その生温かくて生々しい感覚に、ぞくっと慌てて手を引いた。

目の前に小指をかざしてみると、爪のそばがうっすらと濡れて真夜中の色を映し出している。

無意識のうちにそれを自分の口許に運びかけて思いとどまり、誰にも見られないよう左の手のひらに隠す。

もう一度、眠る男の子の顔を見た。

ねえ、朔くん。

私に気づいてくれてありがとう。

私を見つけてくれてありがとう。

真っ暗な夜を照らしてくれて、ありがとう。

だけど、不思議だな。

小さい頃は、普通でもいいんだって思ってた。

いつからか、普通でいなきゃって思うようになっていた。

そしていま、はじめて、願う。

私は朔くんにとっての一番じゃなくていい。
大事にされなくていい、特別じゃなくて構わない。
ただ、空気のように、気づいたらそこにいるような。
たとえばなにか困ったとき、最初に名前を呼んでもらえるような、そういう。

――あなたにとって普通（あたりまえ）の存在に、なりたいよ。

私から返せるものは、そんなに多くはないかもしれないけれど。
もしもこの先、いつか。
ひとりぼっちでうつむくときがくるのなら。
声を押し殺して震えているのなら。
月の見えない夜に、迷い込んでいるのなら。
そのときは、せめて誰よりも朔くんの隣にいるから。

＊

翌朝、私はコンビニで買っておいた食材を使ってオムライスを作った。

初めて食べてもらう料理にしてはちょっとシンプルだけど、泣きはらした朝に、お母さんをもう一度大好きだと思えた朝に、これからよろしくねの朝に、なんだかぴったりな気がした。

朔くんは美味い、うまいと、あっというまにぺろり食べてしまった。

ちらっとキッチンのフライパンに目をやったのは多分ケチャップライスが余ってないかを確認したからで、「量は弟よりもがっつりめに」と心のレシピにメモをする。

それから身支度を整え、私は高校に入ってから始めて、アイロンをかけていないシャツで家を出た。

自転車を押しながら朔くんとふたりで河川敷の道を歩き、それがあんまり気持ちよくて、景色が美しく見えて、明日からは私も徒歩通学にしようとこっそり決意する。

そうしてふたりで教室に入ると、真っ先に柊さんが気づいた。

「朔ーっ、おはよー！！！　あれ、うっちーも？　たまたま？」

昨日、朔くんのほうから「心配ない」という連絡はしてくれたらしい。

もちろん、私の個人的な事情やお泊まりについては伏せたままで。

ぱたぱたと駆け寄ってくる柊さんに、朔くんが「おはよー」とあいさつを返す。

私はごほんと咳払いをしてから、ちょっとだけ勇気を振り絞って、

「おはよう、夕湖ちゃん。昨日は迷惑かけちゃってごめんね」

にこっと首を傾けた。

「……あれ？」

夕湖ちゃんは少しだけ不思議そうな表情で固まったあと。

ぱぁーっと顔を輝かせて私の手を握る。

「うっちー、いま名前で呼んでくれた⁉」

「えと、ちょっと急だったかな。前にそのほうがいいって……」

「うん！　うん！」

　ぶんぶんと首を縦に振りながら、

「すっごくうれしい！　これからもっといっぱいお話ししようね！」

「うん。その、お洋服買いに行くのとかも、付き合ってくれる？」

「もっちろーん！　うっちーも授業中に当てられたとき、助けてくれる？」

「そ、それはちょっと違うような……」

　そんなやりとりを交わしていると、へっと誰かさんが笑う。

「ったく優空も夕湖も大げさなんだよ、呼び方ひとつぐらいで」

　すっかりいつもどおりの調子に思わずむすっと言い返す。

「朔くんに口出される筋合いはないもん」

「クラス委員長だからな。みんなの交友関係は把握しておかないと」

「プリント運びすら人の手を煩わせる自薦のお飾りだけどねー」

「おいこら言っていいことと悪いことがあんだろ」

珍しく会話にすぐ加わらず、隣でじっと私たちを見守っていた夕湖ちゃんが、普段より三割増しぐらいの明るい声を出した。

「むっかちーん！　だね、うっちー」

「む、むっかちーん？」

「というわけで、部活終わったらさっそく今日はみんなで8番！」

「えと、昨日行ったばっかりじゃ？」

思わず「でも家族のご飯を……」という言葉が浮かんだ自分に苦笑する。

そういうのは、もうやめにしたんだ。

今日はお友達と食べて帰ることにしたから適当にすませてね。

きっと、そんな感じでいい。

普段私の手料理ばっかり食べている弟はここぞとばかりにファストフードを買いに行くかもしれないし、お父さんが一念発起して炒飯とか野菜炒めに挑戦するかもしれない。あ、それはちょっと食べてみたいから残しておいてほしいな。

それこそたまには男ふたりで8番に行ったっていいだろう。

なんて考えてたら、いつのまにか水篠くんと浅野くんも集まってきた。

夕湖ちゃんがうれしそうに声を弾ませる。

「昨日はうっちーもっと仲よくなろうよの会。今日はうっちー歓迎会！」

「歓迎、会……？」

私はきょとんと問い返すと、朔くんがふっと口の端を上げた。

「ようこそ、チーム千歳へ」

その言葉に夕湖ちゃんが、浅野くんが、水篠くんが続く。

「Yuko Hiiragi Angels」

「海人ダイナマイトボンバーズ」

「カズ・クリエイティブ・エージェンシー」

みんなの視線が私へと集まった。

えっと、なにか求められてるような。

「……ゆ、ＹＵＡ５？」

千歳くんがにっと笑って、

「よし、音楽性の違いで解散っ‼」

右手の拳をぐっと突き出してくる。

みんながそこに、こん、こんと拳をぶつけていって。

私も最後にそっと、真似をする。

その瞬間、みんながいっせいにぶはっと吹きだした。

浅野くんがくねくねと身もだえながら叫ぶ。

「なにこれ恥ずくないッ!?」

水篠くんがクールに応じる。

「俺もうっかり乗っちゃったけど、思いっきり白い目で見られてんね」

夕湖ちゃんがけらけらと可笑しそうにお腹を抱えている。

「えーいいじゃんなんか青春ぽくて」

それにしても、と朔くんがいたずらっぽく言った。

「そのキャラでYUA5はないだろ」

「「「ない!」」」

「ちょっとみんなひどいっ?!」

なんてつっこみながら、私は思う。

ずっと、透明のガラス越しに見ていた世界は。

恥ずかしくて、ばかばかしくて、痛々しくて眩しくて。

ちょっとだけくすぐったいけれど。

こういうのでいい。

こういうのが、いい。

＊

——あれから季節が巡り。

私はまたこの毛布にくるまって、月の見えない真夜中を見送っていた。

いつしか夕湖ちゃんとの思い出を語る声は途絶え、四角い部屋に静寂が満ちている。

音を立てないようにベッドを抜け出し、ソファの傍らにしゃがみこんだ。

くしゃりと乱れた男の子の前髪を、手ぐしでそっと整える。

本当はきっと眠る気なんてなかったんだろうけど。

へとへとだよね、今日は。

寝息のひとつも聞こえないことが少し不安になって右手の小指を口許に近づけると、ちゃんと温かな呼吸に触れる。

そのままあの日を再現しそうになって、寸前で思いとどまった。

代わりに自分の唇に触れ、端からそっとなぞってみる。

一年越しの間接キスは、どこかふんあり甘いトマトケチャップに似ていた。

ちりり、と苦い罪悪感が胸を刺す。

涙に濡れた夕暮れの教室を置き去りにして、私は朔くんを追いかけた。

ずっと心に決めていたことだから後悔はない。

あの瞬間にはまだ。

理由があった、言い訳の余地があった。

だけど、と私は思う。

いま、ここで、こうして寝顔を見つめていられることに。

ただひとり、あなたの隣にいられることに。

——どうしようもなく、私は満たされている。

ふと振り返り、ベッド脇のサイドテーブルに置かれた三日月型のライトを見た。

朔くんのお誕生日会を過ぎた頃、この家にやってきたもの。

夕湖ちゃんは浴衣、陽ちゃんはキャッチボール用のグローブ。

だとすれば悠月ちゃんだろうか、西野先輩だろうか。

どちらにせよ、自分で買ったとは思えない。

『私を見つけてくれた朔くんの心にいるのが、夕湖ちゃんでも、悠月ちゃんでも、西野先輩でも、陽ちゃんでもいいと思ってた……』

その言葉にも、嘘はないはずだった。

はじめてあなたの心に触れたとき、隣には当たり前のように特別な女の子がいて。

その女の子は、やがてかけがえのない親友になって。

だから私は、普通にそばにいられたらそれで充分だと思っていた。

だから私は、あの日だって……。

「っ、うぅ」

朔くんが小さく呻く。

嫌な夢でも見ているのだろうか。

よく見ると、額にも首筋にもうっすらと汗が滲んでいる。

私はそっと頭を撫でてからベランダの窓を閉めた。

少しだけ設定温度を上げてエアコンをつける。

近くにあったスポーツタオルで汗を拭って、クローゼットから薄手のブランケットを取り出し、朔くんのお腹にかけた。

そうしてしばらく見守っていると、心なしか寝顔が穏やかになる。

ずっと、こんな日が続くのも悪くないな。

ふと気を抜いた瞬間にそんな考えが頭をよぎり、ぎゅっと唇を嚙みしめた。

嫌なやつだ、いまの私。

夕湖ちゃんの話をしようって。

三人でお泊まりしてるみたいにって。

やっぱりその気持ちにも、嘘はないはずなのに。


心はどこまでもあやふやだった。


いますぐにでも夕湖ちゃんと話がしたい。

いますぐにでも夕湖ちゃんの話を聞いてあげたい。

だけど、どうしても。

いまだけはこの人のそばにいてあげたい。

悠月ちゃんでも陽ちゃんでも西野先輩でもなく、傷ついた朔くんの隣にいられるのが私でよかったと、臆面もなく胸をなで下ろしてしまう。


……もう、言い訳はできなくなっちゃったかな。


それでも、と思う。

こんなとき、どうすればいいか教えてくれた人がいる。

いいんじゃないかって、言ってくれた人がいる。

だから。

私はもう一度だけ、眠る男の子の頭をやわらかく撫でた。

「大丈夫だいじょうぶ」

月の見えない夜、朔くんがそうしてくれたように。

——今度は私があなたの心を見つけてみせるから。

七章　繋ぐ迎え火、結ぶ送り火

夕湖の告白を断ってから数日間。

俺は日めくりカレンダーを毎朝なんとなく一枚やぶってごみ箱へ投げ入れるように、ただぼんやりと惰性で夏休みを過ごしていた。

寝て、起きて、朝飯を食ってコーヒーを飲み、勉強をして、昼飯を食って、本を読み、映画を観て、ランニングと筋トレと素振りをこなして風呂に入る。

緩慢なその繰り返し。

それでも時間を持て余したときには、コインランドリーで敷き布団や毛布を洗ったり、雑多に小説が並んだ本棚を整理したり、大掃除代わりに窓ガラスや鏡を磨いたりして過ごした。

野球からも友達からも遠ざかった俺にとって学校のない一日は長すぎて、さっさと八月が終わってしまえばいいのにという投げやりな気持ちと、そうしたら二学期が始まってしまうという葛藤の板挟みで考えることを放棄し、また無心で手を動かすための目的を探す。

いつもあちこち連れ回してくれた夕湖がいなくなると、こんなにも出不精になるらしい。

七瀬と陽からはそれぞれにLINEが届いていた。

さすがに無視し続けるわけにもいかない。

普段より何倍も時間をかけて普段より短い文面を考えながら、できるかぎり余計な心配をかけないよう、少しずつ返事をしていた。
七瀬(ななせ)は慎重に探るように、いつもの調子を取り戻させようとするように。

『慰めに行ったら、ふたりで北の大地に逃避行するイベントは発生する?』
『避暑にはよさそうだな』
『えー、夏こそ南でしょ』
『七瀬が言ったんだろ。広い庭の畑で野菜を育てたい気分なんだよ』
『朝顔の種でも送ろうか?』
『せめてスイカにしてくれ』
『みんなで観察日記でもつける?』
『どっちも手遅れだよ』
『そか。朝顔もスイカも種まきするならもっと早くだよね』
『ああ』
『また来年かな』
『ありがとう、七瀬』
『ごめんね、千歳(ちとせ)』

陽は大胆に踏み込むように、いつもの調子を忘れてしまったように。

『千歳、大丈夫？』
『なんとか』
『そっか、あんた慣れてるもんね！』
『まあな』
『ごめんいまのなし！』
『気にしてないよ』
『私はあれでよかったと思ってるから！』
『そっか』
『ごめんいまのもなし！　違う、そうなんだけどそうじゃなくって……』
『うん、伝わってる』
『私、ぜんぜん役に立たなくて』
『こうやって連絡くれることが一番うれしいよ』
『なんにも変わんないから！』
『なんにもって……』

『どうせ暇なんでしょ？　陽ちゃんがキャッチボールの相手してあげる。バッティングも今度は一からちゃんと教えてよ』

『ありがとう、陽』

『よろしくね、旦那っ』

それぞれにやり方は違うけど、俺を励まそうとしてくれてるのがわかった。

ふたりにこんな気遣いをさせてしまっていることを心苦しく思う。

和希と健太、もちろん夕湖と海人からも。

あの日から連絡はなかった。

ともすれば自暴自棄になりかねない俺をなんとか繋ぎ止めてくれていたのは。

——ぴんぽん。

ちょうどそのタイミングで、玄関の呼び鈴が短く一度鳴る。

ドアを開けると、

「こんばんは。今日は冷やし中華」

優空がスーパーの袋を胸の前に掲げていた。

俺は呆れたように苦笑する。

「どうせ鍵なんてかけてないんだし、勝手に入ってきていいんだぞ」

「そこは一応ね。わきまえようと思って」

けっきょく優空はあれから毎日、夕方になるとこうしてご飯を作りに来てくれていた。

さすがにもう泊まるようなことはなかったけれど、どれだけ俺が遠慮しようとしても頑として自分の主張を曲げようとはしない。

せめていつもみたいに作り置きを、と頼んでみても、「夏場は傷みやすいから」のひと言で流されてしまう。

だけどそのおかげで、かろうじてまっとうな生活に片足を残すことができていた。

「朔くん、酸っぱいのとそんなに酸っぱくないのどっちがいい？」

「冷やし中華は酸っぱいほうがいいな」

「トマトはどっち？」

「ミニトマトより普通のやつが好き」

「マヨネーズは？」

「かける」

「紅生姜は？」

「たっぷりで」

「はいはい」

俺も、優空(ゆあ)も、もう夕湖(ゆうこ)のことを話そうとはしなかった。

語れることはあの夜に語り尽くしてしまったのかもしれないし、どれだけ語ったところできりがないからかもしれない。

ただ、そうやってなんとか日常に還(かえ)ろうとしても。

ふとした瞬間、どんなときも近くにいた存在の大きさに気づかされる。

たとえばLINEを開いたとき。

ほとんどいつだって一番上にあった名前が、スクロールしないと見えない場所まで潜ってしまっていたり。

たとえば空がきれいだったとき。

写真を撮ろうとして取り出したスマホを、いつも気軽に送っていた相手もいないからとぽっけにしまったり。

たとえば嫌な夢にうなされたとき。

それを吹き飛ばしてくれる「おっはよー！」は、聞こえてこなかったり。

たとえば優空の作ってくれた冷やし中華を食べているとき。

冗談まじりに自慢できる相手は、もういなかったり。

まるで舗装されていない田舎の砂利道を歩いているみたいに、真っ直(まっす)ぐ歩こうとしてもちょっとしたことですぐに躓いてしまう。

まるで小さな子どもが帰り道で引きずって底に穴が空いてしまったスーパーの袋みたいに、すーすーする胸からぽとぽとなにかが転がり落ちていた。

もう、卒業するまでこのままなんだろうか。

ベランダから射し込む哀しげな夕陽の朱に、俺は思わず目を細めた。

＊

夕食の片付けを終えると、優空はすぐに帰り支度を始めた。

なんでも明日は朝から家族三人で出かける用事があるらしい。

だからご飯を作りに来るのが遅くなるかもしれない、とも。

その話を聞いて初めて、今日が八月十二日なのだと知る。

世間は明日からお盆だ。

例によって、うちの家族からはなんの連絡もないから気づかなかった。

玄関で靴を履いてる優空に声をかける。

「さすがにお盆のあいだぐらいは家族と過ごしてくれ。こっちはもう大丈夫だから」

「……ほんとに？　ちゃんとご飯食べる？」

「優空は過保護すぎるんだよ。もう高二なんだから、カップラーメン食うなりコンビニ行くなりどうにでもする」

いつかの弟くんの台詞をなぞるように返すと、

「それ、ぜんぜん大丈夫じゃないんだけどなあ」

むすっと頬を膨らませた。

「冗談だって、ちゃんと気を遣うよ。幸い、時間だけはあるから」

「……そっか」

少し自嘲気味になってしまった言葉を、優空は受け入れるように微笑んだ。

「じゃあ、またお盆明けにね」

「おう、また」

短く答えたあとで、ドアを開けた背中にもう一度声をかける。

「いろいろありがとな。救われた」

優空は振り返ってやさしく目尻を下げ、ぱたんとドアを閉めた。

しん、と静けさが鳴ったような気がして。

俺はわざと大げさに音を立ててがちゃりと鍵をかける。

コップに麦茶を注いでからソファに寝転がった。

「お盆、か」

ぼんやりと窓の外を眺めながら、無意識のうちにそうつぶやく。

夏の終わりが近づいてきたんだな、と思う。

小さい頃から、なぜだかお盆というのはそういう境界線だった。

まだまだ八月は長い、カブトムシを捕まえよう、プールで泳ごう、自転車で虹のふもとを探しに出かけようだなんて、毎日浮かれていたのに。

お盆を過ぎたとたん、祭りが終わったあとのような寂しさが押し寄せてくる。

残された時間を数え、手つかずの宿題が気になりだして、始まる前はあれほどいろんな計画を膨らませていたくせしてなにひとつ実行に移さずだらだら過ごした日々を思い。

ああこんなはずじゃない、もっと誰も見たことのないようなわくわくが、冒険が、ひと夏の物語が待ち受けているはずだと地団駄を踏む。

それでも海にはくらげが出て、だんだんと日が暮れるのは早くなり、涼しげな虫たちの声が大きくなってきて。

そういえば、俺にとってお盆といえば。

——りりりり、りりりり。

遠くないうちに訪れる秋を予感させるような着信音が響いた。

スマホを見ると、明日姉(あすねえ)の名前が表示されている。

混乱した頭で事情を伝えて以来うんともすんとも音沙汰がなかったから、余計なことを話しすぎてしまったかと心の片隅で不安に思っていた。

冷静になってみれば、ちょっと前まで偶然会う他に言葉を交わす手段をもたなかったのに。

こほんと、咳払(せきばら)いをひとつしてから電話に出る。

「もしもし」

『明日風(あすか)です。いま大丈夫?』

「うん、どうしたの?」

スマホの向こうで、すうと息を吸い込む音が聞こえた。


『明日、君のおばあちゃんに会いに行かない?』


「え……?」

思わず、言葉に詰まる。

それはほんのいましがた脳裏に浮かんでいた風景で。

懐かしく振り返るだけの蜃気楼(しんきろう)で。

だって、俺にとってのお盆といえば。

毎年、母方のばあちゃんの家に泊まって。

あの田んぼだらけのあぜ道を、初恋の少女と。


——君と過ごした、夏だったから。


『どう、かな？』

明日姉の声に、俺はがしがしと頭をかいた。

「ごめん、一瞬待って」

スマホをローテーブルの上に置き、洗面所でじゃぶじゃぶと顔を洗った。

ほんの少しでも浮き立った自分の心が許せなくて。

しつこい汚れを落とすように、入念に、何度もなんども。

それから麦茶をぐびぐび飲んで、ようやく頭が冷えた。

思い返せば、明日姉にはいつかふたりでばあちゃんに会いに行こうと伝えていた。

それを忘れずにいてくれたんだろう。

高校に入学してから一度も顔を見せていなかったばあちゃんの家を訪れるのに、お盆ほどふさわしい日はない。

……なんて、この期に及んでそんなごたくを並べ立てるのは卑怯か。

「お待たせ」

俺はスマホを耳に当てて言った。

「福井駅で羽二重くるみ買っていってもいいかな。ばあちゃんが好きだったんだ」

『もちろん……！』

明日姉がうれしそうに答える。

それから俺たちは集合場所と時間を決めて電話を切った。

下した決断を取り消せないのなら、俺は前に進まないといけない。

もう、立ち止まることはしないと決めたから。

ちゃんと向き合っていこう。

あの頃にも、いまにも、これからにも。

＊

翌日の十六時。

えちぜん鉄道に揺られた俺と明日姉は、約二か月ぶりの小さなホームに降り立った。

古びた駅舎を出ると、夏の田舎としか表現しようのない空気が満ちている。

大きく息を吸い込んでぐいと背伸びをしたら、横で明日姉もまったく同じことをしていてくぷくぷ笑い合った。

ノースリーブの涼しげなワンピースが、ひらひらと踊るように揺れる。

あたりを見回してみると、この前来たときはとっぷり水の張られていた田んぼが、鮮やかな緑に染まっていた。

「青田波（あおたなみ）」

明日姉がぽつりとつぶやく。

「こんなふうに田んぼの青々とした稲が風になびいている様子を、青田波って言うんだって」

「へえ、いい言葉だね」

確かに、夏の田んぼは海のようだと思う。

強い風が吹くと、端のほうからざざん、ざざんと稲が傾き、文字通りさざ波のようなうねりが広がっていく。

濃い緑と薄い緑のグラデーションが生まれ、まるで風の通り道が目に見えるようだ。

ふと、少年少女の幻影が脳裏に浮かぶ。

このあいだ来たときも懐かしさを覚えたけれど、やっぱり俺のなかにある夏の原風景はこれなんだな、としみじみ実感した。

「朔（さく）兄、行こ？」

明日姉が、昔みたいに俺を呼んだ。

演技がかっているわけでもからかってるわけでもなく、ただ自然とこぼれたように。

「行こうか、明日姉（あすねえ）」

君、と呼ぼうとしたけれど、それは嘘（うそ）っぽくなりそうでやめておく。

隣を歩く女の子はもう、あの頃よりもずっと大人びて、きれいになっていたから。

＊

駅からほんの少し歩くと、それなりに年季の入った瓦（かわら）屋根の一戸建てが見えてきた。

家の前に小さな庭があり、滑らかに幹のうねった立派な松の木が植えられている。

昔、あそこに登って枝を一本折っちゃったときは真っ青になったっけ。

ばあちゃんは「だんねだんね（※いいよいいよ）」って許してくれたけど。

「あっ」

明日姉がそう言って玄関のほうを指さした。

よく見ると、引き戸の傍らに小さな背中がしゃがみ込んでいる。

一瞬、気分が悪くなってうずくまっているのだろうかと慌てたが、なにやら足下で作業をしているだけみたいでほっとした。

近づいていくと、ぱちぱちと音が聞こえ、白い煙が立ち上る。

よく見ると、素焼きの平皿の上に割り箸のような木が組み上げられていて、そこに火をつけたらしい。

ああ、そういえば。

昔からばあちゃんはお盆になるとこうやって丁寧に迎え火と送り火を焚いていたっけ。

うちの母親は適当な人だし、父親は合理主義者であまりこういう風習みたいなものを重んじなかったから、最初はなにをしているのかわからなかった。

不思議に思って尋ねたら、「死んだじいちゃんが迷わず帰ってこられるように、お家はここですよって目印を灯してるんやざ」と教えてくれたことをいまでも覚えている。

畳の縁を踏んではいけないとか、夜に口笛を吹いてはいけないとか、あるいは梅干しを美味しく漬ける方法とか。

人によっては小うるさく感じるんだろうけど、俺はこの家に来てばあちゃんからそういう話を聞くのが大好きだった。

隣を見ると、明日姉もどこか懐かしそうに目を細めている。

ちょくちょくお菓子をもらったりしていたらしいから、もしかすると年に数日泊まりに来ていただけの俺よりもたくさんの思い出が染みついているのかもしれない。

「ばあちゃん」

なるべくそっと声をかけると、さして驚くでもなく「はいはいどちらさん？」といった感じでゆっくり振り返ってこちらを見る。

いまはどうだかわからないけど、このあたりは俺が遊びに来ていた頃、近所の人が勝手に上がり込んで台所に採れたての野菜を置いていくような地域だったから、いきなり声をかけられることには慣れているのだろう。

そうして久しぶりに見る顔は、記憶にあるよりも少しだけしわが増えているものの、七十代とは思えないほど肌がつるんとしている。

定期的に緩いパーマをかけているきれいな白髪も相変わらずだ。

ばあちゃんはなにかを思いだすようにじいっと俺の顔を見たあと、

「……朔ちゃんけ？」

まだ半信半疑といった様子で言う。

「久しぶり、ばあちゃん」

その言葉でようやく確信を得たのか、立ち上がって嬉しそうに表情を緩めた。

「あらー、なんやって連絡もせんと」

ぺたぺたと、まるで何年分かの成長をなぞるようにあちこちを触られてくすぐったくなる。

「電話かけたし留守電も残したって。でもぜんぜん反応なかったから、なるべく家にいそうな時間に来たんだよ」

ほやったんかー、と納得してばあちゃんは続けた。

「ひっでもんに背ぇ高うなったんでないの？　おぼこい（※かわいい）顔してたのにえらい男前んなってもて。迎え火焚いてたでほんとにじいちゃん帰ってきたんかと思ったわ」

「じいちゃんもいい男だったらしいよ」

隣に立っている明日姉に向けて言うと、たはは、と呆れたような笑みが返ってくる。

それでばあちゃんもようやく意識を向けたらしい。

まじまじと明日姉の顔を見たあと、

「ほんでお嫁さん連れて来たんか？」

とんでもないことを口にする。

「いやっ、あのっ」

ぱたぱたと動揺する気配が伝わってきた。

俺が代わりに言葉を返す。

「ばあちゃん、俺まだ高校生だから」

「ほんなら彼女さんけ？」

「違うって」

そんなやりとりを交わしていると、ようやく落ち着いたらしい明日姉がぺこり頭を下げた。

「あの、覚えてますか？　私、西野です。小さい頃よく……」

言い終わるよりも早くばあちゃんが「あらあ！」と声を上げた。

「西野さんとこの明日風ちゃんか!?　なんやってこんなべっぴんさんになってもて。どこのお嬢さん来たんかと思ったが」

「ご無沙汰してます、おばあちゃん」

明日姉が照れくさそうにもう一度頭を下げる。

「なんもおもてなしできんけど入んね入んね」

言いながら、ばあちゃんが家の中に入っていく。

俺たちは苦笑してからそれに続いた。

＊

広い玄関で靴を脱いでいると、懐かしい香りに包まれた。

いっつも縁側に置いてあった蚊取り線香。

傷がついた木の柱に、和室の畳と砂壁。

日光にさらされてほんのり黄ばみ始めている障子。

廊下の隅に積まれた古新聞や、何度も読み返してぼろぼろになった文庫本。

料理をしている途中だったのか、ことことと出汁の気配。

そのすべてが、どこまでも田舎のばあちゃん家の匂いだ。

ほんの一瞬で、当時の思い出がよみがえってくる。

――あれは小学三年生の夏休み。

俺は初めてひとりでここに泊まった。

両親ともに多忙な人たちで本当は夕飯をいっしょに食べるだけの予定だったけれど、帰り際、なんだかばあちゃんが寂しそうな顔をしているのが気になって「もう少しここにいようかな」と切り出したのだ。

あっさり許可されたときは、とびきりわくわくしたのを覚えている。

両親から離れた場所でお泊まりして自由に遊ぶなんてそれまでにない経験だったから、子どもながらに自分が少しだけ大人への一歩を踏み出したように感じた。

ばあちゃんは大喜びで、普段は客間として使っている和室に俺の布団を敷いてくれる。

そうして迎えた真夜中。

慣れない和室に慣れない個室、慣れない敷き布団。

最初のうちは明日からなにをしようかと胸を躍らせていたけれど、それもよくなかったんだろう。一時間経っても、二時間経っても、眠気が訪れることはなかった。

こち、こち、こち、と壁に掛けられた時計の音がやけに響いて気になる。

気づいたら針は零時を回っていて、そこからは何度も何度も時間を確認しながら「まだ十分しか経ってない」「朝まであとどのぐらいだ」と言いようのない孤独を噛みしめていた。

広々とした空間に、ぽつんとひとりぼっち。

ごおごおと風の強い夜だった。

月明かりに照らされた障子には松の影が映り、まるで尖った爪を振り回す凶暴な怪物みたいに荒れ狂っている。

必死にそこから目を逸らしてみても、今度は端がほんの少しだけ開いた押し入れの奥から誰かが覗いているようで、真っ暗なテレビ画面に映り込んだ部屋のなかに自分以外の誰かがいるようで、怖くてこわくて泣き出しそうだった。

田舎の夜は早い。

ばあちゃんはとっくにすやすやと夢のなか。

車もバイクも、しんと眠りについていて。

この町で目を覚ましているのは自分だけなんじゃないかという馬鹿げた不安が、黒い入道雲みたいにもくもくと膨らむ。

だけど、と思う。

うちの両親は平気で二時三時まで起きている。

夜中、トイレで目を覚ましたときに、まだかたかたパソコンのキーボードを叩いていることもしょっちゅうだ。

もしかして、いまなら。

この部屋を出て、廊下にある電話でうちの番号を押せば、迎えに来てくれるんじゃないか。

真夜中でも明るいあのお家（うち）に帰れるんじゃないか。

でも、そんなことをしたら。

孫が初めて泊まりたいと言ってくれたって、どこへ連れてってあげようか、なにを作ってあげようかって、きっと楽しみにしながら布団に入ったはずのばあちゃんを哀しませてしまうかもしれない。


ごめんね、なんて言わせたくはなかった。

だからせめて、朝が来るまでは。

そんなふうに決意して、ぎゅっと目を閉じる。

明日の夕方になったら、迎えに来てもらおう。

明日の夜は、自分のベッドでぐっすり眠ろう。

いつしか意識が途切れるまで、俺は身体（からだ）を丸めて何度も同じことを考えていた。

そうして不安に包まりながら迎えた翌日。

「——朔兄？」

出会ったのが、この女の子だった。

いっしょに遊ぶのがあんまり楽しくて、心地よくて、どきどきして、家に帰ろうなんて気持ちはどっかにすっ飛んでしまったことを覚えている。

その日の夜は嘘みたいにぐっすり眠って、結局は丸々三日間もここにいた。

車の後部座席で膝立ちになって振り返り、手を振る君が遠ざかっていくのを見たときは、鼻の奥がつんとしてしばらく前を向けなかったっけ。

まさかこんなふうにまたふたりで来ることになるなんて、あの頃は考えもしなかったな。

「明日姉、とりあえずじいちゃんに手を合わせてもいい？」

「うん！　私も小さい頃はそうしてた」

昔はよくばあちゃんに言われたものだ。

まずはお参りしてきなさい、って。

仏壇のある部屋に入ると、なすときゅうりで作られた精霊馬が目に入る。

明日姉がその前にしゃがみ込んで懐かしそうに目を細めた。

「来るときは早く、帰るときはのんびりっておばあちゃんに教えてもらったなぁ」

「俺も久しぶりに見たよ。やっぱりこれがあるとお盆って感じがする」

「来年からはちゃんと作ろうかな」

「その気になれば五分もかからないからね。うちは賃貸のマンションだから、本当に形だけって感じになっちゃうけど」

そう言うと、ふふ、と隣から笑みが漏れる。

「でもこういう日本の風習みたいなのって素敵だよね。鯉のぼりとか、ひな人形とか、すすきに月見団子とか。いつか子どもが生まれたら、そういうのはちゃんと伝えてあげたいな」

「うん、同感」

「…………」

「…………………」

なんだか意味深な会話になってしまって、俺たちは慌ててぱっと目を逸らす。

明日姉が裏返りそうな声を出した。

「あのっ、べつに、いまのはそういう意味じゃ」

「わ、わかってる。俺もそういう意味で答えたわけじゃ」

「ただ、東京で就職することになっても、ときどきまたふたりでここに来ておばあちゃんに教えてもらえたらなって思っただけで」

「……言いにくいんだけど、語るに落ちてません？」

「――――――ッ」

いま自分が置かれている状況でこういう会話を続けるのは気が引けて、俺は小さく笑っておしまいにする。

そのままふたりで仏壇に手を合わせてから、部屋を出て縁側に腰かけた。

目の前には古びた物干し台が置かれていて、庭というよりは雑草が伸びた空き地に近いスペースになっている。

隣の家や裏手に広がる田んぼとの明確な境目がないせいか、小さい頃はやたらと広く感じて探検ごっこをしたものだ。

「朔兄、覚えてる？」

明日姉がこちらを見る。

「よくここに並んでお昼寝したよね」

言いながら、足を外にだらんと垂らしたままで寝転がった。

「ああ、そうだった。床がひんやり気持ちよくてさ」

俺も明日姉に倣う。

陶器の蚊遣り豚がくゆらせた線香の細い煙が、ゆらゆらと雲に溶けていく。

目を閉じると心なしか温度の低い風が前髪をやわらかく撫でて。

ちりりん、ちりりん、と涼しげな音が響く。

『きっと、夏の日の縁側で唄う風鈴みたいなものだよ』

ふと、いつか明日姉に言われた台詞を思いだす。

その言葉に込められた意図はいまでもやっぱりわからないけれど、少なくともこうしているあいだはほんのいっときだけ、哀しみと距離を置けるような気がした。

「明日姉」

目を閉じたままで言う。

「ありがと、誘ってくれて」

「私が来たかっただけだよ」

「きっとそろそろ、ばあちゃんがスイカと麦茶を持ってきてくれる」

「じゃあ種飛ばし、競争だ？」

「また失敗してワンピースに模様増やさないようにね」

「もぉ、なんでそんなことばっかり覚えてるかな」

そうして俺たちは、しばらく田舎の夏をぷかぷかと漂っていた。

＊

本当に持ってきてくれたスイカを食べ、麦茶を飲んでのんびりしているとばあちゃんに呼ばれた。

スマホを見たらまだ十七時半だったけれど、もう夕食の準備ができたらしい。

明日姉と並んで食卓に着くと、真っ先に自家製の梅干しやたくあんの煮たの、それからごろごろした野菜と煮ていない黄色のたくあんが入ったポテトサラダが目に入る。

どれも俺が大好きだったやつだ。

ほかには煮魚や味噌汁、ほうれん草のおひたしなんかが並んでいる。

向かいに座っていたばあちゃんが言った。

「こんなざいご（※田舎）の料理ばっかでごめんのぉ。来るってわかってたらもうちょっと若い人の喜びそうなもん用意したんやけど」

俺はくすりと笑って首を横に振った。

「こういうのが好きなんだよ」

そう言うと、ばあちゃんはなにかを思いだしたように「ほやほや」と手を叩いた。

「言われてみれば朔ちゃん昔からほやったわ」

この家に来たときは、ほかに肉や刺身があってもなぜだか梅干しや漬物でばっかり白飯をかきこんでいたので、よく「あんたは精進料理んてなもんばっか好きやで永平寺のお坊さんになったほうがいいわ」と笑われたものだ。

ちなみに永平寺というのは曹洞宗の大本山として知られていて、福井の有名な観光名所のひとつ。座禅体験なんかもやっている。

隣の明日姉もくつくつと肩を揺らす。

「私も、おばあちゃんにお菓子もらったあとはしょっぱいものが食べたくなって、よく梅干しとかたくあんの煮たのもらってたなぁ」

そういえば、このあいだおむすびを作ってきてくれたときも思い出の味だって言ってたっけ。

三人でいただきますをして、俺はたくあんの煮たのを口に運ぶ。

スーパーなんかで買うと色が薄くて少し固かったりするけれど、ばあちゃんが作ったやつはやわらかくて肉厚の深い焦げ茶。ぴりりと鷹の爪が利いていてうんとくどい（※しょっぱい）。

一枚食べて、ご飯をたっぷりかきこむ。

「やっぱこれなんだよなぁ」

俺が言うと、ほっぺを膨らませた明日姉がうんうんと頷く。

「ばあちゃんソースちょうだい」

「はいはい」

差し出されたウスターソースをポテトサラダにかける。

「ソース!?」

驚く明日姉に俺は苦笑する。

「うちのオカンがいっつもこうやって食べててさ。真似してみたら意外と美味かったんだよね」

ちなみに優空の前でやったら当然のように怒られた。

ばあちゃんが呆れたように言う。

「あの子カレーでもなんでもすぐにソースかけてたでの」

「オカン、最近は顔見せてないの？」

「便りがないのはよい便りって言うし、仕事が上手くいってるんでないんか？　夢中になるとすぐ周りのこと見えんくなるで」

「そりゃそうか」

なんて話していると、明日姉がじいっと俺のポテトサラダを見ていた。

「ちょっとだけ、もらってもいい？」

「どうぞ」

皿を渡すと、恐るおそると言った様子でひと口食べる。

もぐもぐと咀嚼してから、

「なしじゃ、ない？」

なぜだか悔しそうに言う。

「でしょ？」

「これあれだね。ご飯に合いそう」

「試してみたら？」

「……美味しい」

「ナゾの中毒性あるでしょ」

「なんか負けた感じがする」

俺たちはあの頃みたいにけたけたと笑った。

「それにしても」

ばあちゃんがぽつりとつぶやく。

「ほんとによお来とくんなったのぉ」

麦茶を飲んでから続ける。

「あの子らはお盆なんて覚えてもえんわ」

明日姉がさ、と言いかけて俺は口ごもる。

ええと、ばあちゃんの前だとなんて呼べばいいんだ。

「その、明日風ちゃんが」

ぎぎッと、椅子のずれる音が響いた。

そちらに目をやると、慣れない呼び方に動揺したらしいお隣さんが、手を口許に当てて恥ずかしそうに頬を染めている。

だって明日姉じゃ不思議に思われるし、子どもの頃の俺たちを知ってるばあちゃんに明日風さんてのも他人行儀だし、それこそ明日風じゃ彼女を連れて来たみたいだし、他に選択肢がなかったんだもんよ。

「明日風ちゃんが誘ってくれたんだ。会いにいかないかって」

それを聞いたばあちゃんの表情がぱあっと明るくなる。

「ほやったんか？　明日風ちゃんも小さい頃はおばあちゃんおばあちゃんって遊びに来てくれるやさしい子やったでのぉ」

「いやいや、私なんかおばあちゃんにお菓子もらいに来てただけやが」

明日姉も少しくだけてきたらしい。

いつのまにか敬語が消え、珍しく福井弁になってる。

「麩菓子やら芋きんつばやら甘栗やら、年寄りくさいもんばーっか好きやったがの」

「ちょっと恥ずかしいんやけど！　おばあちゃんからもらって食べてるうちになんか好きんなっつんたんやもん」

そういえば、とばあちゃんが丁寧に箸を置いて目尻を下げた。

「朔ちゃんが松の枝折ってもたときのこと覚えてるか？」

まさにさっきこの家の前に立ったときよみがえってきた記憶だ。

当時いっしょにいた明日姉も覚えていたのか、ぴんと背筋を伸ばす。

俺がこくり頷くと、ばあちゃんが続けた。

「あれはじいちゃんが大切にしてた木やったでのぉ。最初に聞いたときはなんててなわん（※

やんちゃな）ことするんやって叱ろうと思ったんやって」

　ほやけどの、と俺たちを交互に見る。

「朔ちゃんは『俺が調子に乗ってやった』って謝るわ、大人しかった明日風ちゃんも『私が登ってって頼んだ』って頑なに言い張るわでどっちも譲らんくての。なんていい子たちなんやろって怒る気もなくなってもた」

「あれはっ、本当に……」

　そう言いかけた明日姉の言葉をばあちゃんが遮る。

「あんたらどっちも自分のことより先に人のこと考えられる子やったざ。こやってまたふたりでいるとこ見られてうれしいわ」

　俺たちは顔を見合わせて、へへと照れ笑いを浮かべた。

「おばあちゃんはさ」

　ふと、明日姉が真面目な声色で言う。

「自分の子どもや孫と離れてひとり暮らしで寂しくないの？」

　思わず、俺はその横顔を見た。

　懐かしい場所で気が緩んだのかもしれない。

　美しい瞳に、どこか不安の色が揺れている。

　もしかして、いや、もしかしなくても、やがて東京で暮らすことになる自分の境遇と重ねているんだろう。

家族と離れ、友人と離れ、それから……。

「なーんも」

ばあちゃんがやさしい顔で微笑んだ。

「なんも寂しいことなんかないよ。人と人が本当にお別れするのは、お互いに自分の手でご縁を切ろうとしたときだけやでの」

「『ご縁……』」

無意識のうちに、俺と明日姉の声が重なる。

「先に逝ってもたじいちゃんとばあちゃんのあいだにも、離婚してもたあの子らのあいだにでさえ、まだちゃーんとご縁が繋がってる。だからじいちゃんには夢と思い出のなかで会えるし、あの子らもなんだかんだで連絡をとってるって言ってたわ」

あの子ら、とは考えるまでもなくうちの両親だろう。

別れる前はあれほどけんかしてて、二度と顔も見たくないぐらいのことを言ってたくせに、そういうものなのかと少し可笑しくなる。

「引っ越ししてもう会えんかと思ってた朔ちゃんと明日風ちゃんが再会して、ばあちゃんのとこにも来てくれた。一度できたご縁ていうのはほんな簡単にちょん切ってしまえるもんでない。この歳んなると、そういう不思議なお導きも、起こるべくして起こってるんじゃないかと思えてくるんやって」

ほやでの、とばあちゃんが言った。

「――どっちか片っぽだけでも、結ばれたご縁の端っこを握り締めてたらいい。それだけで繫がりは途切れんもんやよ」

俺も、明日姉も、黙ってその言葉に耳を傾けていた。

思わず夕湖と海人の顔を思い浮かべる。

あんなことがあっても、俺はまだご縁の端っこをちゃんと握りしめているだろうか。

繫がりは、途切れていないだろうか。

「ありがとう、おばあちゃん」

明日姉がしみじみとそう言う。

それから三人で、次から次へと懐かしい話を色とりどりのおはじきみたいに並べた。

誰かが思い出を一枚弾くとそれが誰かの思い出に当たって花が咲く。

あの頃、縁側で遊んでいたときのように。

やがて夕暮れが赤橙に焼けてきた頃、俺たちはばあちゃんの家を出た。

「また来ねの」

「また来るよ」

「また来ます」

まるでご縁の結び目を確認するように。

誰からともなく、あてのない約束を交わした。

＊

「朔兄、少し遠回りして帰らない？」

放っておくと俺たちが電車に乗るまで手を振っていそうなばあちゃんを家に帰したあと、明日姉が言った。

「まあ、せっかくここまで来たんだしね」

そう答えると、「やった」と嬉しそうに頬を緩める。

俺ももう少しだけ、のんびりとした空気を吸っていたかった。

ひとりで家に帰ったらまた、夕湖のことを考えてしまうから。

そうしていつかの冒険をなぞるように歩き始めて、

「やっぱ変わってないね」

思わずそうつぶやく。

このあいだ歩いたときは明日姉の話に気を取られて、ゆっくりまわりを見ている余裕なんてなかったけれど。

ふたりでよく遊んでいた田んぼも、川も、思い出のなかにある景色のままだ。

「そうでもないよ」

前方を指さして明日姉が言った。

「ほら、あそこ」

「あ……」

その先にあるのは、いつか俺がはしごを登って二階の窓を叩いたはずの。

明日姉の家が建っていた場所だった。

そして、いまはもう。

見覚えのないきれいな家だった。

「それはそうだよね」

隣で明日姉が苦笑する。

「もう何年も経ってるんだもん」

その言葉を聞いて、くぅくぅと少しだけ胸の奥が締めつけられた。

普通に考えたら当たり前のことだ。

誰かが手放した土地に誰かが住み始めた。

ただそれだけの話。

だけど、なぜだろう。

あの頃の思い出はあの頃のままで、どこかに冷凍保存されている気がしていた。

十年経っても、二十年経っても、ときどきアルバムをめくって懐かしむことができるように。

ふと、考えてみる。

明日姉(あすねえ)の家はどんな外観だっただろう。

あれだけ印象的なできごとだったはずなのに、思いだそうとすればするほど、まるで明け方に見た夢を手探りしようとしているようにその面影は薄れて散っていってしまう。

この手で窓ガラスを叩(たた)いた感触は、その向こう側で慌てる君の顔は確かに残っているのに。

玄関の扉の形を、そこから盗んだサンダルの色を、もう覚えてはいなかった。

「こんな田舎町でさえ」

少しだけ先を歩く明日姉が、夕焼け空を見上げながら言った。

「なにひとつ変わらず続いているように見えても、少しずつ移ろいでいるんだよ。家が取り壊されて、新しい家が建てられて。誰かの思い出にまた誰かの思い出が上書きされて、歩いて五分の場所にコンビニができる」

それから、と言葉が続く。

明日姉はどこか儚(はかな)げな笑みを浮かべて振り返り、

「初恋の朔兄はいつのまにか後輩の君になって。私の知らないところで、誰かの好きな人になって。ひとり、傷ついている」


哀しそうに言った。

「その、話は……」

思わず口ごもる。

「どうしてだろう。吉野弘さんの『夕焼け』って詩を思いだしたよ」

明日姉は構わずに一歩踏み出して、

「ねえ、誰かにちゃんと聞いてもらった？」

どこか寂しげなまなざしで俺の顔を覗き込んできた。

「クラスの仲間はみんなその場にいたし、明日姉に、聞いてもらったよ」

「そういう話をしてるんじゃないって、君なら気づいてるよね？」

「――――ッ」

やっぱり、この人は。

薄っぺらい誤魔化しなんてすぐに見透かしてしまうみたいだ。

「本当はね」

明日姉がちょうど泣きぼくろのあたりをかく。

「少しでも気晴らしになればいいなって。きっと家に閉じこもってあれこれ思い悩んでるだろうから、おばあちゃんの家に来て、もしかしたらいっしょにご飯を食べて。それから最後はこうやって懐かしい景色のなかを歩きながら話をって、そんなふうに」

「さっきも伝えたけど、来てよかった、連れてきてくれてありがとうって思ってるよ」

偽りのない本心を口にする。

「でも、おばあちゃんにいいところ持っていかれちゃったな。君に洒落た言葉のひとつでも届けたかったのに。ご縁の話、私が救われたような気持ちになった」

「俺も……」

「きっと、ふたりで同じ顔してたよね」

話を戻そうか、と明日姉が言った。

「君は柊さんの告白を断った」

「うん」

「一部始終をみんなが見ていたし、私にもありのまま伝えてくれた」

「うん」

「だけどそこに」

一度言葉を句切り、俺の胸にそっと手が当てられる。

「――君の心（きもち）は、なかったよ？」

っ、どうして、と思う。

明日姉に話すときは細心の注意を払っていたはずだった。

余計な心配をかけないように。

かといって嘘（うそ）はつかないように。

事実だけを、ありのまま。

だというのに、なんで。

行間に隠した本音まで、そんなふうに読み取ってしまうんだよ。

動揺している俺をよそに。

こう聞いたほうがいいかな、と明日姉は言った。

「君はどうして柊さんの告白を断ったの？」

「――ッッッ」

真っ直ぐ俺を見つめる瞳に、思わず目を逸らしそうになる。

ぎゅっと拳を固め、歯を食いしばり、それでもこの人に嘘はつきたくないと。

沈黙以外の選択肢が、俺にはなかった。

まるでそれを予期していたように、明日姉はとうとうと言葉を紡ぐ。


「べつに私に教えてくれなくてもいい。

なんで自分を頼ってくれないのってすがりつくほど傲慢にはなれないから、内田さんでも、七瀬さんでも青海さんでも、水篠くんや山崎くんだっていい。

浅野くんだけ、いまはちょっと難しいかもね。

とにかくそういう誰かに、君はちゃんと言い訳できた？」

どこか寂しそうな微笑みを浮かべて、

「──君の話には、君がどこにもいないよ」

もう一度、俺の胸に手を重ねた。

「なにが起こったのかは教えてくれた。なにを口にしたのかもわかった。だけどなぜそうしたのかだけは、一度も口にしなかった」

一歩、二歩、明日姉が後ろに下がる。

「これから言うことは、大きなお世話かもしれない。
もしかしたら、むかっとくるかもしれない。
だけど、きっと、私にしか伝えられないことだから。
……あの青い夜に、君を聞かせてもらった私にしか。
だからごめんね、朔兄」

哀しげに目を細めて、覚悟を決めたように、

「君は、愛されることに慣れすぎて愛し方を知らないんじゃないかな？」

ぷすりと、心を刺す。

「これまで、躱(かわ)すことが当たり前だったから。
遠ざけるべきものだったから。
自然と離れて消えていったから。
ともすれば憎むべき対象ですらあったから。
あるいは。
無償で振りまくことしか知らなかったから」

君は、と明日姉(あすねえ)が言った。

「――ラムネの瓶(びん)に沈んだビー玉の月だったから」

からん、と。
ひとりぼっちの心が転がる。
明日姉はそれ以上なにも言わず、くるりと背中を向けて歩き出した。
ふと顔を上げると、淡い空色のなかをたなびく雲はあたたかな夕陽を羽織っている。
その姿がどこか寂しげに映るのは、やっぱりお盆だからだろうか。

ひりりりりり、り、り、り。
ひるるるるる、る、る、る。
茜さす田舎道に、ひぐらしの鳴き声が寄り添って消え入るように響いている。
長く伸びたふたりの影法師が、さざめく青田波に揺れていた。
どこかで焚かれた迎え火の煙が、ひと筋の糸みたいに立ち昇っていく。
ひりりりりり、り、り、り。
ひるるるるる、る、る、る。

もうすぐ、夏が終わる。

＊

これで、よかったんだよね……。
ずるい心じゃ、君のお月さまになんてなれないから。

まるで、なにごともなかったかのように。

俺たちはふたりで懐かしい田舎道をそのまましばらく歩き、行きと同じえちぜん鉄道に揺られて福井駅で解散した。

ロータリーには明日姉(あすねえ)のお父さんが車で迎えに来ていて、フロントガラス越しにうっかり目が合ってしまい気まずい思いで会釈する。

向こうから返ってきた反応も、だいたい似たようなものだ。

*

家に帰り、シャワーを浴びて部屋着にきがえた。

脱いだTシャツには、ばあちゃん家の匂(ち)いがまだ残っているような気がする。

冷えた麦茶を飲み、ようやく人心地ついてソファに寝転がった。

退屈すぎても新鮮すぎても、一日は長く感じるみたいだ。

ひとりに戻ってからずっと、明日姉の言葉が頭のなかを巡っていた。

「……愛し方を知らない、か」

夕湖(ゆうこ)は、と思う。

俺なんかよりずっといろんな人に愛されているあの女の子は。

愛し方を知っていたんだろうか。

その行く先が、どうして。

七瀬は、陽は、明日姉は。

和希は、健太は。

海人は。

それから、

――チリリリリン。


考え事の途中でスマホが鳴る。

ディスプレイの名前を確認してから俺は電話に出た。

「もしもし？」

『……もしもし』

「どうした？　優空」

『んと、朔くんがちゃんとご飯食べたかなって』

「監視しなくても大丈夫だってば」

『うそ。ちょっとだけ、声が聴きたくなって』

優空らしくない台詞だった。

心なしか、昨日までよりも声に張りがないように感じる。

今日は家族で過ごして少しは気を休めてほしいと思っていたのに。

「本当にどうしたんだ？　なにかあったなら、聞くけど」

『んーん。朔くんに話してどうなることじゃないから』

それは突き放すというよりも、自分に言い聞かせるような口調だった。

「優空……」

『ごめんね、いまのは言い方が悪かった』

「気にしてないよ」

『私自身の問題だから、ってこと』

「そっ、か」

『でもやっぱり朔くんの声聴いてたら落ち着いてきたよ。このままもう少しだけ、お話してもいい？』

「もちろん」

『ありがとう。じゃあ、えと、今日はなにしてたの？』

「……」

『朔くん？』

俺は思わず言葉に詰まった。

べつにやましいことをしていたわけじゃないけれど、なんだか様子がおかしい優空にいま話すことだろうか。

かといって、嘘をつくことも躊躇われる。

そんなことを考えていたら。

ふふ、とスマホの向こう側で笑い声が漏れた。

『普通に話してくれていいよ。いまの朔くんをみんながいつまでもひとりにしておくわけがないってことぐらい、私にもわかるから』

「……あとできゅいっとしない？」

『なにか身に覚えでも？』

「誓ってありません！」

『はよしね』

「それ早く話しなさいと早く死ねのどっち⁉」

くすくすと、ようやく優空の声色が明るくなる。

俺だっておちゃらけているような気分じゃないのは相変わらずだけど、この数日間を支えてくれた相手のために、せめてこのぐらいのことはしたかった。

それからゆっくりと振り返るように、ばあちゃんの家へ行ったことを話す。

明日姉がいっしょだったことは隠さなかった。

小さい頃に出会っていたことも、二か月前の大まかないきさつも。

いつか俺は優空に、まるでもうひとりの家族みたいに思える友達になろうと言った。

だからあの気持ちが嘘にならないように。

いまさらかもしれないけど、ちゃんと伝えておいたほうがいいと思ったのだ。

『——ほう？』

すべてを聞き終えた優空が乾いた声で言った。

「聞いてくれ、優空。俺はお前を裏切ったことはない」

『えっと、ご飯作りに行かなくなったとたん、ここぞとばかりに憧れの先輩と思い出の染みついた場所でデートしたら私が裏切られたことになるような関係だっけ？』

「いくらなんでも言い方に悪意ない？」

いつかどこかで聞いたようなわざとらしいやりとりを交わし、ふたりでくつくつ笑う。

『冗談だよ。小さい頃に会ってた、ってのはさすがに驚いたけど』

「なんか、ごめん。そんなつもりはなかったんだけど、事実だけ見れば、たしかに優空がいなくなったとたん他の相手と出かけたみたいな形だな」

『言ったでしょ、冗談だって』

それに、と優空が続ける。

『朔くんは私の恋人じゃないんだよ。そもそも、断られたのに屁理屈こねて居座ったのはこっちのほう。だったら誰となにをしようと、負い目を感じる必要なんてあるのかな？』

あの日の台詞を自分に置き換えて。

優空はぶれることなくそう言う。

『この状況で私にごめんて言う意味。よく考えたほうがいいと思うよ？』

それは、どういう……。

問い返そうとしたところで、優空がぽつりとつぶやく。

『愛し方、かあ』

まるでひとり言みたいに。

『私もきっと、わかってないんだろうな』

「優空は家族にちゃんと愛を注いでるだろ」

『わざとはぐらかすの、いまはやめてほしいかも』

「わるい……」

『朔くんの気遣いって、無自覚に人を傷つけてるときがあると思う』

「……」

『ごめん、また嫌な言い方しちゃった』

「いや、こっちのほうこそ」

『とにかく』

話はここまでとばかりに、優空が言った。


『私がどうこうなんて、考えないでほしい。

そんなこと、望んでないんだよ。

きっと、夕湖ちゃんもね』

なにを伝えてくれようとしているのか、なにに苛立っているのか。

正直、いまの俺にはわからない。

だから小さく息を吸って、

「ちゃんと、考えてみるよ」

ただ短くそう答えた。

『うん。付き合ってくれてありがとうね』

「じゃあ、おやす……」

『あの、最後にっ』

俺の言葉を遮るように優空が声を上げた。

『なんにも聞かないで、大丈夫って、言ってくれないかな?』

やっぱり今日は、なにかおかしい。

だけど優空が聞かないでと言っている以上は、

「大丈夫だいじょうぶ」

こうするのが正しいような気がした。

『……ありがとう、朔くん』

「おやすみ、優空」

『私が……っ』

ぷつっと、言葉の途中で通話は切れる。

もし夕湖が同じ立場なら。

こんなとき、親友になんて言葉をかけるんだろう。

＊

「……大丈夫だいじょうぶ」

＊

気づいたらソファで寝落ちしたままに迎えた翌日。

思ったより疲れていたのかもしれない。

俺は昼過ぎにもそもそと目を覚ました。

なんだか代わるがわるいろんな夢を見ていた余韻がある。

地に足がついていないような感覚が抜けず、本を読むという気分にもなれなかったので、洗濯したり布団を干したりしながら明日姉（あすねえ）や優空（ゆあ）の言葉に想いを馳せていた。

だけど考えれば考えるほどに答えはゆらゆらとぼやけていき、まるで夏の日の陽炎（かげろう）をかきわけているみたいで。

気づいたときには、もう日が傾いていた。

なにをするでもなく夏休みが目減りしていくのを見送っていると、

――ぴんぽんぴんぽん。


やたらとせっかちに呼び出しのチャイムが鳴る。

夕（ゆう）、湖（こ）……？

その脳天気な響きにもう来るはずのない人の顔が思い浮かび、がしがしと頭をかく。

んなわけないだろ。

わざわざ魚眼レンズ越しに確認するのもおっくうでそのままドアを開けると、

「やあ」

澄まし顔の七瀬が立っていた。

俺はどこかほっと肩の力を抜く。

まあ、これはこれで。

いつのまにか、慣れっこになってきたな。

七瀬はわざとらしくにこっと首を傾けた。

「こんばんは、美少女デリバリーです♡」

「玄関先で誤解を招く表現はやめろ」

「チェンジなさいますか？」

「できれば牛丼かラーメンにチェンジしてもらえませんかね？」

「もっとオイシイ思いさせてあげますよ」

「あのな、七瀬。わかってると思うけど、そういう気分じゃ……」

「その気にさせてあ♡げ♡る♡」

「わぁーったよ入れよもう」

普段なら何食わぬ顔で交わすやりとりのさなかで、胸につっかえていたのはやっぱり夕湖と優空の存在だった。

この状況で七瀬を家に上げるのはふたりに申し訳ない、と。

だけど、

『この状況で私にごめんて言う意味。よく考えたほうがいいと思うよ？』

昨晩、釘を刺されたばかりだと気づく。

あのとき、優空の声には間違いなく苛立ちが滲んでいた。

まだ自分のなかに落とし込めていない言葉に流されるのもどうかと思うけれど、ひとりで考えていたってどうせさっきまでのように行き詰まるだけだ。

どのみち、誰とも向き合わずに逃げることなんてできやしない。

「千歳……？」

玄関に足を踏み入れていた七瀬が言った。

「この胸に飛び込んでおいでの構え？」

言われてみれば、俺は伸ばした右手でドアを押さえたまま固まっていた。

「通せんぼの間違いじゃないか」

言いながらも、腕を下ろす。

今日の七瀬はタックインしたTシャツにショートパンツというボーイッシュな服装だ。

サンダルを脱ぎ、勝手知ったる様子でスリッパを出す。

中に入ると、手に持っていたビニール袋をキッチンのワークトップにぽすっと置いた。

「千歳、夜ご飯まだだよね？」

「なんだ、ほんとに牛丼でも買ってきてくれたのか？」

七瀬は振り返ってキッチンに腰を預けながら、なぜだか恥ずかしそうに目を伏せる。

「ちなみに、今日まではどうしてたの？」

話の流れから考えるに、ご飯を、という意味だろう。

優空に明日姉（あすねえ）のことを隠さなかったように、七瀬に優空のことを隠すつもりもなかった。

「あの日から数日は、優空が作りに来てくれてたんだ」

「……やっぱり、か」

俺の言葉に、七瀬は小さな声でなにかをつぶやく。

スリッパから半分抜いたつま先をもじもじとさせながら続けた。

「今日は、うっちーお休み？」

「ああ、お盆は家族とゆっくりしてほしいって伝えた」

そう言うと、すう、はあと、七瀬の胸が上下した。

ショートパンツの裾（すそ）を握りしめ、そっぽ向いたままで、

「……たしが……げる」

やっぱり聞き取れないほどか弱い声をもらした。

「わりぃ、なんて……？」

思わず聞き返すと、七瀬(ななせ)がようやくこっちを向いた。

よく見るとその頬(ほお)はほんのりと桜色に染まり、唇はぎゅうと結ばれている。

「だから」

右手で左手のひじあたりを掴(つか)み、もう一度目を逸(そ)らしてから、

「……私が、作ってあげる」

ゆっくりと七瀬が言った。

それでようやく、らしくない態度の理由がわかる。

なんだかんだで、七瀬がこの家に来たときは俺が適当な飯を作るか、向こうがなにかを買ってきてくれるかのどちらかだった。

唯一そうじゃなかったのは偶然にも優空(ゆあ)と鉢合わせしたときで、確かあのときもなんだか様子がおかしかったことを覚えている。

さすがに、いまが茶化したり形式張った遠慮で押し問答したりすべき場面でないことぐらいはわかった。

「ちょうど腹減ってたんだ、さんきゅ」

俺がそう言うと、七瀬がどこか不安そうな目を向けてくる。

「その、うっちーと比べたら……」

もごもごと口ごもったあと、「ううん」と目を閉じ大きく深呼吸をして、

「胃袋摑んじゃったらごめんね」

今度こそ七瀬らしい、挑発的な笑みを浮かべた。

＊

七瀬は手首につけていたヘアゴムを口にくわえて、バスケの試合前みたいに手際よく髪の毛を縛ってポニーテールにまとめた。

鞄（かばん）のなかから、きれいにたたまれたエプロンを取り出して身に着ける。

さわやかな青の縦ストライプ模様で、下のほうはスカートみたいにひらひらとしていた。

紺色の腰紐(ひも)はお腹(なか)の前でリボン結びに垂らしており、それがデザイン上のちょっとしたアクセントになっている。

なんて、ついまじまじと見ていたら、

「似合ってない、かな……？」

またしおしおと自信なさげに言う。

俺は思わずぷっと吹きだしてしまった。

「ちょっと！」

七瀬(ななせ)が声を張り上げる。

「いや、ごめんごめん」

俺はまだ収まりきらない笑いをなんとか堪(こら)えながら続けた。

「水着姿でグラビアポーズきめてたやつの台詞(せりふ)とは思えなくて」

七瀬はふんとそっぽを向く。

「そっちは自信あるからいいの」

「なんで水着よりエプロンに怯(おび)えるんだよ」

「だって、水着なんて下着の延長みたいなものだけど」

一度言葉が途切れ、

「こっちのほうは、慣れてないから」

もう耳まで朱色に染まった顔できゅうとうつむく。

「らしく、ないかなって……」

七瀬でも、と思う。
こんなふうに迷ったり不安になったりすることがあるんだな。
端から見てたら、文句のつけどころなんてひとつもないのに。
だから、

——正直、普段のクールな七瀬と家庭的なエプロンのギャップにくらっとするよ。
かわいくて、ちょっとセクシーで、めちゃくちゃ似合ってる。
なんて、いつものように素直な感想を並べようとして、俺は。

とっさにその言葉を呑み込んだ。

『離せッ、こいつは、こいつはぁっ！　夕湖の気持ちを知りながら、まんざらでもない態度とりながら、その傍らでこそこそ他の女にも』

海人の言葉を思いだす。

とっくに痛みは引いているのに、殴られた頰がじんと熱をもった気がした。

あいつの言うとおりかもしれない。

もともとは、女の子とのあいだに線を引くための軽口だった。

壁を作って、心のなかまで立ち入らせないように。

最初から幻滅させておくために。

だけど、もう、七瀬は。

そんなふうにあしらうには、とっくに俺の大切な人になりすぎている。

いままでの調子で安易な言葉を口にするのは、やめるべきなんだろう。

だから俺は、にっと口の両端を上げて、

「七瀬悠月に似合わないものなんてないだろ」

なるべく当たり障りのないような、それでも安心はさせられるような言葉を選んだ。

これで、大丈夫だろうか。

ちゃんと似合ってるっていう意図は伝わったと思うけど。

七瀬は驚いたようにはっと目を見開き、ほんの一瞬、まるで泣き出しそうに唇を噛んでから、

「――そか、さんきゅっ！」

なんだか無理して笑うみたいに、とびきり明るい声で言った。


その、瞬間。

胸の中心から喉元へと駆け上がって息が苦しくなるような切なさに襲われた。

……あれ、なんで。

俺も七瀬も笑ってるのに。

褒めて、お礼を言われて、模範解答を提出したはずなのに。

どうしようもなく、間違えてしまったような気がした。

待った、と背中を見せてキッチンに立つ七瀬に手を伸ばしそうになる。

いまのは違くて、本当は——。

すんでのところで思いとどまって、俺は固く拳を握りしめた。

いや、これでいい。

この切なさは、苦しさは、身勝手な想いのなれの果てだ。

ちゃんと心から褒めればよかっただなんて。

もっと心から笑ってほしかっただなんて。

そんなことを繰り返して、お前は夕湖を傷つけたんだから。


七瀬はもう、恥じらうでも必要以上にはしゃぐでもなく、いつもの調子に戻ったようだった。

しゃきしゃきと米を研いで炊飯器をセットし、鍋でお湯を沸かし、そのあいだにキャベツを千切りにし始める。

なんとなく近くに立っていると、

「けっして料理を作っているところを覗いてはなりませぬ」

やけに芝居がかった抑揚をつけて言う。

「もしこっそり覗いたらどうなるんだ」

鶴の恩返しかよ、と思いながら、俺もさっきの一幕は忘れて調子を合わせる。

「あなたは眠っているあいだに亀の背に乗って竜宮城へ」

「唐突に世界観が混線したぞ」

「そこから二度と出ることを許されず死ぬまで乙姫と幸せに暮らしましたとさ」

「おい不穏な拉致監禁エンドやめろ」

「めで」

「――たくはないからね!?」

それは本当にすっかり、いつもどおりのかけ合いだった。

なにひとつ変わらない代わりに、なにひとつ進んでもいない。

ぼたんを掛け違えているような停滞だ。

俺は素直にその場を離れてダイニングチェアへと腰かける。


さく。

さく。

さく。

さく。

ここ数日聞いていたのとはまた違うリズムが部屋のなかに広がる。

丁寧に、慎重に、正確に。

計るように、測るように、図るように。


とん。

とん。

とん。

とん。


包丁が几帳面にまな板を叩く。

とても七瀬らしい音だった。

俺はもう少し耳を澄ましていたくて、チボリオーディオのボリュームを絞る。

ときおり覗く横顔は、試合でスリーを狙っているときみたいに真剣で。

いつまでも見ていても飽きなかった。

やがてぱちぱちと油の跳ねる心地よい香りが漂い始めた頃、ようやく七瀬は人心地ついたといった様子で振り返った。

エプロンには汚れひとつついておらず、そんなところも性格が出ているな、と思う。

目が合うと、やっと俺の存在を思いだしたようにへへっと頰をかいた。

「やば、集中しすぎてた」

緊張していた身体をほぐすようにうんと伸びをして、

「いきなりうっちーみたいにはいかないか」

使ったボウルやまな板なんかが残ったシンクを見る。

「話しかけるのも躊躇われる剣幕だったぞ」

俺は冗談めかして言う。

「まあ、気分は完全に芦高戦だったよね」

「おかげで退屈せずにすんだよ」

「後ろ姿に目が離せなかった？」

「そういう七瀬さんは油から目を離さないでネ」

「おっと」

もうすぐ仕上げに入りそうな雰囲気だったので、俺はダイニングテーブルを拭いて箸とコップと麦茶を準備する。

「千歳、もうそのまま座ってて。持っていくまでこっち見ないでね」

「あいよ」

さっきから揚げ物の香ばしいかおりとともに、甘酸っぱくてどこか懐かしい匂いが鼻孔をくすぐっていた。

思わずぐうとお腹が鳴る。

「よし。千歳、いいよって言うまで目ぇつむってて」

「了解」

言われるがままに目を閉じた。

七瀬のことだ。

また聞いたこともないようなメニューが出てきそうな気がする。

なんかこう、おしゃれなソースとかかかってるやつ。

正直、クリーム系とかあんま得意じゃないけど大丈夫かな。

かちゃ、かちゃ、とテーブルの上に器が並ぶ音がした。

ぎっと椅子を引き、七瀬が向かい側に座る。

「さーて、お待たせしました。ナナカフェ、本日のディナーメニューは？」

もういいってことなんだろう。

期待半分、不安半分でゆっくり目を開けると、

「――定食屋じゃねえか！」

目の前に並んでいたのは、生野菜サラダ、豆腐とわかめの味噌汁、漬物、それから。福井県民おなじみのソースカツ丼だった。

「男の子ってこういうのが好きなんでしょ？」

まるでしてやったりといった顔で七瀬（ななせ）がにんまり笑う。

「いや間違いないね」

つられて俺もぶはっと吹きだした。
ふたりで顔を見合わせてけらけらと笑う。

「てっきり……」
その言葉を遮（さえぎ）るように七瀬が口を開く。
「フレンチでも出てくると思ってた？」
「まあ、正直な」

フレンチとは言わないまでも、もっと七瀬悠月らしいチョイスをするものだと思ってた。

俺が知らない料理で、気が利いているのに気取りすぎていないような。

ふふ、と七瀬がやわらかく頬を緩めた。


「そういうのはもう、やめにしたんだ」

だいたい、と言葉が続く。

「福井県民なら、こ、う、い、う、と、き、はカツ丼でしょ？」


どこか吹っ切れたような表情だった。

それ以上なにを語るでもなく。

食べようよ、と七瀬が胸の前で手を合わせる。

俺もそれに倣った。

「「いただきます」」

手始めに味噌汁をひと口すすると、いい意味でどこまでも普通の味だった。

これ以上なにも手を加えなくていい、と思えるような。

毎日飲むならこういうのがいい、と思えるような。

ドレッシングをかけた生野菜サラダは、キャベツの千切りが細かくて驚いた。

自分でやってみるとわかるけど、なにげに難しいんだよな。

それから漬物だけは、ちょっと見慣れない形をしている。

「これ、セロリか……？」

俺が尋ねると、七瀬が少し不安そうな声を出す。

「そう、お家で漬けてきたの。もしかして苦手だった？」

「いや、マヨネーズつけてかじるのとか好きだぞ」

「ほんと？　我が家ではけっこう定番なんだ」

一切れ食べてみると、やさしい出汁の味が口のなかに広がる。

酢は使っていないようで、セロリ独特の香りとほのかな塩っ気はご飯によく合いそうだ。

「美味いな、これ」

「よかった。まだ余ってるから、冷蔵庫に入れておくね」

七瀬がうれしそうに言う。

それから俺は丼を手に取って、三枚のったカツのうち一枚を箸で摑んだ。

端っこを思いきりかぷりとかじり。

慌ててご飯をかきこむ。

福井のソースカツ丼はたれを上からかけるというよりも、しっかりカツに絡めてからのせるというスタイルだが、その前にご飯の上にも軽くたれをかけてくれているみたいだ。

「どう、かな……？」

「…………」

自信なさげにそう尋ねてくる七瀬をよそに。

気づいたときには夢中でカツを一枚たいらげ、けっこうがっつり盛られていたご飯の三分の一ぐらいがなくなっていた。

「……なんだこれ、めっちゃくちゃうめえ！」

俺は心から感嘆の声を上げた。

「胃袋、摑まれた？」

途中から確信していたんだろう。

七瀬はいつのまにか余裕たっぷりといった表情を浮かべていた。

「どうしよう、胃袋抱きしめられてる」

俺が言うと、

「っしゃ！」

目の前でブザービートを決めたようなガッツポーズを作る。

「いや、ほんとお世辞抜きにヨーロッパ軒で食ってるみたいだよ」

たとえばカレーなんかだと、市販のルウを使っていても作る人によって使う肉や具材、隠し味なんかが違っていて、いわゆる「我が家のカレー」ってのがあると思う。

それと同じように福井だと「我が家のカツ丼」がある。

自宅で作る場合、ソースカツ丼のたれはウスターソースや中濃ソース、ケチャップ、みりん、醬油、砂糖なんかを混ぜ合わせるのが一般的だ。

これがまずやっかいで、大抵の場合は、ソースが利きすぎたり、甘くなりすぎたりして、お店で食べるのよりはべったりした味になってしまう。

さらに難しいのはカツの食感だ。

完全に個人的な意見にはなってしまうけれど、俺はヨーロッパ軒の薄くてさくっとしたカツが一番合うと頑なに信じているので、家庭で揚げたとんかつのような厚さのものはどうしても野暮ったく思えてしまう。

その点、七瀬の作ってくれたカツ丼はどちらも信じられないぐらいに俺好みだった。

「これ、なんの肉使ってるんだ?」

思わずそう尋ねる。

「普通に豚ロースだよ。ただ、肉たたきなんてあんまり一般家庭にないから、とんかつ用じゃなくてしょうが焼き用として売られてる薄いやつを揚げるのがポイント」

ふふん、と七瀬が得意げに言う。

「へえ、それでこんなにカツっぽくなるんだな。じゃあソースは？　さらっとした甘さと酸味が絶妙なんだけど」

「そちらは隠し味にりんごジュースを使ってみました」

「はい天才。ちなみにおかわりは？」

「あ、ごめん。カツは千歳のを三枚、私のを二枚しか揚げてなくって、足りない？」

「じゃなくて、ソース」

「……へ？　まだあるけど、なんで？」

「二杯目は白飯にかけて汁丼にするんだよ」

「そんな食べ方ある？」

「知らないのか、ツウはたれを味わうためにこうするんだ」

「いや聞いたことないから」

もう我慢できないといったように。

七瀬はお腹を抱えてくらくらと笑った。

「やっぱり変なの」

「そこまで気に入ってくれたんだ？」

「家で食ったのだったら過去イチだな」

俺がそう言うと、どこかほっとしたように目尻(めじり)を下げて、

「――じゃあ、頑張ってよかった」

ふにゃっと表情を崩した。

俺は慌ててカツ丼の残りをかきこみ始める。

いつまでも見ていたら、また余計なことを口走ってしまいそうだったから。

*

洗い物と油の処理を済ませると、ペットボトルのサイダーを持ってふたりでベランダに出た。

まだまだ涼しいとは言いがたいけれど、それでも立っているだけでじとっと汗をかくような夜はもう通りすぎてしまったみたいだ。

ときおり川のほうから吹く風には、次の季節の気配が滲(にじ)み始めている。

「部活は？」

俺は思いだしたように尋ねた。

「お盆の三日間は休み」

「それでも三日間だけか。さすがにインターハイ狙ってるだけあるな」

「そういえば」

ベランダの手すりにもたれていた七瀬（ななせ）がこちらを向く。

「陽（はる）はもう来た？」

「ここに、ってことか？」

「うん」

「いや、LINEはもらったけど」

「……あの馬鹿、知らないからな」

最後の台詞（せりふ）は小さくてうまく聞き取れなかった。

「七瀬はさ、その……」

「んー？」

「あれから、夕湖（ゆうこ）とは連絡とってるか？」

怖（お）ずおずと、ずっと気になっていたことを口にする。

もしかして、七瀬なら。

しかし返ってきたのは哀しげな笑みだった。

「もちろん連絡はしたけど、電話もLINEも反応なし。既読すらつけてくれないんだ」

「――ッ」

聞かなければよかった、と一瞬思ってしまった。

どこかで期待していたのかもしれない。

そろそろ少しぐらいは心の整理がついていて、いや、ついていなければなおさらに。

優空(ゆあ)はあんなことがあったからまだ気まずいだろうけど、せめて他の仲間たちのことは頼っていてほしい、と。

七瀬(ななせ)が「待ってまって」と慌てたように付け加える。

「海人(かいと)から連絡もらったよ。夕湖(ゆうこ)もあいつとは会ったり話したりしてるみたいで。落ち込んではいるけど、とりあえず変な気を起こすような感じじゃないから安心してくれって」

「そっか、海人が」

「複雑、だったり……？」

「まさか、ほっとしたよ。あいつがそばにいてくれるなら大丈夫だ」

俺は、心からそう言った。

いまもひとりぼっちでひざを抱えていたらどうしようと、それだけが気がかりだったのだ。

海人がいてくれるなら。

あの馬鹿が夕湖を見ていてくれるなら。

「……本当に、よかった」

もう一度そうつぶやき、じわっと目許にこみ上げてきた感情を誤魔化すように空を見た。

そっと、七瀬の手が腰に添えられる。

「もしも」

知らずのうちに口が動いていた。

「七瀬だったら、こんなときどうする？」

意味のない質問だとはわかっている。

ただ、俺とよく似ている七瀬だからこそ。

なんと答えるのか気になったのかもしれない。

「まずはお互いに距離を置いて頭を冷やそ？　二学期が始まる頃になったらもう一度ちゃんと話す場を設けるからさ、そこで仲直り。これからは友達として……」

七瀬がはは、と短いため息みたいに笑った。

「なんて、冷静に言えた頃の私だったらよかったのになぁ」

どこか弱々しい声で続ける。

「いまは、ちょっと、無理だ」

馬鹿だ、俺は。

七瀬だって、友達と連絡さえとれないことをもどかしく思っているはずなのに。

よく似ているからこそ、よく考えるべきだった。

もしも俺が七瀬(ななせ)なら。

目の前で友達が傷ついてるのを見て、なにひとつ力になれない、いや、頼ってすらもらえない自分を情けなく感じているに違いないのに。

「ごめん、いやなこと聞いた」

七瀬がそっと、俺のTシャツを握りしめる感覚が背中越しに伝わってくる。


「……カツ丼」


そして場違いなひと言がぼそっと漏れた。

さすがに俺も、これがとんちんかんなジョークでないことはわかる。

きっと、なにか意味があるんだろう。

黙って先を促すと、七瀬が続けた。

「初めて男の子に作る手料理がカツ丼定食だなんて、七瀬悠月(ゆづき)らしくないよね」

「まあ、な」

だからって幻滅なんかしないし、結果ものすごく美味(おい)しかったことは本当だ。

けれど同時に、なんで、と思ったこともまた事実。

らしいかららしくないかでいえば、間違いなくらしくはない。

「私たちは、って。いまはあえてそう言ってもいい？」

こちらの反応を探るような様子に、俺はこくりと頷く。

「私たちは、上っ面の形式とかお行儀のよさを気にしすぎるきらいがあると思う。言い換えるなら、はりぼての美しさを」

言いながら、どこか不安げな表情で見上げてきた。

多分、俺がどう受けとったかを気にしているのだろう。

「言われる相手が七瀬なら素直に聞けるよ。もしよかったら、続けてくれるか？」

すうと、息を吸い込んで言葉が続く。

「もちろんそれは同時に、私たちの譲れない美学でもある。そうやって生きてきたからこそ、いまの千歳朔と七瀬悠月がここにいるんだから」

でもね、と七瀬が言った。

「たとえば気取ったパスタは誰のために作るの、って話」

まるで自分に言い聞かせているように。

「私は『七瀬らしいな』じゃなくて、『美味しい』って喜んでほしかったんだ。少しでも元気になってほしかったんだ。それこそがいまの七瀬悠月なんだって」

Tシャツから離した手をぎゅっと固めて、

「――だからさ、千歳も意地の張り方まちがえんなよ」

こつんと、俺の頬にぶつけた。

たったそれだけの短いメッセージが。

七瀬の言葉だからこそ。

自分とよく似た、だけど自分よりずっと強くて美しい女の子の想いだからこそ。

じんじんと、心に響いた。

＊

誰よりも理解っていてあげたいのに。

そんなことしか、言えなかった……。

＊

七瀬を家まで送り届けたあと、ひとりで河川敷の道を歩いていると、ぽっけに突っ込んでいたスマホが震えた。

ディスプレイの名前をちらっと見てから、迷わず電話に出る。

「もしもし」

『もしもし』

「飯ならちゃんと食べたぞ」

『……えと、あはは』

相手は優空だった。

『なんかごめんね、この時間になると、ちょっと』

「いいよ、どうせ歩いてるとこだ」

『お散歩？』

「いや、七瀬を家まで送ってたんだよ」

『ほう？』

「説明するからそのきゅいっとボイスやめて？」

例によって、俺はさっきまでのできごとを報告する。

ひととおり話し終えると、優空が少しだけむっとした声を出した。

『そんなに美味しかったんだ、悠月ちゃんのカツ丼』

「紛うことなき絶品だったな」

『ふーん？』

「べつに優空(ゆあ)の料理と比べてどうこう、って話じゃないぞ。そもそも、これまでカツ丼は作ってもらったことなかったし」

『そんなのわかってます。けど、今後も朔(さく)くんのお家でカツ丼は作りません』

「なんでだよ」

『ぷいっ』

「気を遣ったらつかったで怒るくせに」

『それはそれ、これはこれ』

それでようやく俺たちはくすくすと笑う。

最近の優空はなんだか少し子どもっぽい。

きっと、夕湖(ゆうこ)を想って不安に押し潰(つぶ)されそうなのは同じなんだろう。

『朔くんはさ』

「んー?」

『他人の心にはずけずけ踏み込んできて偉そうなこと言うくせに、自分のことはなんにも見えてないんだね』

「ねえやっぱり怒ってる!?」

『怒ってるか怒ってないかで言えばずっと怒ってるよ』

「優空……」

『だけど叱ってあげなきゃいけない相手はふたりいるから。だから……』

言葉はそこで途切れて、

『ありがとう、今日はもう大丈夫』

優空が落ち着いた声で言った。

「そっか、おやすみ」

『うん、おやすみなさい』

せめて、と思う。

夕湖と優空は、また並んで。

ふたり仲よく笑っていてほしい。

＊

そうして迎えたお盆の最終日。

少しだけ暑さがやわらぎ始めた十六時頃に、また部屋のチャイムが鳴った。

ドアを開けてみると、スポーティーな格好で立っていたのは陽だ。

明日姉に七瀬と続いたからか、不思議とそこまでの驚きはなかった。

「おう」

俺が言うと、

「あのッ！」

どこかうつむきがちに言葉を探していた陽が顔を上げる。

「その、私、お子ちゃまだから、こういうとき、どうすればいいか全然わかんなくて」

たったそれだけで、いろいろ悩んでくれていたことが伝わってきた。

ごめんとありがとうを半分ずつ混ぜて答える。

「さんきゅ、気持ちだけで充分うれしいよ。茶ぐらい飲んでくか？」

陽はぷるぷると首を横に振る。

「じゃあ、キャッチボールでもするか？」

またぶんぶんと首が横に振られた。

「それも考えたんだ。どうやったら千歳を元気づけられるかと思って。いっしょに美味しいご飯でも食べに行って話聞いてあげるとか、買い物に連れ出すとか、なんか手紙でも書くとか。でも私っぽくないっていうか、絶対うまくできないっていうか……」

また陽は下を向いてしまう。

「けっきょく自分にできるのっていっしょに身体動かしてすっきりさせてあげるぐらいしか、なくて。でも私相手じゃあんたもお遊びにしかならなくて」

「いや、そんなことは……」

「だから！」

俺の言葉を遮るように、

「あんたの相手できるやつ連れてきたからッ!!」

ドアの死角になってる部分へ手を伸ばし、なにかを掴んでぐいと引き寄せた。

「……」

「………」

「…………」

「……………」

「亜十夢くんはこんなところでなにしてるのカナ？」

「――こっちが聞きてえよボケっ!!!!!!」

＊

俺と陽、それから亜十夢は東公園に移動してストレッチを始めた。

「にしても、よく引っ張り出してこれたな」

俺が苦笑しながら言う。

陽らしいといえばそれまでだけど、発想が斜め上すぎる。

俺を元気づけるためなんかに、ここまで面倒なやつを……。

にかっと笑って陽が答える。

「そう？　普通に頼んだら来てくれたよ。ね、上村」

「どこがだよっ！」

亜十夢が思わずといった様子でつっこんでから続けた。

「このチビ、誰に聞いたのか知らねえけど、俺が自主練してる公園で張り込んでやがって。『バッター相手のほうが燃えるっしょ？』『やっぱ実戦形式じゃないと勘が鈍るよね』『8番奢ってあげるからさ』ってうるせえのなんの」

なんとなくその光景が想像できて思わず吹き出す。

陽はたははと頬をかいた。

チッ、と舌打ちしてから亜十夢が言う。

「あげくの果てには『あんたも千歳の相棒でしょ？』『あいつを元気づけてほしいんだよ』と

か言いだす始末だ」

それでけっきょくは根負けして来てくれたってわけか。

俺はへっと口の端をあげる。

「なんだよ、また亜十夢のツンデレか？」

「ブッッ殺すぞっ!!」

亜十夢がグローブをはめて立ち上がり、そこにバヂンッとボールを叩きつけた。

「青海があんまり好き勝手抜かしやがるから、てめえの凹んでる面に力いっぱいぶつけてやりたくなってきたんだよ」

そういえば、どうやって調達したのか知らないが、ご丁寧にヘルメットとボールケースまで用意されている。

俺も木製バットを手にして立ち上がった。

「夏休みにひとりぼっちで寂しかったなら連絡してこいよ」

ボールに指先で回転をかけてもてあそびながら亜十夢が言う。

「はッ、色恋沙汰でめそめそいじけてるやつなんざに用はねえなぁ」

「はいむっかちーん、朔くんちょっと怒っちゃったゾ」

「みっともねえ手の怪我は完治したのかよ」

「試してみるか？　なまくらボールじゃリハビリ代わりにもなんねえけど」

やりとりを交わしながらそれぞれマウンドとバッターボックスに散る。

ザン、ザンッ、と亜十夢が足下をならした。

「ママからもらったお年玉は残ってるか？　木製はすぐ折れるからよ」

さら、さら、と俺も足場を整える。

「保険ならてめえのプライドにかけときな」

「陽ッ！」

「青海ッ！」

「きたきたきたきたきたそうこなくっちゃーっ！」

それだけで汲み取ってくれたのか、陽がうれしそうに外野へと駆けていく。

俺はいつものルーティーンをこなしてバットを構えた。

「……なあ亜十夢。いま頃、甲子園は熱いんだろうな」

亜十夢がワインドアップの構えに入る。

「フン、関係ねえよ」

――グワンっ。

感傷をへし折るようなストレートが、俺の得意なコース（内角低め）に飛び込んできた。

＊

約二時間後。

またしても俺たちは、全員でマウンドのまわりにぶっ倒れている。

とはいえ、このあいだみたいに大会前の追い込みってわけじゃない。

途中からは陽がバッターボックスに入って基本を教えたり、亜十夢がバットを持って俺がマウンドに立ったりと、なんだかんだ楽しく遊んでしまった。

陽が気持ちよさそうに言う。

「やっぱもやもやしたときは動くに限るなー」

やれやれといった感じで亜十夢がそれに続いた。

「ったく、茶番に巻き込みやがって」

「なーに言ってんの、あんただって途中から目ぇきらきらしてたじゃん」

「るっせえよちんちくりん」

「あんだとぉーッ!!」

「青海、お前ほんとにその身長でこれからもバスケ続けてくつもりか？」

「当ったりめぇよ！」

「……フン、どいつもこいつも」

「なんだよぉ」

「お前みたいなやつはちゃんと上まで行け」

「え……？」

「じゃねえとそこに転がってる燃えかすみたいになっちまうぞ」

俺はへんっと鼻を鳴らした。

「こういうのは熾火っつーんだよ」

口の減らねえ、と亜十夢が続ける。

「てめえまだ懲りずに振ってんだろ。大学でやり直すとか、考えてんのか？」

「もしそうだって言ったら、どうする？」

「……腹くくったら声だけはかけろ」

「急にデレんなよ」

「うるせえ死ね」

まったく、こいつは。

ぱんぱん、と土埃を払って亜十夢が立ち上がった。

「じゃあな、あとはふたりでよろしくやってくれ」

陽が慌てて身体を起こす。

「なんで？　奢るからあんたもいっしょに8番食べてきなよ」

亜十夢は呆れたように笑って。

「泣きべそかくほど好きならさっさとその馬鹿押し倒しちまえ。幸いお前も体力だけは有り余ってるみたいだしな」

「んなッ⁉」

陽の動揺をよそに、言いたいことだけ言って振り返りもせずに去っていく。

「……」

「…………」

残された俺たちのあいだに微妙な沈黙が流れた。

「泣いてないからっ！」

唐突に陽が叫ぶ。

「お、おう」

「私めちゃくちゃ滝みたいに汗かくタイプだから！」

「わかったから乙女としてどうかと思う誤魔化し方はやめような？」

そっか、と俺は頬をかいた。

あの天の邪鬼がちょっとやそっとで来てくれるとは思えない。

きっと、知らないところで必死になって頼み込んでくれたんだろう。

「ありがと、陽」

俺がそう言うと、恥ずかしそうに顔を背けた。

「ほんと、なんかごめん。結局こんな脳筋のやり方しかできなくて」

「なに言ってんだ。俺も同類だからな。この一週間で一番すっきりした気分だよ」

お世辞でもなんでもなく、心からの本音だった。

あの日からずっとあれこれと思い悩んで、行き止まりにぶつかって塞ぎ込んでを繰り返していたから、久しぶりに頭のなかを空っぽにできたような気がする。

「にしても、亜十夢を連れてくるってのはさすがに笑ったけど」

「うう……」

陽が指先でグラウンドの土をいじりながら言う。

「だって、全力出せる相手じゃないと意味ないかなって」

その姿が可笑しくて思わずぷっと吹き出す。

優空や七瀬や明日姉とはぜんぜんやり方は違うけど。

陽なりに心配してくれていたことがなによりも嬉しかった。

「俺のこと、よくわかってんだな」

そう言うと、ようやくこっちを向いてにかっと笑う。

「旦那(だんな)のこと、よく見てるからねっ！」


——ぽつ、ぽつ、ぽつ。


そんなやりとりを交わしていたら、ふと、冷たい水滴が頬(ほお)を叩(たた)いた。

自分の髪の毛から滴(したた)る汗かと思ったけれど、

「うげ」

空を見上げるといつの間にか真っ黒な雲が押し寄せてきている。

「夕立か。陽、早いとこ切り上げ」

「いいじゃん」

俺の言葉を遮(さえぎ)るように、陽はごろんと寝転がった。

「子どものころはテンション上がったっしょ」

こちらを見て、なぜだか少し寂しげに目を細める。

「ったく、また濡れ透けになっても知らねえからな」

「残念、今日はスポブラだもーん」

「……それはそれで」

「あんたね」

俺はバットとボールケースを雨の当たらないところに避難させた。

ばらばら、じゃらじゃらとあっというまに雨脚は強くなり。

やがてあられみたいに降り注いできた。

もうどうにでもなれと陽の隣に寝転がり、

「くくっ、あはははッ」

なんだか無性に可笑しくなって大声で笑った。

「いってぇよこれ」

ばちばちばちばちと、雨粒がまぶたや唇や頬をはたく。

「あはっ、なにやってんだろね、私たち」

隣で陽もけらけらとお腹を抱えている。

俺はよっと手をついて上半身を起こす。

むありと煙るように雨の匂いがした。

夏の太陽にさらされた土埃やアスファルトを、天然の打ち水が洗い流していく。

グラウンドには大きな水たまりがいくつもできて、ざざあとさざ波が広がった。

もぞもぞと陽が身体を起こし。

ぴたり、背中を合わせてくる。

冷たい雨のなかで、まだ火照(ほて)った互いの体温が心地いい。

「小さい頃はさ」

陽が言った。

「あれこれ細かいこと考えず、こうやって無邪気にはしゃいでいられたのにね」

「……ああ」

「どうせ晴れたらすぐ乾くっしょ、って」

「懐かしいな。野球部の練習中だと、それまでだるそうにしてたやつらも急に元気になったりしてな。知ってるか？　こういう土砂降りのなかで思いっきりヘッドスライディングすると十メートルぐらい滑れたりするんだ」

「……ふむ？」

「ちょっと試してみたそうにしてんじゃねえよ。練習着どろどろになって家でめちゃくちゃ怒られるんだからな」

そうして俺たちはまたきゃっきゃと笑う。

「ねえ千歳(ちとせ)？」

「なんだ、陽」

「私はさ、恋とか友情にあれこれアドバイスできるほど経験豊富じゃないけどさ」

「ああ」

「ひとつだけ言わせて」

陽はぐっと背中に体重をかけてくる。

「たまにはさ、もたれかかってもいいんだよ」

夕湖も、悠月も、うっちーも、海人も、水篠も、山崎も、と言葉が続き、

「──男と女である前に、大切な仲間でしょ」

まるで雨雲から覗く太陽みたいにからっと言った。

「みんなそれぞれに強いとこと弱いとこがあってさ。きっときれいな心と汚い心を抱えてて。だからあんただけが全部を背負う必要なんてないんだよ」

こつん、と後頭部をぶつけて。

「仲間(チーム)って、そういうもんじゃん？」


チームを背負っている陽(はる)だからこそ。

軋轢(あつれき)を乗り越えた先に立っているからこそ。

そしていっしょに戦った相棒だからこそ。

真(ま)っ直(す)ぐな言葉には、確かな重みがあった。

ふっと温(ぬく)もりが消え、陽が立ち上がる。

そうしてバヂンっと、力いっぱい背中を叩(たた)かれた。


「しゃきっとしろよ、大将！」

「……いてーよ、ばか」


気がつくと雨はやみ、西の空が真っ赤に焼けている。

湖みたいな水たまりが夕暮れを吸い取り、月を映し出す。

とっぷり濡れた木々の葉からは青時雨(あおしぐれ)がぽたぽたと降り注ぎ、二重にぼやけた虹がうっすらと弧を描いていた。

思わず立ち上がり、手をかざして目を細める。

わかってるよ、陽。

ふたりでたどり着いた新しい夏。

このまま終らせるわけには、いかないことぐらい。

＊

ほら、やっぱりだ。

こんなやり方でしか、あんたの隣にいられない。

＊

家に帰り、どろどろになったトレーニングウエアをざっと手洗いしてから洗濯かごに突っ込み、ゆっくりと湯船に浸かった。

陽は繰り返し「こんなことしかできなくて」と言っていたけれど、無理矢理連れ出してくれた効果は絶大だった。

身体を心地よい疲労感が包み込み、ずっと胸の奥にへばりついていた澱みが少し洗い流されたような気さえする。

風呂を出て髪を乾かし終えた頃、見計らったようにスマホが鳴った。

「今日の夜は陽と8番だ。優空に怒られないように、珍しく野菜こく旨らーめんを選んだ」

『偉いえらい』

「毎日電話かけてくるけど、そっちはどうだ？　家族水入らずで少しは羽伸ばせてるか？」

『うん、ご飯作って、お洗濯して、お掃除して、それから』

「ぜんぜん休んでなくない？」

『……なんか手を動かしてるほうが落ち着くんだよね』

「まあ、言われてみれば最近は俺も似たようなもんだわ」

『去年のときみたいになってない？』

「少しは俺も大人になった、って思ったけど多分違うな。ちゃんと生活してないと優空やみんなに心配かけちまうから」

『ふふ、ありがと』

「こっちの台詞だよ」

『それで、陽ちゃんとは？』

「ああ」

俺はまた今日のできごとを伝える。

優空も、陽が亜十夢を連れて来たことには驚いたみたいだ。

『さすがだなあ、陽ちゃん』

「とんでもないこと思いつくよな」

『それもそうだけど、朔くんのことよくわかってるなって』

「まあ、な。やっぱり野球好きなんだよ」

『うん、知ってるよ』

「お盆、終わるな」

『うん、終わっちゃうね』

「夏休みもあと少しか」

『うん、あと少し』

「一応聞くけど、明日からはどうする？」

『行くよ、ご飯作りに』

「わかってると思うけど、もう無理しなくても」

『………………』

「優空？」

『ふーん、西野先輩や悠月ちゃんや陽ちゃんに励ましてもらったから私はもういらないんだ』

「勘弁してくれよ」

『ふふ、冗談じょうだん。でも行くから』

「……わかった、待ってる」

『うん！』

「じゃあ、また明日な」

『はい、また明日』

「おやすみ、優空(ゆあ)」

『朔(さく)くん』

「ん？」

『私は手離さないから』

「え……」

『おやすみなさい』

ほとんど一方的に、通話は切れた。

手離さない。

その言葉が、耳の奥に凛(りん)と響く。

＊

――ぴんぽーん。


お盆明けの夕方。

今日も呼び出しのチャイムが鳴る。

身支度を整えていた私、柊夕湖は、念のために鏡をチェックしてから一階に降りた。

お父さんとお母さんは、まだ仕事から帰ってきていない。

玄関のドアを開けると、

「うっす！」

海人がコンビニの袋を胸の前に掲げていた。

「あっちーからアイス買ってきた。公園で食わない？」

私は思わずくすくすと笑う。

「もう、海人この一週間でアイス何回目？　いっつもチョコモナカジャンボだし」

「え、これうまくない!?」

「私は好きだけど、女の子に毎回差し入れするやつじゃないと思う」

「そうなのッ!?」

朔に振られたあの日から。

海人は部活の試合や練習で遅くなる日とお盆を除けば、こうやって毎日のように家まで来てくれていた。

最初はインターホン越しにほんのひと言、ふた言交わしただけ。

少しだけ落ち着いて、玄関先で数分。

お盆の前からは、ようやく朔と寄り道してた公園まで出られるようになっていた。

私が直接顔を合わせられなかったときも、海人はLINEとか電話で済ませようとはしなくて。

たとえインターホン越しだったとしても、必ず足を運んでくれた。

お母さんが家にいたときは「海人くん上がっていけば?」って何度も言ったけど、「いや、いいっす」って断っちゃう。

悠月からも、陽からも、和希からも健太っちーからも、そして――――。

みんなからずっと連絡をもらっていたのに、楽しい夏休みをだいなしにしてしまった自分が許せなくて、大切な関係を壊してしまったことが苦しくて、なにより自分の大好きな人たちを傷つけてしまっていることが悲しくて哀しくてかなしくて。

臆病な私は全部見ないふりをしてしまっていた。

なにを話せばいいのかわからない、どうやって謝ればいいのかわからない、まだ友達と言っていいのかもわからない。

だから昨日だって、けっきょく、途中で逃げ出して……。

なのに、なんでだろ。

海人にだけは、弱音を吐くことができた。

情けない自分を見せても、受け入れてくれる気がした。

言い訳しても、八つ当たりしても、「へへ」って笑って。

全部ぜんぶ許してくれるような、気がした。

たくさんの思い出が染みついた公園にふたりで入り、並んでベンチに座る。

最初にここへ来たとき、海人はなんの悪気もなく「なんかあそこの階段とかよくない⁉」と言った。

だけどそこは私と朔がお話しするときの定位置だったから、気づいたときには「普通に日陰のベンチでよくない？」と答えていた。

海人は「だよなー」と頰をかいて疑問にさえ思ってないみたいで。

そんな自分に嫌気がさす。

差し出される優しさに甘えるだけ甘えておきながら、私は心のどこかでずっと朔の面影を追いかけていた。

朔ならこう言ってくれるのに。

朔ならこうしてくれるのに。

朔なら、朔なら――っ。

思い返せばこの一年半。

私は当然のように朔の隣にいた。

学校へ行ったら一番に駆け寄って、お昼休みはいっしょにご飯を食べて、放課後はときどき家まで送ってもらって、休みは無理矢理デートに連れ出して。

そういうなんでもないフツウの毎日が、どれだけ大切だったのか。

気づいてたはずなのに、わかってたつもりだったのに。

いざ失ってみたら、びっくりするほどあっさりと世界はモノクロになった。


朝、目が覚めたとき、夏空が澄み渡っていても。

お母さんが買ってきてくれた新しいコスメのふたを開けても。

お気に入りの香水を振りかけてみても。

鏡のなかに映る自分を見たって。


――ぴくりとも、心は動かなかった。


ねえ朔、ちょー天気いいからデートしよ？

ねえ朔、このメイクどう？

ねえ朔、めっちゃいい匂いじゃない？

ねえ朔、私もっとかわいくなれるように頑張るからね。

なんて、本当はそう思えるだけでよかったのに。

ただそれだけで幸せだったのに。


「ほら、夕湖」


いつのまにかまた考え込んでいた私に、海人がアイスを渡してくれた。

包みをぴりっとやぶり、チョコモナカの右上のブロックひとつをぱくりとかじる。

「つめた……」

最近はお母さんの作ってくれるご飯を食べてもぜんぜん味がしなかったけど、なんでか海人が買ってきてくれるこれだけはちゃんと甘い。

さくさくのモナカにぱりぱりのチョコ。

それから昔懐かしいバニラアイス。

仲よし三人組だなって思って、少し哀しくなる。

「昨日さ」

ぽつりと、海人が言った。

「うちに和希（かずき）と健太（けんた）が来たよ」

「え……?」

私は手を止めて隣を見る。

海人（かいと）はもうアイスを半分ぐらい食べ終えていた。

「そんで、和希とケンカになった」

「なんでッ!?」

思わず叫ぶと、照れくさそうな笑い声が返ってきた。

「いつまでお子さまみたいな真似（まね）してるんだって言われて、ついかっとなっちまった」

「それって、どういう」

「朔（さく）のことだよ。いいかげん頭冷やせって」

「――っ」

不意に出た名前に、つい内容そっちのけでぴくっと反応してしまう。

「けっきょく、あれから一度も連絡とってなくてさ。いつまでふてくされてるんだって、和希に言われた。朔が正しいとは言い切れないけど、少なくとも海人は正しくない、って」

それから、としょんぼりした顔で頬（ほお）をかく。

「お前の身勝手な諦めを押しつけるな、ってよ」

　はあ、と大きなため息がこぼれた。

「……んなこと、わかってんだよ。朔にはわりぃことしちまった」

　どうして、と尋ねようとしたところで、先に海人が続けた。

「夕湖は？　まだみんなと連絡とってねえの？」

「……うん、ほとんど」

「悠月も、陽も、和希と健太も、すっげえ心配してたぜ。一応、俺のほうから大丈夫だって伝えてはいるけど」

「ありがとね、海人」

「いや、そんぐらい全然いいけど」

　言葉に詰まって、私はアイスをかじった。

　そうしてふたりとも食べ終わった頃に、また海人が口を開く。

「なんつーか、べつに悪いことしたわけじゃないんだから、友達とまで連絡断つ必要ないんじゃねーの？」

　私はぎゅっとスカートの裾を握りしめた。

「悪いこと、したよ。私がみんなの前で告白なんてしなかったら、残りの夏休みも楽しく過ごせてたのに。ひとりで先走って、大事な関係を壊しちゃった」

「それなら俺も同罪だな。朔をぶん殴ったりしたせいで、よけいに後味悪くしちまった」

「海人は私のために怒ってくれただけでしょ。やり方はちょっと乱暴だったけど、やっぱり責任は私にあるよ」

「本当にそれだけだったら、和希にも言い返せたのかな……」

言葉の意味がわからず隣を見ると、なんだか哀しそうに笑っている。

海人は海人なりに、複雑な想いを抱えているんだと思う。

いいかげん、甘えてばっかりもいられないよね。

私は空気を変えようと、

「あーあ」

なるべく呑気な声で言った。

「失恋しちゃった、私ひとりだけ」

へへっと無理して笑ってみせる。

「もし二学期が始まって仲直りできたとしても。いままでみたいにはできないよね。みんな私が朔に振られたことを知ってて、そんななかで『朔ーッ！』とか駆け寄れないし。だって、朔の心のなかにはべつの女の子がいて、それはもしかしたら……」

「――んなことねえよ」

ちょっと怒ったように海人が言った。

「え……？」

「少なくとも、夕湖ひとりじゃないと思うぜ」

それからにかっと歯を見せる。

「あのさ、このあいだエルパから帰るの送ってったときに聞いたこと、覚えてるか？」

「……えっ、と。入学式のときに、ってやつ？」

「それそれ」

私はぜんぜん思い当たることがなくて、聞いてもなんの話かは教えてくれなかった。

「うち、男子の制服ってネクタイじゃん？」

海人がTシャツの襟を摘まみながら言う。

「俺、中学のときは学ランだったからさ。結び方とか全然知らなくて。もちろん事前に練習したりするがらでもねえから、親にやってもらえばいいやって思ってたんだよな」

ははッと、どこか懐かしそうに続ける。

「でも、緊張しまくって前の日なかなか眠れなかったせいで思いっきり寝坊して、ネクタイをポケットに突っ込んで学校に走ったんだよ」

その状況を想像して私はくすくすと笑う。

「なんか、海人（かいと）らしいね。図太そうに見えて意外と繊細っていうか」

「そうなんだよなー！　試合の前とかガチガチになるし」

　でさ、と海人が続ける。

「同じクラスに知り合い誰もいなくて。仲よくなったりする時間もないままに入学式始まる時間になって。そんで仕方ねえから自分で適当に結んで体育館に向かったわけ」

　少しずつ、私も記憶がよみがえってきた。

「当たり前なんだけど、先っぽが変な方向に跳ねてるわ二股（ふたまた）に分かれてるわ捻（ねじ）れてるわでさんざん。そのくせ俺デカいから目立つじゃん？　整列してるときまわりのやつらが笑い堪（こら）えてんの伝わってきて、なんならあからさまに指さしてるやつもいて、これ入学初日からやっちまったなーって」

　ああ、そうだ、確かにそんなこともあったっけ。

「そのとき、夕湖（ゆうこ）がさ」

　海人がやさしく目尻（めじり）を下げた。

「『ちょっと笑うのひどくない!?　慣れてないんだからしょーがないじゃん！』。って、みんなの前で」

ようやく、当時の記憶が鮮明によみがえってくる。

「そんで、『こーやるんだよ』って俺のネクタイ結んでくれたんだよな」

「なんだ、入学式の話ってそれ⁉　海人すっごい背ぇ高いから結びにくかったんだよー」

そのあとに、と海人は恥ずかしそうに目を伏せた。

「『てかオシャレしたいから生徒手帳の校則のとこ熟読したけど、常にネクタイ締めてなきゃいけないなんてどこにも書いてなかったよ？　こういうちゃんとした行事のときは仕方ないけど、私がやってあげるから。苦手なら普段は着けなくていいんじゃない？』って」

「言った言った！　次の日からはネクタイしてこなくなったんだよね」

懐かしい話に、私は思わずテンションが上がってしまう。

それでなんか親近感が湧いて。

……朔と、和希とも話すようになったんだ。

あんときさ、と海人はなんでもないことのように告げた。

「――俺は、夕湖に惚れたんだ」

「え…………？」

いま、なんて。

「我ながら単純だよな。でもよ、夕湖ってぱっと見アイドルみたいですっげー高嶺の花って感じなのに、まわりの目なんか気にしないで初対面の俺のことかばってくれてさ。めちゃくちゃいい子なんだなって、思った」

ちょっと待ってよ、海人。

「そんで運命の女の子見つけたーとか思って、ぐいぐい話しかけてさ。朔と和希のことも紹介して、まずは友達になりてえって」

なんの、話を、してるの……？

「いま思えば失敗だったかなー。ほら、最初は夕湖とちょっと距離あったっていうか、なんか俺らのグループにお招きしてるみたいで微妙にぎこちなかったんだよ。仲よくはしてたけど、その仲のよさはクラスのやつらと同じぐらいで夕湖にとって特別じゃないっていうか……」

私はもう、ただ聞いていることしかできなかった。

「なのに、あのホームルーム!!　朔と夕湖がばちばちしたときあったじゃん？　俺、やべーって思ってさ。ぶっちゃけ朔とは出会って数日だし、じゃあどっちの味方したいかって言われたら夕湖だし、早くも友情終わったーって」

でも、と海人は空を見上げる。

「あの日から、夕湖はあいつを朔って呼ぶようになった。くしゃって、うれしそうに笑いながら。

他の誰にも見せないような表情を、ころころ取り出して」

それ、は……。

「あーあ、朔がほんとに最低なヤリチン糞野郎だったらな。それこそぶん殴ってでも奪い取ってやるって思えたのに」

にかっと、頬をかきながら。

「あいつ、いいやつだから。俺、バスケ部で一年から試合出てて三年の先輩に煙たがられてた時期があんだよな。けっこう本気で凹んでて。それを知った朔が、『実力で黙らせろ』って自分の練習終わったあとにトレーニングとか付き合ってくれてさ。途中からそこに和希も参加して。みんな大なり小なり似たような経験もってたから、支えられたっけなあ……」

いま思えばただの脳筋トリオだけど、と海人が遠くを見る。

「ほかにもいろいろあったじゃん。うっちーが仲間に入ったときとか、健太のこととか、悠月、陽。そのたびに、『あー男としてこいつには敵わねえな』って、夕湖が好きになんのもわかるなって、諦めて、勝手に負けを認めてたんだ」

「海人……」

「だからよ、せめて夕湖を幸せにするのはあいつであってほしかった。それなら納得できるからって、俺が身を引いた意味があるからって。そうやって……」

くしゃり、と空になったアイスの袋を握りしめる。

「知らないうちに、てめえの情けなさを朔に押しつけちまってたんだな」

海人がよっと立ち上がってこっちを見た。

私はまだなにを言われているのかうまく呑み込めないまま。

つられるように腰を上げて海人と向かい合う。

いっつも朔を見ていたときよりも、視線はちょっと上。

海人はどこか吹っ切れたように、にかっと笑った。

まるでばいばいって言うみたいに、

「――夕湖が好きだ。俺じゃ、駄目かな」

やさしい、顔で。

「海人……」

はっきりと言葉にされて、私もようやく理解する。

……海人が、私のことを。

なんで、だって。

いままで、そんなそぶり、ぜんぜん。

ついこのあいだだって。

いまは部活に集中したいって。

私が相談したときも、

『――大切な友達だからこそ、無理矢理ふたりに割り込んででも勝負すっかな』

そう言って、背中を押してくれたのに。

もしかして、あれは。

私の、ために？

私が朔のことを好きだって公言してたから？

私が迷ってることに気づいてたから？

そっか、こんなところでも……。

一度気づいてしまったら、海人と過ごした時間が、かけてもらった言葉が、差し出してくれたやさしさが、早送りみたいに頭のなかを流れていって。

苦しくて切なくてやるせなくて、罪悪感に胸が押し潰されそうになった。

これまで私は、いったいどれぐらい。

目の前の男の子に、好きな男の子の話をしただろう。

朔(さく)はどっちが好きかな。
朔は気に入ってくれるかな。
朔がね、朔だったら、朔がいれば――。

そのたび海人(かいと)は、にかっと笑って相手をしてくれた。
悩んでいるときは、いっしょになって本気で考えてくれた。
落ち込んでいるときは、心から励ましてくれた。
これまで私は、いったいどれだけ。
目の前の男の子に、残酷な仕打ちをしてしまっていたんだろう。
なにひとつ知らずに、脳天気な顔をして。
立場を変えてみれば、それがどれだけひどいことなのかすぐわかる。
もしも私が。

朔に悠月(ゆづき)のことを相談されていたら。
朔に陽(はる)の好みを聞かれていたら。
朔が西野(にしの)先輩のことをうれしそうに語っていたら。

とてもじゃないけど、まともに相手なんてできっこない。

それなのに、海人は。

ずっと自分の気持ちを押し殺して、笑ってくれていたの？

応援してくれていたの？

下心なんて匂わせもせず、朔に振られた私をずっとずっとずっと。

懸命に慰めようとしてくれていたの？

この約一週間。

海人は一度たりとも、落ち込んでいる私に付け入るようなことはしなかった。

ただひたすらに大丈夫だよって、これで終わったわけじゃないって、まだチャンスはあるかもしんねえだろって、寄り添うように。

言ってることとやってることが違うじゃん。

ぜんぜん割り込んで勝負なんてしてないじゃん。

もう、どこまで。

やさしくて、あたたかい人なんだろう。

やっぱり、私の見る目は正しかった。

きっと海人の恋人になったら、なにひとつ不安なんて抱かず、毎日心から大好きって伝えながら笑って過ごせるんだと思う。

もしもいまここで、私が頷いてしまえば。

最初はちょっと失恋を引きずるかもしれないけど、この人がちょっとずつその傷を埋めて、いつかもっとたくさんの幸せな記憶に塗り替えてくれるのかもしれない。

朔のことを、忘れさせてくれるのかもしれない。

でも、だけど、やっぱり、どうしても。

私はいつのまにか目に涙をいっぱい溜めながら、

「……めん、ごめんね海人」

海人のTシャツをぎゅっと握りしめた。

「朔じゃなきゃ、駄目なのぉ」

いけないことだってわかってても、思わずその大きな胸に顔を埋める。

「あなたにとっての大切なできごとを忘れててごめん。

あなたの想いに気づいてあげられなくてごめん。

あなたを知らないうちにいっぱい傷つけてごめん」


好きだよ海人、大好き。

いっつもお馬鹿なところも、へにゃっと情けない顔も、ときどき男らしくなるとこも、名前のとおり海みたいに大きな心も、やさしさも。

ずっといっしょにいたいって思ってる。

だけど。

海人に対する好きと朔に対する好きのあいだには埋められない溝があって。

この先、どれほど時間をかけても、きっと。

海人への好きが、朔への好きに変わることは、ないの。

ごめんね、ごめんね。

海人は両手をだらんとたらしたまま、

「だよな、知ってた！」

どこまでもいつもどおりの声で言った。

「え……」

私が思わず顔を上げると、

「でもさ」

いつものへにゃっと情けない顔で照れくさそうに笑う。

「これで俺も仲間に振られた仲間だ。気まずいのは夕湖ひとりじゃねえよ」

「っ、海人、海人、かいとぉっ――」

そうして私は、海人の胸でわんわんと泣いた。

痛い、痛い、いたい。

大好きなのに、大切なのに。
たくさん私を支えてくれたのに。
ずっと笑っていてほしいのに。
ちゃんと幸せになってほしいのに。
誰か、誰か、どうか――。

ああ、そっか。
朔もこんな気持ちだったんだ。

＊

お盆が明けて数日後の夕方。

――ぴんぽん。

短く玄関のチャイムが鳴った。
優空は用事があって来られないと言っていたから、七瀬か、陽か、それとも。

俺、千歳朔がドアを開けると、

「うっす」

「こ、こんばんは」

そこに立っていたのは和希と健太だった。

「お前ら……」

俺は一瞬、どういう表情をすればいいか途惑ってしまう。

「いいかげん、孤独死してないか心配になってね」

和希がひょうひょうと言った。

「ま、取り越し苦労だったみたいだけど」

ちらりと俺の顔を見てから、慣れた様子で靴を脱ぐ。

「マック買ってきたからみんなで食おうよ」

「……おう、さんきゅ」

そう答えて、玄関の外に突っ立ったままもじもじしている健太にも声をかけた。

「なにしてんだ、健太も入れよ」

「あの、その、男の子の家に入るのまだ慣れてなくて」

「気色悪いリアクションやめろ」

俺が言うと、ようやく怖ずおずと靴を脱いだ。

和希は何度も来ているが、言われてみれば健太は初めてだ。

きょろきょろと興味深そうに部屋の中を見回している。

「話には聞いてましたけど、ほんとに一人暮らししてるんすね、神」

「まあな。健太も気楽に遊びに来ていいぞ。和希とか海……あいつは、連絡もせずにいきなり突撃してくるからな」

海人の名前を出すことが躊躇われて、逆に不自然になってしまった。

それに気づいたのか気づいていないのか、健太が話題を変える。

「にしても、テレビもパソコンもないんすね」

「あ、そうそう。健太ってパソコン詳しいか？」

「本当に詳しい人の前で詳しいって言えるほどじゃないすけど、まあそこそこは」

「ちょっと買おうかなって考えてるんだけど、１００満ボルト行ってもさっぱりでな」

「ああ、そのぐらいのレベルなら俺でもアドバイスできると思います」

「じゃあ、今度付き合ってもらってもいいか？」

なんてやりとりを交わしていたら、

「まあまあ。いいから座りなよ、朔」

ダイニングテーブルに着いて買ってきたものを広げていた和希が言った。

「ああ、そうだな」

俺はその向かい側に腰かける。

健太は和希の隣を選んだ。

「朔はビックマックのセットに単品てりやき、飲み物はファンタグレープ。一応、気を遣ってサラダつけといたよ。ナゲットはでかいの買ってきたから適当につまんで」

サラダを除けば、いつも俺が頼んでいる定番メニューだ。

和希はベーコンレタスバーガーのセットに単品フィレオフィッシュ、飲み物はアイスコーヒー。あいつはビックマックのセットに単品チーズバーガーを二つ、飲み物はコーラ。俺も含めて全員、ポテトのケチャップをもらう。

三人で嫌っていうほど行ったから、お決まりのオーダーは覚えてしまっている。

健太はチキンフィレオのセットで飲み物はコーラだった。

それぞれにいただきますをしてハンバーガーにかぶりつく。

俺はちらっと和希の顔を見た。

健太はともかく、こいつがこのタイミングでただ遊びに来たってこともないだろう。

「それで」

案の定、頃合いを見計らったように和希が切り出す。

「あの日からどうしてたの？」

「どうって……」

「泣き暮らしてげっそりってわけでもなさそうだ。うっちー？」

優空（ゆあ）が普段からご飯を作りに来てくれていることは伝えていたから、その名前が出てくるのは不思議じゃない。

「まあ、な」

「ふうん。夕湖（ゆうこ）を振っておいて、いいご身分だね」

ちくりと、刺すように和希が言う。

健太は隣でびくっと肩を震わせた。

よく見れば手が止まっていて、ぜんぜん飯も進んでいない。

俺は和希がこういうやつだと知っているから、とくに驚きもしなかった。

「言い訳するつもりはない。本当に拒絶しようと思えばできたはずだから、結局は優空のやさしさに甘えた」

「する必要もないでしょ。べつに悪いことしてるわけでもないんだから」

「似たようなこと言ってたよ」

「なにげに仲間内で一番冷静だからね、うっちーは」

本当は、あまり続けたくない話題だった。

その先に、聞かせたくないことがあるから。

「で、他は？」

和希は目を逸らさずに言った。

多分、感づいているんだろう。

嘘をつきたくはない。

けど、向き合うのは怖い。

どちらにせよ、中途半端な誤魔化しが通用するような相手でもなかった。

「西野先輩と、母方のばあちゃんの家に行った。陽が亜十夢を連れて来て、三人でいっしょに野球をした」

「それから？」

和希は逃す気もないみたいだ。

「……七瀬が家に来て、晩飯を、作ってくれたよ」

「……へえ？」

がさっと、健太が手を伸ばしていたナゲットを摑み損ねて落とす。

「あの、すいません」

俺も、和希も、それには構わず会話を続けた。

「で、なにを作ってくれたの？」

「カツ丼。らしくないよな」

「っ、それはちょっと、想像できなかった」

「わるい」

「謝られる筋合いはないね」

「お前も一発殴っとくか？」

「その資格も、ないよ」

どこか寂しげな笑みを浮かべる。

「で、どうするつもり？」

気を取りなおしたように和希が言った。

「このままってわけにもいかないでしょ」

「それ、は……」

わざわざ確認するまでもなく、夕湖（ゆうこ）と海人（かいと）のことだ。

あの日からずっと考えて、一歩進んで行き止まり、それを延々と繰り返している。

優空（ゆあ）が、明日姉（あすねえ）が、七瀬が、陽が。

みんながくれた言葉のなかに糸口は見え隠れしているような気がするのに、どうしてもそれを手繰りよせられずにいる。

「俺に、なにができるっていうんだよ」

気づいたら、半分になったビックマックを握りしめながらつぶやいていた。

「付き合うことはできないけど、明日からはなにごともなかったように友達として仲よくしてくださいって頼めばいいのか」

「朔……」

和希がポテトを摘まもうとしていた手を止める。

「海人にはなんて言えばいいんだ。お前の望みどおりに夕湖を幸せにしてやれなくてごめんて。俺の代わりにお前が夕湖を幸せにしてやってくれって、そんな傲慢な台詞を吐けってか？」

ふう、と向かい側で大きなため息が漏れた。

和希が頬杖を突きながら答える。

「ま、無理だよね。そういうのは向こうが言うから許されることであって、少なくとも朔から提案することじゃない」

「だろ」

考えはいつも、ここで止まる。

夕湖の気持ちを受け入れなかった俺には選択肢がない。

謝ろうとしても、仲直りしようとしても、なかったことにしようとしても、そういう行動すべてが相手を重ねて傷つけかねない。

乾いた声で和希が言った。

「相手が歩み寄ってくれるのを待つしかない、か。格好悪いね」

「知ってるよ」

「俺たち、先に海人のとこ行ったんだ」

「……あいつ、どうしてた？」

「相変わらず怒ってたよ。だからけんかになった」

「は？　なんでだよ」

俺が聞くと、「さあ？」と首を小さく振ってから、

「——俺は俺で、熱くなれなかった情けなさをあいつに押しつけたのかもね」

どこか切なげに目を細める。

「こっちもたいがい、格好悪い」

「そっか」

俺は短くそう言う。

あのときこいつは朔をかばう気になれない、と言った。

真意なんて聞かなくてもわかる。

本当に言葉どおり線を引いていたのなら、この男は温泉であんな本音を漏らしたりはしない。

和希は和希なりに、いまでも心の落としどころを探しているんだろう。

そんなことを考えていたら、

「あのっ！」

ずっと黙っていた健太が口を開く。

俺は口の端を少し上げてからそれに答えた。

「健太も、悪かったな。面倒ごとに巻き込んじまって」

「いや、その……」

もごもごと口ごもった健太はがばっと摑んだポテトをべたっとケチャップにつけて頬張り、ずずっとコーラをすすってから続ける。

「さっきから神と水篠がなに言ってるのか、ぜんぜん理解できないんすけど！」

そう言って、思ったよりも強くなった語気を恥じるようにうつむく。

なるべく言い方がきつくならないよう注意しながら答える。

「どこが理解できない？」

「……全部、わかんないっすよ」

だよな、と俺は続けた。

「簡潔に説明すると、ちゃんと付き合ってって言われてたわけじゃなかったけど、俺は夕湖の気持ちを前々から知っていた。海人には、遠回しに夕湖のことを頼むと言われていた。その上で、夕湖と曖昧な距離を保ちながら、優空や七瀬や陽、西野先輩とも仲よくしていた。だから俺は、ふたりに顔向けができないって、そういう話だ。伝わるか？」

健太はうつむいたままで、

「やっぱりわかんないっす」

もう一度、はっきりとそう言う。

「そっか。まあとにかく、俺が悪かったってことだ」

「だからッ……」

健太は、テーブルの上で拳をぎりぎりと握りしめていた。


「――それが、わからないって、言ってるんすよ!!」

がたん、と椅子を倒しながら立ち上がる。

「神も、水篠も、もっともらしい正論並べて勝手に諦めてるようにしか見えないんですけど、俺の受け取り方がおかしいんすかね?　こんな立場だから無理、こんな事情だから動けない、こんな理由があるから仕方ないって、うだうだうだうだ」

わなわなと肩を震わせて。

「そういうのは、俺みたいなやつの特権じゃないっすか……」

「「健太(けんた)……」」

俺と和希(かずき)の声が重なる。

「仲間内で恋愛がらみのトラブルがあったんだから、一時的に気まずくなるのはわかります。でも神も、水篠(みずしの)も、どうしてこれで終わりみたいな話し方するんすか。まるで壊れたら二度と戻らないみたいに……」

健太が消え入りそうな声で言う。
俺はゆっくりと首を振ってからそれに応えた。

「戻らないよ、もう」

「違うッ!!」

　ダンッ、と健太がテーブルを叩く。

「そんなんじゃ俺がいた上っ面だけのグループとおんなじじゃないっすか。神たちは違うでしょ。もっとお互いのことを深いところで理解し合ってて、信頼し合ってて、だからこそ身動きできなくなってるだけじゃないっすか」

「……そういう相手を、俺は傷つけてしまったんだ」

「だからなんだよッ！」

「健太もいつか、誰かに想いを告げられる日が来るかもしれない。そしたら、きっとわかる」

「っざけんな!!!!!!
ねえ神、これは俺の非リア成り上がり物語なんですよね？
だったら間違ってるあんたに間違ってるって言うのが、成長の証っすよね？」

　まるで出会った頃のように、ぎりぎりとこちらを睨みつけて。

「確かに神は理屈っぽい。正論ばっか並べて自分もがんじがらめになるタイプですけど、大切なことだけはいっつも心で決めてたじゃないですか。短い付き合いでなにがわかるって言われたらそれまでだけど、うちの窓ガラスぶちやぶったときも、スタバで怒ってくれたときも、ヤン高の人に立ち向かったときも、もう一度野球やったときだって……」

いつのまにか、健太(けんた)の瞳(ひとみ)には涙がにじんでいた。

「神は、どうしたいんすか。
本当にこのままでいいんすか。
おしまいにしていいんすか」

俺はぎゅっと拳(こぶし)を握り締め、絞り出すように。

「そりゃ、叶うことならまたみんなで仲よく、やりてえよ……」

「だったら!!」

ガンッ、と健太がもう一度テーブルを叩く。

声を裏返しながら、喉をからしながら、魂ごと殴りかかってくるように、

「相互理解してこいよ！　できるかできないかじゃなくて、やってみせるっていう意志が大切なんだって教えてくれたのはあんただろ。

そんなんじゃだっせぇヤリチン糞野郎じゃねぇか！　一歩踏み出せよ、月に手を伸ばせよォッッッ!!!!!!」

「──っ」

思わず息を呑む。

ほんの数か月前、健太にかけた言葉の数々が脳裏をよぎった。

ああ、そうだ。

偉そうに言ってたのは、俺だったな。

健太はしゅんとうつむきがちに。

「……頼みますよ、神。こんな結末は、あんまりです」

俺は目をつむってゆっくりとその言葉を嚙みしめ、

「ありがとう、健太」


大切なことを思いださせてくれた友達に、心からそう言った。

立場が逆転しちまったな、と思う。

どこまでも真っ直ぐな言葉は、それを実行してみせた男の口で紡がれたからこそ、がつんと胸に響いた。

大事なのは俺自身がどうしたいか、か。

健太の言うとおりだ。

ふと、まぬけにぽかんと口を開けていた和希と目が合う。

まじまじと互いの顔を観察してから、ぶはっと吹いた。

「え？　え？」

健太が混乱した様子で俺たちを交互に見る。

和希がおかしそうに言った。

「一本とられたね」

俺も肩を揺らしながら答える。

「まったくだ」

どうして急に笑い出したのか理解できないのだろう。

呆気にとられたように、健太は立ち尽くしている。

まあ、俺たちだってよくわかっていないのだから当然だけど。

なんだか、ふたり揃って健太に叱られたような状況が、どうにも可笑しかった。

俺は健太を見てふっと口の端を上げた。

「言うようになったな。今日から神って呼ばせてもらいます」

「か、勘弁してくださいよぉ」

それから俺たちはマックをぺろりと平らげ、三人でベランダに出た。

遠くの山に沈んでいく夕陽が、やけにあたたかく思えた。

＊

翌日、優空はいつものようにご飯を作りにきてくれた。

ここ最近は浮かない顔をしていたり、急に子どもっぽい一面を見せたりと少し不安定だったが、今日は久しぶりにどこか吹っ切れたような雰囲気が漂っている。

和希と健太が来たあらましを伝えると、

「そっか、健太くんが」

どこかうれしそうに目を細めた。

思えばあいつの家を訪ねるとき、最初に相談し、付き合ってもらったのが優空だ。

扉越しに話したことを懐かしく思っているのかもしれない。

そうして夕食を終え、家まで送る途中の河川敷を歩いていると、

「朔くん、ちょっとお茶していかない？」

優空がそう切り出した。

突然思いついたというよりも、最初から決めていたみたいだ。

そういえば、今日は食後のコーヒーも飲んでいない。

こういうときにどちらかがお茶しようと言いだしたときは、店ではなくそこらへんに座って、というのがお決まりだった。

近くのコンビニに寄って優空はアイスのほうじ茶ラテを、俺はアイスカフェラテを買い、河川敷に腰を落ち着ける。

それぞれに飲み物をちるちるとすすった。

「もうすぐ、夏休みも終わりだね」

ぽつりと優空が言う。

今日は二十三日。

八月は残すところあと八日間だ。

夏勉のあと、一日がやたら長く感じていたくせに、こうして振り返ってみるとあっというまに感じるのだから皮肉なものだと思う。

「俺の夏休みは、とっくに終わってたよ」

少し自嘲気味な答えが漏れる。

「またそんなこと言って」

「後半は、優空に介抱されてただけだ」

「素直に介抱される気もなかったくせに」

「そのほうが母性くすぐるだろ？」

「まったくあなたって人は。いいよ、そんなふうに無理しなくて」

優空はどこか呆れたように笑ってから、

「ねえ、朔くん？」

こちらの顔をぢっと覗き込んできた。

「なんだ？」

「ひとつ、お願いがあるんだけど」

「珍しいな」

「聞いてくれる？」

基本的に優空からのお願いごとなんて、買い出しに付き合ってほしいだとか固い瓶の蓋を開けてほしいだとか、本当に些細なものばかりだ。

そういうときでさえ、丁寧に事情を説明して了解をとってくる。

だからこんなふうに内容を説明する前から回答を求めてくることは初めてだ。

「いいよ」

俺は短くそう言った。

なにか理由があるんだろう。

それをいちいち問い質したりしない程度の信頼関係は築いている。

「本当に？」

確認するように優空が言った。

「俺にできることなら。って条件つきだけど、約束するよ」

そっと、優空が右手の小指を差し出してくる。

「じゃあ、指切りげんまん」

「そこまですることか？」

「することなの、こればっかりは」

「そか」

ふと、前に指切りしたことを思いだす。

七瀬(ななせ)がヤン高の連中に目をつけられていたときだ。

自分は傷ついても構わないという考え方は駄目だって、せめてちゃんと話してって、優空に怒られたんだっけ。

あのときは、三人で約束を交わしたけれど。

それを優空が忘れているとは思えない。

つまり、同じぐらい大事なお願いをしようとしているんだろう。

俺は自分の小指をそっと優空の小指に重ねた。

「誓うよ、優空のお願いごとを聞く」

だったら、聞かない理由はなかった。

優空はにっこりと微笑(ほほえ)んで、

「──じゃあ、明日。私とお祭りに行ってくれますか？」

「……ん？」

まったく予想もしていなかったことを言った。

「へ？　お祭り？」

「うん、お祭り」

「なんでまた」

「そもそも、浴衣を着てお祭り行こうって約束してたでしょ？」

「……いまとは、状況が違っただろ」

「ごめんごめん、ちょっと意地悪だったね」

そう言って優空は続けた。

「でもね、夕湖ちゃんと朔くんを見ていて、悠月ちゃんと陽ちゃんと西野先輩の話を聞いていて、私も気づいたんだ。このままじゃ駄目なんだって」

小指を握る力がきゅっと強まる。

「ねえ、朔くん」

甘く、目尻を下げながら。

「八月二十四日は夏のクリスマスイブだよ。

本当のイブはいっしょに過ごせないかもしれないから、だから」

どこまでもらしくない台詞を口にする。

「優空……」

「なんて」

するりと、結び目がほどけた。

「たまには朔くんみたいに気障っぽい誘い方してみようかなって」

ふあっとはぐらかすように、優空は微笑んだ。

「ほら、みんなと花火行ったときに私だけ浴衣着られなかったの、本当は少し寂しかったんだよね。それに、夏休みなのにずっと家のことしたり朔くんのご飯作ってばっかりだったから。最後にちょっとだけ、思い出を作りたいなって」

いま、夕湖の話をするのはさすがに野暮なんだろう。

置かれている状況を、解決できていない問題を忘れているはずがない。

ここでそれを持ち出したら、「夕湖のことを気にしていないのか」なんて疑っているのと同じ意味になってしまう。

すべてを理解したうえで、それでも息抜きに付き合ってほしい。

そのぐらい、見えないところで消耗しているってことなんだと思う。

だいたい、原因を作ったのも、優空（ゆあ）の時間を奪ってしまっているのも俺だ。
この程度は付き合わないと割に合わない。
ひとりきりだったら、いま頃はもっと酷いありさまだったかもしれないから。
「わかった、行こう」
俺が言うと、優空はぱあっと表情をやわらげて、
「うん！」
満面の笑みで頷（うなず）いた。
明日、祭りが終わったら優空に話そう。
もう大丈夫だって。
俺のことよりも自分のことを。
俺のことよりも夕湖（ゆうこ）のことを。
優先、してほしいって。
それから俺自身も。
いい加減、この状況にけりをつけよう。
じじっと、どこかで短くセミが鳴いた。
ふと視線をあげたら、たゆたう川の水面にきれいな月が浮かんでいる。
まるで、夜空をお裾分（すそわ）けするように。

俺は恐るおそる伸ばした手を、そっと、祈るように結んだ。

八章　優しい空

下着の上からふありと浴衣(ゆかた)を羽織る。

菫(すみれ)地に白い芍薬(しゃくやく)が咲く一枚は、この日のためにこっそり新調したものだ。

少しだけ迷って、裏面が同じ菫色の帯をアネモネ結びにした。

花言葉に、想いを込めて。

私、内田優空は姿見に映る自分と目を合わせた。

なぜだか、記憶のなかにある懐かしい面影が浮かんでくる。

ちょっと、お母さんに似てきたのかな。

そう思って、自然と笑みがこぼれた。

こういう瞬間(とき)、寂しさや哀しさよりもあたたかい気持ちになれたことがうれしくて、朔(さく)くんのことを想う。

私服だったことをあんなに残念がってくれた彼はきっと、大げさすぎるほどの褒(ほ)め言葉を並べてくれるんだろう。

誰にでもそういうことする人だから。

誰にでも、やさしい人だから。

最近はずっと塞ぎ込んでばかりだったし、少しでも笑ってくれたらいいな。

そんなことを考えながら、髪を結う。

本当は浴衣を着る前にやるほうが効率的なんだけど、どうしてだろう。

今日はこういう時間がほしくなったのかもしれない。

そういえば、と思う。

あの女の子みたいに、って。

願をかけるように伸ばし始めた髪の毛は、ずいぶんと長くなった。

まるで過ごした時間と積み重ねた思い出の目印みたいな気がして、指先を丁寧に動かす。

胸の内には、いろんな感情が渦巻いていた。

貴方に見つけてもらった夜が、貴女と過ごした日々が、貴方が教えてくれた感情が、貴女が自覚させてくれた痛みが。

ずっと、あなたに隠していた想いが。

仕上げにかんざしを手にしたとき、ふと目についたきれいな貝殻を、お守りみたいに巾着のなかへ忍ばせた。

そうして身支度を整え一階におりて、玄関に下駄を出す。

からんと、どこか寂しげな音が響いた。

横向きに倒れてしまったのを直そうと手を伸ばしたら、指先が小さく震えている。

私は胸元に手を当てて、一度大きく深呼吸をした。

大丈夫だいじょうぶ。

心のなかでそうつぶやいて、ゆっくりとつま先を鼻緒に通す。

＊

俺こと千歳朔は、福井県庁から徒歩数分の場所に位置する神社の鳥居前に立っていた。

優空(ゆあ)との待ち合わせは十七時。

晩夏といっても日が暮れるにはまだ早い。

境内では、小さな子どもたちが綿菓子やりんご飴(あめ)を片手にはしゃぎ回っていた。

隣接した公園に、中高生のカップルが何組か散らばってくすぐったそうに笑っている。

例年ならもっと早くに終わっているはずの祭りだが、聞いた話によれば今年は開催がずれ込んだらしい。

八月の終わりというのも情緒があっていいな、と思う。

——から、から、からり。

しばらくそうしてあたりを眺めていたら、とても丁寧に歩く下駄の音がゆっくりと近づいてきて、はたと止まった。

「お待たせ、朔くん」

はにかむように優空が言う。

「どう、かな……?」

初めて見る浴衣姿は、大和撫子という時代錯誤な言葉を体現したような佇まいだった。

身体の前でそっと重ねられた手も、柄にあしらわれた芍薬のように優美な立ち姿も、ほんの少し内向きに揃えられたつま先も。

たおやかに淑やかに、慎み深く艶やかに。

祭りの場景を背負いながら、祭りの情景から抜け出してきたみたいに。

だけど、と言葉を呑み込んで。

「さすが優空。きれいに着こなしてるな」

俺はまた当たり障りのない感想を口にする。

優空はまつげをぴくりと震わせてから、なにかを誤魔化すようにひくと口の端を上げた。

紐を握る力が強まったのか、巾着袋がふらふらと揺れる。

その指先には、珍しく淡い菫色のマニキュアが塗られていた。

心なしか、いつもより鮮やかな唇が慎重に動く。

「ありがとう。慣れない帯の結び方だったから不安だったんだけど、そう言ってくれてとってもうれしい。これで肩の力を抜いてお祭り楽しめそう。ありがとうね」

必要以上に多い口数と、とってつけたような二回のありがとうが、優空(ゆあ)の心の内を物語っているように思えた。

やっぱり少しだけ胸は痛むけれど、これでいい。

脳裏によみがえる七瀬(ななせ)の作り笑いを振り払いながら、自分に言い聞かせる。

「……朔(さく)くんは、私服なんだね」

優空がひとり言のように小さく漏らす。

思わず顔を伏せると、履きつぶしたスポーツサンダルが目に入った。

白いTシャツに薄手のデニム。

自覚的に、俺はこの服装を選んだ。

トクベツな日にしないように。

ハレとケの後者を身にまとった。

『じゃあ、今度またちゃんと浴衣(ゆかた)着てお祭り行こう？　それでいい？』

きっとあのとき。
優空は浴衣の上に「ふたりで」という言葉を省略していたはずだ。
理解していながら、なにも気づかないふりをした。
手元にある浴衣のうち一枚は、夕湖にもらったものだったから。
いつか七瀬と浴衣で祭りに行ったとき、夕湖はぷんぷんしていたから。
だから俺は愛想笑いを浮かべて、

「自分で着ようとするとまどろっこしくてな」

心にもない台詞を口にする。
優空はどこか慈しむようなまなざしで、

「そっか、今度はまた私が着付けてあげるね」

頭を撫でるように言う。
「行こっか、朔くん」

「……だな」

そうして俺たちは、ふたりぼっちの夏祭りに繰り出した。


から、から、から、から。

ぱた、ぱた、ぱた、ぱた。


いつもよりも狭めた歩幅がやけに居心地悪く感じる。

中途半端だな、と思わず自嘲した。

来ると決めた以上、付き合うと約束した以上、せめて気晴らしをしてほしいのに。

俺がこんな調子じゃかえって逆効果だ。

「優空、なにか食べたいものはあるか?」

だから気を取りなおすように切り出した。

「うーん、とりあえずいまは軽いものでいいかな」

「焼き鳥とか?」

「それって朔くんのなかで軽い部類なの?」

「じゃあベビーカステラ?」

「分けていっしょに食べる系のやつはあとに回したいかも」

「意外と細かいな、さては祭りも奉行か？」

「ふふ、ごめんね？」

「あのな、優空」

「なーに、朔くん」

「浴衣ならちょっとぐらいお腹出てもばれないぞ」

「──問答無用のきゅいっ」

ようやく、俺たちはいつもの調子を取り戻した。

けっきょく食べ物には手を出さず、射的をして、スーパーボールをたっぷりすくい、嫌そうな顔をする優空にきつねのお面を買った。

頭の横につけると、思っていたよりすんなりと馴染んでよく似合う。

いいかげん喉が渇いて飲み物を買おうと屋台に並んでいたら、

「朔くん、いま何時？」

優空があたりをきょろきょろと見回しながら言った。

俺はぽっけに突っ込んでいたスマホを確認してから答える。

「まだ三十分も経ってないぞ。そろそろ十七時半ってとこだな」

「そっか、ありがと」

まだ夕暮れの入り口だけど、出店にはそろそろ灯りがともり始めていた。

ビールを飲むおっちゃんたちの声がだんだんと大きくなり、色とりどりの華やかな浴衣がひらひらと舞っている。

ぴーひょろぴーひょろとことんとん。

ぴーよぴーよだかどこどん。

心なしか、境内に響く祭り囃子もその熱を上げていた。

自分たちの順番が回ってきて、俺はラムネを一本手にとる。

「優空はどうする？」

「じゃあ、私も同じのにしようかな」

「了解」

俺が二本目を手にとると、優空は優空で浴衣の袖口を押さえながら氷をかきわけ、もう一本のラムネを引き抜く。

「いいよ、優空。ご飯作ってくれてるお礼に俺が出すから」

「うん、ありがとう。じゃあお言葉に甘えちゃおうかな」

「……」

「…………」

「えっと、それ、戻さないのか？」

「いいの、こっちは私が買うから」

「喉渇いてんの？」

「気にしないきにしない」

けっきょく俺たちは、ふたりで三本のラムネを買って屋台を離れた。

なんだか釈然としない行動が気になって隣に目をやり、口を開きかけて。

その横顔に、思わず言葉を呑み込んだ。

なんで、そんな……。

優空はお面を袖に仕舞い、両手でラムネ瓶をぎゅっと握り締めて、どこか切実に、そして祈るようなまなざしで鳥居のほうを見つめていた。

がり、がり、がり、がり、と躊躇いがちな足音を引きずりながら。

怯えるように導かれるように、そちらの方角へと吸い寄せられていく。

声をかけることもできない雰囲気に、俺は黙って従った。

一歩、二歩、三歩。

だんだんと鳥居が近づいてきて、

「え……？」

がさりと、俺は左手に提げていたビニール袋を落とした。

カラフルなスーパーボールが石畳の上をくるくると転がっていき、茜がかる夕陽が上からやわらかな色を射す。

そのうちのひとつが、鳥居のかたわらで佇む人影に当たってぽつんと止まった。

「夕、湖……？」

俺は何年ぶりかと錯覚するほど久しぶりに、その名前を呼ぶ。

私服のスカートをぎゅっと握り締めて、瞬きひとつで消えてしまいそうにうつむいているのは、間違いなく夕湖だった。

どうして、こんなところに。

偶然？　いや、そんなわけがない。

混乱している俺をよそに、から、から、から、と優空が前に出る。

「来てくれたんだね、夕湖ちゃん」

その言葉で、ようやく夕湖がゆっくりと顔を上げた。

俺と優空の顔を交互に見て、

「朔(さく)、うっちぃ……」

いまにも泣き出しそうな声を出す。

夕湖、優空、俺の位置が、きれいな正三角形を描いていた。

そこから長く伸びた影法師は、仲よく三人で並んでいるようにも見える。

「朔くんも、夕湖ちゃんも、それから私も」

両手を前で丁寧に重ねて、凛(りん)と立つ優空が言った。

「まだ、心に秘めてる言葉があるんじゃないかな」

からん、ころん、と夕湖の手をとり。

「きっと誰かのために、自分のために、隠している想いが」

からん、ころん、からん、ころん、と俺の手をとる。

『結ばれたご縁の端っこを握り締めてたらいい』

だから、と優空はふたつの結び目を確認するようにやさしく微笑んで、

「——だから、話を、しようよ」

繋いだ指先に、ぎゅっと力を込めた。

＊

私、内田優空は、家の用事があると朔くんに嘘をついたお盆の初日。

明るいうちにひととおりの掃除や洗濯を済ませた。

そうして日が傾き始める頃、ひとり、夕湖ちゃんの家へと向かう。

朔くんを追いかけたあのときから、一度も連絡をとってはいない。

それも、夕湖ちゃんが反応してくれなかったというわけじゃなくて、私のほうからLINEを送ることも電話をかけることも避けていた。

理由はいくつかある。

夕湖ちゃんにちょっと怒っていたこと。

向こうからはどう思われているか、少しだけ不安になっていたこと。

連絡したところで、なにを話せばいいのかわからなかったこと。

……私自身の心にも、小さくはない変化が訪れていたこと。

だから時間を置いた。

夕湖ちゃんにとっても、朔くんにとっても、私にとっても。

そうしたほうがいいと思ったから。

なんて、あれこれと考えているうちに、気づけば夕湖ちゃんの家にたどり着いていた。

ちょうど、玄関のところにしゃがみ込んでいる琴音（ことね）さんの姿が目に入る。

お盆の迎え火を焚（た）いていたようで、すぐにゆらゆらと煙が立ち昇った。

そういうのは無関心そうなのに、とぼんやり思いながらも。

きゅうっ、と心臓が縮こまる。

仲がいい夕湖ちゃんと琴音さんのことだ。

私のことも含めて、事情は全部伝わっているだろう。

琴音さんは、怒っているだろうか、哀しんでいるだろうか、がっかりしているだろうか、それとも……。

去年の秋、夕湖ちゃんと仲よくなってから何度もこのお家にお邪魔した。

そのたび琴音さんは大げさに喜んで迎え入れてくれて。

お菓子やジュースを出してくれたり、ご飯を作ってくれたり、車でお買い物に連れて行ってくれたり。

私の家の事情を伝えたときはぼろぼろと泣きながら、「偉かったね、頑張ったね、いつでも遊びにおいで」って、本当のお母さんみたいに抱きしめてくれたっけ。

私は胸に手を当てゆっくりと深呼吸をした。

それから玄関に近づき、こんにちはとこんばんはで迷ったあと、

「こんばんは」

門の外から琴音さんの背中に声をかける。

ゆっくりと振り返った表情は少し疲れているみたいだった、のに。

「うっちー!?」

声の主が私だとわかったとたん、ぱあっと顔を輝かせる。

慌てて立ち上がり、がちゃがちゃと門を開け。

「やーん、もう来てくれないかと思ったー」

がばりと抱きついてきた。

上品な香水がちょっとだけくすぐったい。

「あの、その……」

なんと切り出したものか、私が言葉に詰まっていると。

「ごめんねうっちー、あの子が迷惑かけた」

耳の少し後ろ側で、ぽつりとつぶやきが漏れる。

「そんな、どっちかっていうと私が夕湖ちゃんを……」

「違うよ、それは」

はっきりと言いきって、琴音さんは腕をほどき一歩離れる。

「話はひととおり聞いた。もちろん夕湖なりにいろいろ考えた結果みたいだけど、少なくとも、自覚的にうっちーや千歳(ちとせ)くんを傷つけたのはあの子」

だからごめんなさい、と頭を下げられてしまう。

「でもね」

なにか言うよりも早く、琴音さんが続けた。

「私は夕湖の行動をうれしく思っちゃった、親馬鹿でごめんね。

それから、あなたたちに背負わせてしまった言葉も。

……ごめんなさい」

もう一度、深々と頭を下げる。

「ちょっと待ってて、夕湖呼んでくるから」

ぱたぱたと扉の向こうに消えていく背中を眺めながら、私は小さく微笑む。

予想とはぜんぜん違う反応だったけど、琴音さんらしい。

やっぱり、夕湖ちゃんのお母さんだ。

けっきょくその日は、夕湖ちゃんの声を聞くことさえ叶わなかった。

琴音さんは何度も謝りながらオブラートに包んだ言い方をしてくれていたけど。

話したくない、顔も見たくない。

……じゃなくて、夕湖ちゃんならきっと。

話せない、顔を合わせられない。

そういうことなんだと思う。

この一年弱。

朔くんと同じぐらい長い時間を、夕湖ちゃんとは過ごしてきた。

最初は仲間に入れてもらってる、友達になってもらったっていう感覚だったけれど、気づけばいつのまにか。

夕湖ちゃんは、生まれて初めて心から大切に思える女の子になっていた。

だから、考えていることもなんとなくわかっちゃう。

きっと明日になれば夕湖ちゃんは、今日と違う理由でまた申し訳なくなって、話すことぐらいできるようになるはずだ。

……そう、だよね？

親友からの初めての拒絶は、覚悟していたのに、それでもちくりとした痛みと、気を抜けば呑み込まれそうな不安を連れてきた。

本当に明日は話せるんだろうか、また名前を呼んでくれるだろうか、私がやろうとしていることは間違ってないだろうか。

あふれ出しそうな弱音をぐっと堪えて心のなかでつぶやく。

大丈夫だいじょうぶ。

琴音さんに「明日も来ます」と伝えて玄関に背を向けながらふと、すがるように思う。

これなら、時間がかかったときのために保険で嘘なんかつかなくたって。

ご飯、作りに行けたのにな。

＊

次の日の夕方。

門の前でカメラつきのインターホンを鳴らすと、

『うっちー……』

やっぱり、夕湖(ゆうこ)ちゃんが出てくれた。

「こんばんは」

ほっと胸をなでおろしながら言うと、しばらくの沈黙が流れる。

とくに急かすでもなく待っていたら、もう一度夕湖ちゃんが口を開いた。

『昨日はごめんね。でも、私、まだ……』

「ううん、大丈夫だよ。今日はこのままでお話ししよっか」

『……それでも、いいの？』

「夕湖ちゃんにとってそっちのほうが楽なら、私はぜんぜんかまわないよ？」

言いながら、ふと懐かしい気持ちになる。

「ふふ。いまの夕湖ちゃん、いつかの山崎(やまざき)くんみたい」

『ちょっと!?』

思わずといった感じで夕湖ちゃんが声を上げた。

それを恥ずかしがるような間が空いて、

『うっちー、怒ってるよね……？』

どこかすがるような声が聞こえてくる。

「うん、怒ってるよ」

『──ッ』

突き放すようにはっきり答えると、インターホン越しでも息を呑むのが伝わってきた。

理由は伝えずに、私は問い返す。

「夕湖ちゃんは？　私が朔くんを追いかけたこと、怒ってる？」

『……怒っては、ないよ。ただちょっと寂しい？　哀しい？　ううん、どれも違うかな。ごめんね、が一番近いのかも』

「そっか」

『うっちー、やっぱり』

「あのね、夕湖ちゃん」

私は話を遮るように言った。

「私たち、これまでいろんなお話をしてきたよね」

『うん』

「オシャレのこととか、美容のこととか、部活のこと、勉強のこと、過去のこと、将来のこと、それからみんなや朔くんのこと」

夕湖（ゆうこ）ちゃんはへへ、と短く笑う。

『一番最後のは、私ばっかりしゃべってた気がするけど』

私は小さく微笑（ほほえ）みながら続けた。

「そうなったきっかけ、って覚えてる？」

『やっぱり、初めてみんなで8番行った次の日から？』

夕湖ちゃんは少しだけ考え込んでから口を開く。

「ううん、それはお友達になったきっかけかもしれないけど、いまみたいな関係になったきっかけじゃない」

『いまみたいな……？』

「親友、って。言ってもいいのかな」

『うっちーが、まだそう思ってくれてるなら。……もちろんっ！』

最後に少しだけ声が弾む。

その言葉に安心しながらも、同時にごめんね、と唇を噛（か）んだ。

本当のきっかけは、と震えそうな声を押さえつけて切り出す。

「あの日」

きっとモニターで見ているであろう夕湖ちゃんから目を逸らしながら。

「――私たちは、お互いの弱さを分け合ったから」

それでも、心は背けずに。

『え……？』

「そうだよね、夕湖ちゃん」

『なん、で……』

「ひとりで抱え込んでると思ってた？」

『それは……』

「私も、同じなの」

そう言って、カメラから逃れるように塀へもたれかかる。

インターホン越しでよかった。

きっといま、私たちは、相手に見られたくない顔をしているだろうから。

「今日はもう、帰るね。明日もう一度来るから」

『う、ん』

「でも、それが最後」

『えっ……？』

「また明日、夕湖ちゃん」

返事は待たずに歩き出す。

あたりはいつのまにか薄暗くなっていた。

朔くん、ちゃんとご飯食べたかな。

＊

お盆最終日の夕方。

私が夕湖ちゃんを訪ねると、琴音さんが送り火を焚いているところだった。

ぱちぱちと木の焼ける匂いは、どこか遠い夏の日を想起させる。

私の姿を認めると、琴音さんは小さく微笑んでこくりと会釈し、なにも言わず家の中へと入っていった。

インターホンを鳴らすと、待ちわびていたみたいに夕湖ちゃんが出る。

『うっちー⁉』

「こんばんは」

『昨日、怖いこと言って帰っちゃうから、不安で……』

「その前に、今日も来るからねって伝えたのに」

　思わず苦笑して続ける。

「ねえ、夕湖ちゃんはいつまでそうしてるつもりなのかな？」

『そうって……？』

「朔くんと、私たちと、向き合うことから逃げたまんまでいいの？」

『っ、どうしてそんな言い方するの!?　私、真っ正面から朔と向き合おうとしたんだよ？　それでああいう結果になっちゃったんだからしょうがないじゃん！　どんな顔して会えばいいのかわからなくなっても、仕方、ないじゃん』

「夕湖ちゃんは本当に朔くんと向き合ったのかな？」

『どういう、意味……？』

　親友が傷ついていることを知りながら、それでも私は言う。

「少なくとも、私にはそう見えなかったってこと」

『ひどいっ！　なんでそんなこと言うの!?』

「じゃあ、本当に悔いはないんだね？」

『……っ』

「もうこれで終わりってことにして、いいんだね？」

『昨日から変だよ、うっちー。嫌な話ばっかり』

「うん、自覚してる」

『ごめんね、今日はもう帰ってほしい』

「まだ、顔を見せてはくれない？」

『ごめん、ごめんなさい』

「じゃあ……ごほっ、ごほっ」


ぽつ、ぽつぽつぽつ。

ばら、ばらばらばら。


『……ちょっと待ってうっちー、さっきからなんの音？』

そっか、夕湖ちゃんモニター見てなかったんだ。

まあ、私も気づかれないようにカメラから外れてたけど。

すっかりぐしょぐしょになった前髪をかき分けながら答える。

「えと、ちょっと通り雨が」

そのひと言でぷつんと会話が途絶え。

すぐにがちゃっと玄関のドアが開いた。

「うっちー!?」

そうしてやっと顔を見せてくれた夕湖ちゃんに、

「久しぶり」

にっこり微笑(ほほえ)みかける。

「こんな格好で、ちょっと恥ずかしいけど」

突然降り始めた雨はあっというまに勢いを増し、私は気づけば全身くまなくずぶ濡れになってしまっていた。

夕湖ちゃんが泣き出しそうに顔を歪(ゆが)める。

「もう、ばかッ！　なんですぐ言ってくれないの！　風邪引いちゃうでしょ」

部屋着のまま慌てて飛び出してきて門を開ける。

「ごめんごめん、大事な話の途中だったから」

「そういう問題じゃなーいッ！」

そのまま私の手を引き、ふたりで玄関に転がりこんだ。

「ちょっとお母さーんっ！　バスタオル何枚か持ってきて！」

夕湖ちゃんが呼ぶと、廊下の奥から琴音(ことね)さんがひょこっと顔を出す。

「あーあー、夕湖のせいでうっちーかわいそー」

「そんなこと言ってる場合でもなーいッ！」

「というか、タオル持ってくるからそのまま包んでバスルームまで連れてってあげな。ちょうどお風呂たまってるから」

私は慌てて手を振る。

「そ、そこまでしてもらわなくても」

琴音さんは呆れたように笑う。

「いや、拭いてどうこうなる状態じゃないし。夕湖、連行」

「かーしこまりー！　着替えとか新しい下着は私の用意しておくね」

「ちょっと、ひゃぁっ!?」

そうして結局、ふたりに引きずられるようにしてバスルームへ押し込まれた。

＊

ざっとシャワーを浴びて、せっかくだから湯船に浸からせてもらっていると、脱衣所から夕湖ちゃんが声をかけてきた。

「うっちー、着替えここに置いておくね」

「うん、ありがとう。迷惑かけてごめんね」

「……こっちこそ、ごめんなさい」

しょんぼり言いながら、すりガラスに映るシルエットが椅子に腰かける。

夕湖ちゃんが怖ずおずと続けた。

「話の途中、だったよね」

私は浴槽のへりに両腕を重ね、その上にあごを乗せる。

「ふふ、お家の中に入れてもらったのに、けっきょくドア越しだね」

「あはは、ほんとだね」

夕湖ちゃんが気まずそうに笑ってから、ぽつりとつぶやく。

「最後って、どういう意味？　昨日、うっちーそう言ってたよね」

その声だけでも不安が伝わってきた。

「絶交」

「──ぜったいいやだよ！」

話を遮る夕湖ちゃんの勢いに、申し訳ないと思いつつくすっと笑ってしまう。

きっと、あれからずっと言葉の意味を考えてくれていたんだろう。

意図的ではあったけど、ちょっと意地悪すぎたかもしれない。

「ちょっと待って夕湖ちゃん、最後まで聞いて？」

「だってうっちー、絶交って」

「じゃなくて、『絶交とかそういう意味じゃないよ』って言おうとしたの」

「まぎらわしいよぉ」

「夕湖ちゃんが反応するの早すぎるんだよ」

「もしそう言われたらどうしようって、ずっと」

「だいたい、顔見せてくれなかったの夕湖ちゃんのほうだし」

「あーまた意地悪言う」

私はもう一度湯船に肩まで浸かる。

琴音さんが入れてくれた入浴剤でお湯はほんのり桃色。

どこか落ち着く甘いお花の香りが漂っている。

手で水鉄砲を作ってお湯を飛ばしてみたら、失敗してぱちゃと自分の顔にかかった。

「夕湖ちゃん」

へりに頭を乗せて、ぼんやりと天井を眺めながら言う。

「こうやって声をかけにくるのは、今日で最後にするね」

「え……？」

「そういう意味の、最後」

「もう、私のことやになっちゃった？」

「うーん、そういうことではないんだけど」

手のひらでお湯をすくって、また戻す。

それを何度か繰り返してから湯船を出て、扉の前に立った。

「もしも夕湖ちゃんが、いつまでもそうやってなにも話さずひとりでいじけてるなら」

気配を感じたのか、すりガラスの向こう側で夕湖ちゃんのシルエットも立ち上がる。

扉にそっと手を当てて、

「――これからは、私が朔くんの隣にいるから」

はっきりとそう告げた。

「うっ、ちー……？」

すりガラス越しに、夕湖ちゃんが手を重ねてくる。

「正妻の夕湖ちゃんが自分からその座をおりたなら、私が繰り上がっても、いいよね？」

「ちょっと待って、それって」

「八月二十四日のお祭りに十七時半」

それから私は神社の名前と集合場所を伝えた。

「三人で話す気になったら来てくれる？

もし来なかったら、私はそのまま朔くんとふたりでデートするね」

「────っ」

ばたん、と音を立てて夕湖ちゃんは脱衣所を出て行ってしまった。

私は大きくため息をついてから浴室のドアを開ける。

バスタオルで身体を拭き、夕湖ちゃんが用意してくれたまっさらな下着とワンピースを身につけた。

あ、この服、前に。

「あんまり似合わないからうっちーにあげよっか？」って写真を送ってきてくれたやつだ。

ぎゅっと、胸元を握り締める。

それから手早く髪を乾かして、琴音さんにお礼を伝えてから家を出た。

夕湖ちゃんは、自分の部屋に籠ってしまったみたいだ。

「待ってるからね、夕湖ちゃん」

玄関の前で窓を見上げながらそうつぶやいて、私は家を後にした。

だから待っててね、朔くん。

＊

――そうして今日。

夕湖ちゃんは、お祭りに来てくれた。

きっと大丈夫って信じていたけれど。

心のどこかにはずっと不安がつきまとっていた。

もしこの日この黄昏を逃してしまったら、二度と元の関係には戻れない。

なぜだか、そういう確信があった。

鳥居の陰に立つ夕湖ちゃんの姿が目に入ったときは、思わずそのまま抱きついて泣き出しそうな衝動に駆られたけれど、ぐっと堪えて。

『――だから、話を、しようよ』


そう、言葉を紡いだ。

繋いだ手がどこまでもあたたかくて、うれしくて。

だから私はそのまま並んで歩き出す。

朔くん、私、夕湖ちゃん。

ふたりは少し途惑ったみたいだけど、なにも言わずに着いてきてくれた。

大切な話をするのに、お祭り会場はちょっと賑やかすぎるから。

神社から歩いて五分ぐらいのところにある養浩館まで足を運ぶ。

それぞれに入園料を払って中へ入った。

ここは福井藩主松平家の別邸だった場所で、お庭の真ん中にある大きな池を囲むように遊歩道が整備されている。

あまり詳しくはないけれど、当時の数寄屋造りを再現したというお屋敷が水面に映る様子はとてもきれいで、とくに夜のライトアップが行われる時期には多くの人が訪れる。

ただ、普通の日にはそれほど観光客でごった返しているというわけじゃない。

他に人がいたら隣の公園に移動しようと思っていたけれど、あたりを見回しても私たちしかいないみたいだった。

入園の締め切り時間もそう遠くないから、静かに話をするのにはちょうどよさそうだ。

久しぶりに来たから本当はゆっくり見て回りたいところだけど、私たちは遊歩道をぐるりと回ってお屋敷の縁側に腰かけた。

並び方はやっぱり朔くん、私、夕湖ちゃん。

目の前に広がる鮮やかなお庭の緑に夕陽がかかり、それが池の水面に映ってきらきらと揺れている。

お屋敷の中を抜けてきた涼しい風は、どこか落ち着く木と畳の香りがした。

「さて、どこから話そうか」

私が言うと、両隣の肩がぴくりと震えた。

なんだか寄り添うように座ってしまったせいで、ふたりの感情が直接伝わってくるみたいだ。

「そもそも」

短い沈黙のあとで、まず朔くんが口を開いた。

「三人で、なにを、話せばいいんだ」

私は小さく微笑んでからそれに答える。

「いろいろあると思うけどな。朔くんは、夕湖ちゃんに聞きたいこと、ないの？」

「…………」

反応がないので、そのまま続けた。

「私はあるよ」

ふたりの顔を順に眺めてから、

「——たとえば、夕湖ちゃんはどうして朔くんに告白したの、とかね」

この日のために仕舞っていた言葉を取り出す。

「——ッ」

両脇で息を呑む気配が伝わってきた。

「それは」

朔くんが辛そうに切り出す。

「そういう、ことだからだろ」

「朔くんと恋人になりたかったから、ってこと？」

「っ、ああ」

「本当にそうなのかな？」

私が言うと、

「……どういう、意味だよ」

少し怒ったような表情でこっちを見てくる。

夕湖(ゆうこ)の想いを軽く考えているのか、とでも言いたいように。

ううん違うよ、そうじゃない。

心のなかでつぶやいてから続ける。

「朔(さく)くんは告白されたとき、なにも疑問に感じなかったの？」

私の問いに、少しだけ考え込んでから口を開く。

「……正直、どうしていまなんだ、とは思った。夏勉が終わった直後だったし。俺が鈍感だっただけなんだろうけど、なんていうか、そういうことになる雰囲気がなかったというか」

「うんうん。私は経験ないけど、普通は親しい友達から告白されるときって、段階というか、徐々にそういう空気が生まれていくものだよね。まあ、夕湖ちゃんはずっと好きって言ってたからちょっと特殊かもしれないけど」

朔くんは昔のことでも思いだしたのか哀しげに目を伏せる。

いつのまにか、夕湖ちゃんが浴衣(ゆかた)の袖(そで)を握り締めていた。

私はそこにそっと手を重ねて、話を続ける。

「それだけ？」

「……ああ、多分」

「もっと不自然なことがあると思うんだけど」

「不自然な、こと？」

夕湖ちゃんの手にぎゅうっと力が込められた。

まるで言わないで、ってすがりついているみたいに。

ごめんね、だけど。

こうしないと、進めないから。

私は、真っ直ぐ前を向いて。


「――そもそも夕湖ちゃんは、どうしてあの場で告白することを選んだのかな」

朔くんが、はっとしたようにこちらを見た。

「それは、思い出が染みついた場所だからって」


言いながら、記憶を手探りしているように目を細める。

もしかしたら、朔くんも心のどこかで引っかかっていたのかもしれない。

私は夕湖ちゃんの手をしっかりと握って。

「じゃなくて、どうしてわざわざみんなの前で、ってこと」

「「──────ッッッ」」

もう、ふたりの言葉は待たずにとうとうと。


「考えるまでもなく、告白するなら普通はふたりきりのときだよね。

それが電話やLINE、って形でもいいけど。

たとえばお互いの気持ちを共通の友達経由ですでに知っていて、あとはどちらかが告白するだけ、っていう関係性ならまだ理解できるよ。

だけど今回はそうじゃない。

万が一振られちゃったらみんなの関係に、なにより朔くんに。

大きな影響を与えちゃうことぐらい、夕湖ちゃんならわかってたんじゃないかな？

仮に想いが成就したとして。

もしも悠月ちゃんが、陽ちゃんが、私が、朔くんを好きだったとしたら。

目の前で、ちょっと残酷な仕打ちだよね。

たしかに夕湖ちゃんは無邪気に人を振り回すこともあるけど、その可能性に気づかないわけがないことぐらいわかるよ。

……親友、だから」

いつのまにか額を私の腕に押しつけ震えている夕湖ちゃんの頭をそっと撫でながら。

「なにより」

それでも、はっきりと。

「夕湖ちゃんは、告白がうまくいくかもって、ほんの少しでも思ってたのかな？」

私の言葉に、朔くんは困惑した表情を浮かべて、

「うっちぃ……」

夕湖ちゃんは目にいっぱいの涙を浮かべていた。

巾着からハンカチを取り出して、それを拭ってあげる。

「もしかして、あの日のことが関係してるんじゃない？」

夕湖ちゃんはうつむきがちに、ひざの上でぎゅっとスカートを握り締めた。

「話して、くれる？」

「でも、それは、それだけはぁ……っ」

「大丈夫だいじょうぶ。

私もいっしょに背負うから」

小さく震える親友の背中を、私はとん、とんと叩いた。

＊

私、柊夕湖は。

——ずるくて、嫌な女の子だ。

うっちーに興味をもったきっかけは、あの委員長決めのホームルーム。

私のせいで迷惑をかけちゃったから、次の日もう一度ちゃんと謝りに行った。

最初はただそれだけのつもりだったけど、穏やかで物静かなうっちーが朔（さく）に対して露骨に嫌な態度をとったことがなんだか面白くて。

もしかしたら昨日までの私みたいに、みんなの前では隠している一面を持っているのかなって、気になって、もっと知りたくなって、機会を見つけて話しかけるようになった。

うっちーはとても丁寧に話す女の子だった。

ゆっくりと、考えながら、まるで自分の言葉で誰も傷つかないようにと願ってるみたいに。

ホームルームの一件なんてまさにそうだけど、わりと考えなしにしゃべってしまう私にとって、最初のうちはすごく新鮮で、だんだん話していると落ち着くようになって、それからちょっと寂しくなった。

私はまわりの子たちから特別扱いされることにずっと透明な壁を感じていたけれど、うっちーは自分のまわりを透明な壁で囲って誰も踏み込まないでって拒絶してるみたい。

それが私には、なにかを我慢しているように見えた。

閉じこもった壁のなかで、必死に酸素を求めているように見えた。

だけど、なぜだか最初から。
朔とのしゃべってるときだけは違ってた。
明らかにむっとしたり、いらいらしたり、強い言葉で言い返したり。
そういうときのうっちーは、ちょっとだけ息がしやすそうに見えた。
私は知らないうちに、朔と出会うまでの自分を重ねていたのかもしれない。
けっきょく、それ以上距離を詰めることもできないまま迎えた二学期。
思いきってうっちーをご飯に誘ってみた。
もっと仲よくなりたかったのはもちろんだけど、朔なら。
うっちーのまわりにあるガラスも割ってくれるんじゃないかって、期待して。
だから、私は。
明らかに様子がおかしくなって店を飛び出したうっちーを見て、

「朔、うっちーのこと追いかけてッ!!
こっちは私たちでやっとくから」

なんの迷いもなく、心から叫んだんだ。
……そうして迎えた、次の日。

うっちーが、初めて私のことを夕湖（ゆうこ）ちゃんて呼んでくれた。

まるで人が変わったみたいに雰囲気がすっごくやわらかく、そしてあたたかくなって、昨日までみたいなぎこちない笑顔じゃなくて、たんぽぽみたいにほんわか微笑（ほほえ）んでる。

そっか、うっちーって、本当はこういう顔をするんだ。

やっぱり朔に任せてよかったな。

きっと、あのときの私みたいに。


『ったく優空も夕湖も大げさなんだよ、呼び方ひとつぐらいで』

『朔くんに口出される筋合いはないもん』


え、あれ……？

それはほんの些細（ささい）な変化だった。

互いの呼び方が変わって。

うっちーの口調が、心を許した相手へ向けられる親しげなものになっていた。

昨日と今日で、ぜんぜんふたりの距離が違う。

なにも不思議なことはない。

そもそも私だって夕湖ちゃんと呼んでもらったばかりで。

いつかこうなったらいいなと思ってご飯に誘ったわけで。

朔ならうっちーの力になってあげられると思って送り出したわけで。

だからこれでいいのに。

望んでいた光景のはずなのに。

どうしてだろう。

みんなといっしょにうっちーを歓迎しながらも、喉元になにかがつっかえたみたいに、呼吸が苦しくなった。


心の端っこがもやもやしたまんまで迎えた一週間後のお昼休み。

うっちーを迎えたいつものみんなで机を固めてご飯を広げていたら、

「あれっ、朔なんで手作り弁当持ってきてんの?!」

海人が言った。

「声がでけーよ」

朔が呆れたように笑う。

「てかそれ、うっちーのといっしょじゃね?!」

「まあ、いろいろあってな」

「いろいろってなに!?」

うっちーと朔が、同じお弁当……？

ちょっと待って。

それってどういう。

朔は困ったように眉をひそめて隣のうっちーを見た。

うっちーは「大丈夫だよ」って受け入れるように目尻を下げる。

まるで、ふたりだけに通じる、秘密のテレパシー。

あのね、とうっちーが切り出した。

「小学生の頃に両親が離婚しちゃって、お母さんがいないの。それで基本的にお料理も含めた家事全般は私が担当してて。朔くんも一人暮らしだっていうから、作りすぎちゃったぶんのお裾分け、みたいな？」

「えー、ずっけーよ朔ぅ。うっちー俺には?!」

「浅野くんはいっつもおっきなお弁当持ってきてるでしょ？」

「NOおおおおおおおおおおおおおおおおお！」

なんて、目の前で繰り広げられるやりとりが。

私はまるで頭に入ってこなかった。

朔が食べてるのは、うっちーの手作りお弁当？

ううん、それよりも。

朔とおんなじでうっちーのお家も離婚しちゃっててお母さんがいなくて、だからきっとお互いの苦しさや哀しさを他の人よりも理解し合えて。

私には望んでも手に入れられない、トクベツな、繋がり。

心が、ざらりとざわつく。


ずるい。


その三文字がすうっと浮かんできて、思わず自分にぞっとする。

……え、私、いま、なにを。

うっちーのお家の事情を初めて聞いて、真っ先に思うことが、それ？

最低だ、私。

たとえ一瞬でも、新しくできた友達のきっとものすごく哀しかったに違いない過去を、まるで好きな男の子と距離を縮めるために都合のいい道具みたいに、とらえちゃうなんて。

お母さんがいなくなるなんて、ちょっと想像しただけでも耐えられないのに。

気を紛らわそうとして、お弁当をひと口頰張る。

ケチャップと中濃ソースが半分ずつかかったハンバーグ。

前の日の残りや冷凍食品があったりもするけど、すっごくお料理が得意ってわけじゃないけど、私はこうやっていつでもお母さんが早起きして作ってくれる。

でもどうしよう、今日は嚙んでもかんでも味がぜんぜんしない。

頭では絶対に駄目なことだってわかっているのに、嫌な考えは止まらなかった。

朔がうっちーを追いかけたあと、ふたりのあいだになにがあったの？

朔はうっちーのことを、うっちーは朔のことをどう思ってるの？

仲よくなったばっかりなのに、どうしてそんなに通じ合ってるの？

あの日、ふたりで登校してきたのはなぜ？

初めてうっちーのシャツにしわが寄っていたのは……。

どうしよう、このままじゃ。


――うっちーに、朔を、とられ、ちゃう。


私のほうが先に好きになったのに。

私のほうが長く隣にいるのに。

私がうっちーを8番に誘ってあげたのに。

私がうっちーを追いかけてって朔に頼んだのに。

こんな気持ちになるのは生まれて初めてだった。

いままで男の子とも女の子とも、分け隔てなく仲よしでやってきた。

誰かが恋をすれば応援したし、結ばれたら心から祝福した。

だけど、いま、私は。

——朔のことを好きになって、朔が好きになるかもしれない女の子は、自分だけじゃない。

そんなどこまでも当たり前の事実に気づいてしまった。

入学してからこれまで。

たしかに朔のことを好きな女の子はたくさんいた。

いちいち教えてはくれなかったけど、実際に告白されていたことも噂で知ってる。

だけど基本的に朔はそういう子たちと距離を置こうとしていたし、そこそこ仲よくしているのは女バスの悠月と陽ぐらい。

それだって、教室の外で会ったときには軽く話すって感じだ。

いつも朔のそばにいる女の子は私だけで、だから知らないうちにトクベツだって勘違いしていたのかもしれない。

もしも朔と恋をするなら、それは自分しかいないって。

少なくとも、朔のことを一番近くで見守って、理解している女の子は私だけだって。

呑気に構えていたんだと思う。

だけど、それは大きな勘違いだった。

いまこうしているあいだにも、朔とうっちーの距離はどんどん縮まっている。

もしかしたら私の知らないところで、とっくに私より親密になっているのかもしれない。

「いつか朔の恋人になれたら……」なんて夢見がちに妄想してたけれど。

この恋が唐突に終わるのは今日かもしれない、明日かもしれない。

だって、あのときの私みたいに朔に救われたうっちーが、あのときの私みたいに朔を好きにならない保証なんて、どこにもないんだから。

その気持ちをすぐにでも朔に伝えないっていう保証だって、どこにも。

そうしてお昼休みが終わる頃。

「うっちー、放課後ちょっとだけ時間作れる？」

私は自分でもわけがわからないまま、そんな言葉を口にしていた。

「うん！　今日は部活お休みだから大丈夫だよ」

どこかうれしそうに声を弾ませるうっちーを見て、ずきりと心が痛む。

私は朔と会うまで恋を知らなかったから。

胸の奥に芽生えた嫉妬という感情に、気づくこともあらがうこともできなかった。


放課後、私は朔に鍵を借りてうっちーと屋上へ向かった。

一度連れていってあげたいから、って好きな人に嘘をついて。

「屋上って出られるんだね」

うっちーは、手すりのところから気持ちよさそうにあたりを見回している。

私はその隣に並んだ。

「本当は申請とか必要なんだけど。朔は蔵センから鍵を預かってて好きなときに出入りしてるみたいだよ」

「あはは、らしいというかなんというか」

そういえば、とうっちーが続けた。

「私、岩波先生に言われたことがあるんだ。朔くんと似てるところがあるって」

「っ、へえ、そうなんだ」

「でも、やっぱり岩波先生は見る目ないかも。実際はぜんぜん違ったよ」

遠くの空を眺めながら、髪をなびかせながら、どこか愛おしそうに目を細める。

ああ、やっぱりだ。

その横顔だけで、ほとんど察してしまった。

うっちーは、きっと、私と同じ気持ちを込めて朔の名前を呼んでいる。

だけど、もしかして、いまなら。

「あのさっ！」

私は考えるよりも先に声を上げていた。

うっちーがきょとんとした顔でこちらを見る。

「いきなりで失礼かもしれないけど、大事なこと聞いていい？」

「大事な、こと？」

私はこくりと頷く。

「これからもっと仲よくなりたいから、最初にこれだけはっきりさせておきたいの」

「うん、わかったよ」

うっちーがこっちを向いて真っ直ぐ立つ。

すっと自然に重ねられた手が優雅で、思わず少し見とれてしまった。

「その、えっと」

私は大きく息を吸って、

「うっちーはいま、好きな人っているの!?　ちなみに私は朔!!」


気づいたら、言うはずのなかったことまで口にしていた。

本当は好きな人がいるかを聞くだけのつもりだったのに。

こんな、まるで、牽制するみたいに。

先出しで、自分の気持ちを。

「え……?」

うっちーが驚いたように目を見開き、

「えと、あの……」

次にきょろきょろと目を泳がせて、それから目を伏せる。

眉間に小さなしわが寄り、唇をぎゅっと結んだ。

よく見ると、丁寧に重ねられていたはずの指先がばらばらとほどけ、スカートをきつく握りしめていた。

薄く唇を開いてなにかを言いかけ、また閉じて。

しばらくそれを繰り返したあとで、今度は右手を胸に当てて目をつむり、すう、はあ、と何度も深呼吸をする。

そうして次に私を見たとき、うっちーはまるで出会った頃のような微笑みを浮かべて、

「私はいないよ」

はっきりと、そう言いきった。
その瞳（ひとみ）に、どこか優（かな）しい色を浮かべながら。
「うあ……」
思わず声にならないような声が漏れた。
やっぱり駄目だよ、こんなの間違ってる。
いますぐ全部取り消して謝って。

――きい。

そのとき、屋上の扉が開いて、

「おーい、俺そろそろ帰ろうかと思うんだけど」

ポケットに手を突っ込んでかぽかぽと朔が歩いてきた。
大丈夫、まだ間に合う。
うっちーにごめんて、いまのなしって、また明日もっかい話そうって。
だから、震える手をぎゅっと握りしめ、青空を仰いで、

「あのね、さーくっ」

私は言った。

「んー？」

呑気にあくびをしてる男の子に向かって、

「──私、朔のことが好き」

いつのまにか唇は微笑みの形を作っていた。
視界の端で、うっちーの肩がぴくりと震える。

「あーはいはい俺も愛してるよ」

冗談として適当に聞いてる朔に、

「じゃなくて！」

一歩、二歩と詰め寄った。

「恋愛的な意味で！
男の子と女の子として！
朔の彼女になりたいっていう大好きってこと！」

絶対に流されないよう、真剣な目で見上げる。

でも、

「――――っ、なんで、そんな急に」

その哀しげな顔を見た瞬間。

心までいっしょに透けてしまう。

ああ、やっぱりそうだよね。

「夕湖、俺は……」

だから私は、

「ちょっと待って！　いま返事をしてくれなくていいから！」

その口に、気持ちに、無理矢理ふたをした。

「え……？」

決定的ななにかを言われてしまう前に続ける。

「私がそういうふうに朔を見てるってことは、知っておいてほしい。

でも、いつかちゃんと告白するまで答えはいらない。

これまでどおり、友達のままでいたい。

駄目、かな……？」

朔はしばらくのあいだ、まるでさっきのうっちーみたいな葛藤を見せたあとで。

ぽつりと。

「……わかった。これが告白じゃないなら、そもそも断りようがないしな。いまは気持ちだけ、受けとっておくよ」

「うん！　じゃあ三人でいっしょに帰ろ‼」

……私は、ずるくて嫌な女だ。

自分でうっちーと友達になろうとしたのに、うっちーの力になれたらって思って朔の背中を押したくせに、やっと仲よくなれてうれしいって顔してるくせに、うっちーが朔のことを好きなんだって確信したくせに。

こんなことをしている。
こんなことをしている、と自覚しながら、甘い余韻に浸っている。
朔は私を拒絶しなかった。
気持ちは受けとってくれると言った。
ずるくて、汚くて、卑怯でわがままで。
それでも。
私の顔はほころんでいた。
それでも。
私の心は泣いていた。

＊

——あれから約一年。
俺と優空は、ただ黙って夕湖の言葉に耳を傾けていた。
苦くて苦しくて、哀しくて痛々しくて。
話しながら自分で自分を切りつけていることが、泣きたくなるほどに伝わってきた。
途中で何度、「もういいよ」と止めようとしたかわからない。

屋上での一件はもちろん覚えているけど、ふたりのあいだにそんなやりとりがあったことは初めて聞かされた。

そして大好きの裏に秘められていた、想いも。

ああ、そういえば。

俺と夕湖、夕湖と優空、そして俺たち三人。

この夏休みまで続いていた関係性は、あの日から始まったような気がする。


「っぐ、うぅ」


夕湖は途中から嗚咽を漏らしながら、それでも語ることをやめなかった。

まるで自分の行いを恥じるように、悔いるように、

「っ、めんねぇ、ごめんねうっちー、ごめんね朔」


話を聞いている途中も、優空は変わらずにずっと親友の背中をさすり、ときどき、ハンカチで涙を拭っていた。

そのやさしさが痛みに変わって沁みるのか、

「ごめんなさい、ごめんなさいごめんなさい」

夕湖はまるで叱られて泣きじゃくる子どものように繰り返す。

「最初から裏切っておいて親友だなんて、姑息な手を使って引き止めながら正妻だなんて、そんなこと言う資格、どこにもないのに……っ」

違う、とすぐにでも言ってあげたかった。

きっかけはどうあれ、過ごしてきた時間は嘘にならない、と。

けれど、いま。

そんな薄っぺらい慰めを口することは許されない。

ぜえぜえと苦しそうに夕湖は続ける。

「本当はもっと早くに伝えなきゃって、謝らなきゃって、何回も何回もそう思ってたのに。恐くて怖くてこわくて」

ぎゅっと、優空の浴衣を握り締め、

「だって、こんなことを話したら全部終わっちゃう。自分が悪いのに、ふたりをずっと騙してたのに、間違えちゃったのに、それでも私は」

いっぐ、ひっぐと喘ぎながら、枯れそうな声で、

「うっちーにも朔にも嫌われたくなかったのぉっ——」

絞り出すように、祈るように、そう叫んだ。

げほっ、ごほっと咳き込んで。

酸素を求めて必死に肩で息をしながら。

優空へとすがりつく姿に、胸がはち切れてしまいそうだ。

「覚悟したつもりだったけど、やっぱりやだよ。

親友じゃなくてもいいから、彼女になんてならなくていいから。

フツウにそばにいられたら、もう充分だから。

だからお願いします、私のことを。

嫌いにならないでぇ……」


なんて声をかければいい？

なにを伝えれば楽になれる？

俺に、できることは。

そうして言葉が出ずに固まっていると、

「大丈夫だいじょうぶ」

ふあふあと、優空(ゆあ)が夕湖(ゆうこ)の頭を撫(な)でながら言った。

「言ったでしょ、私たちはあの日、弱さを分け合ったの」

「うっちぃ……」

そのうえでもう一度聞くね、と言葉が続く。

「夕湖ちゃんは、告白がうまくいくかもって、ほんの少しでも思ってたのかな？」

どうして、と俺は思う。
どうして、優空は。
この期に及んで、まだそんなことにこだわるんだ。
やさしい表情を浮かべたままで、追い詰めるようなことを言うんだ。

「そんな」

気がつくと、夕湖の手がわなわなと震えていた。
ひゅる、ひゅる、と震えるように息を吸い込み。
ぐいと涙を拭（ぬぐ）って。

――ダンッ。

まるで優空を突き飛ばすように立ち上がった。

哀しみと怒りが混じった瞳で俺たちふたりを交互に睨みつけながら、

「そんなわけないじゃんッ!!」

夕湖はあらん限りの声を張り上げた。

「好きになったあの日から、私はずっとそばで朔のことを見てきた！
毎日朔のことを考えながら眠って、朔のことを考えながら目を覚ました！
いまの自分じゃ朔のトクベツになれないことなんて、私が一番わかってるもんッッッ!!」

「え……」

想像もしていなかった言葉に、思わず本音が漏れる。

「じゃあ、なんで……?」

夕湖はぎゅっとスカートを握りしめてうつむき、

「信じて、もらえないかもしれないけど」

ゆっくりと、話し始めた。

「いつか、あの日の間違いを正さなきゃって思い続けてたのは、ほんとなの。
でも、朔と私とうっちー。
三人の関係が、みんなで過ごす時間が、あんまり幸せで満たされていて。
知らないうちに、甘えてた。
もうずっと、このままでもいいんじゃないかって」

どこか懐かしむように目を細めて。
だけど、と夕湖が続けた。

「二年生になって、悠月と陽が、友達になった。
悠月はストーカーの一件を通して、陽は野球とバスケのことで、いつかのうっちーみたいに
どんどん朔との距離を縮めていった。

気づいたら私たちはもう、バランスのとれたきれいな三角形じゃなくなってた」

どこか言い訳するように、身体の前でしくしくと指を組み替える。

「ほんとのこと言うとね。

二年でクラス替えの発表を見たとき、教室でさっそく悠月と陽が話しかけてきたとき、ちょっとやな気持ちになっちゃったんだ。

朔、うっちー、海人、和希、それから私。

もう足しも引きもしなくていいのにって。

悠月も、陽も、朔とけっこう仲がいいこと知ってたし。

だから正妻は私で妾はうっちーなんて、冗談めかして牽制なんかしちゃってさ。

つくづく、嫌な女だよね」

いつのまにか、止まっていたはずの涙がまたぽろぽろと頬を伝っていき、

「あーあ、ふたりが。

私みたいに嫌な女の子ならよかったのになあ」

夕湖は、誤魔化そうとするみたいにくしゃっと笑った。

まるでそのまま黄昏に溶けて消え入りそうな儚さでうるんだ瞳に朱色を映しながら。

俺が思わず手を伸ばそうとするよりも早く、優空が立ち上がってそっと肩を抱いた。

夕湖が泣き笑いのままで続ける。


「悠月は、最初もしかしたら犬猿の仲かもって思ってた。

すぐ朔にちょっかい出すし、私のことも挑発してくるし。

仕方ないことだけど、一時的だけど。

私が夢見てた、朔の、恋人になって。

だからしょっちゅうやりあってるけどさ。

ファッションとか美容に関してあんなに語れる女の子って、はじめてで。

今度、いっしょに金沢でお買い物しようって約束したんだ。

普段はクールなのにときどきすっごく頑固になったり、誰かのために一生懸命がんばってる可愛いところがあって、だからね。

大好きなんだ、悠月のこと」

えへへ、と上げた唇の端っこから涙が入ったのか、こくりと喉を鳴らす。

「陽はね、最初からすっごくかっこいいなって思ってた。

ちゃんと自分の人生賭けるものを持ってて、目標に向かってがむしゃらにあがいてて。

まるで野球をやってた頃の朔みたいだな、って。

だから当たり前なんだよ。

朔をもう一度立ち上がらせたのが、陽だったこと。

オシャレとかメイクとか女の子っぽいことはすっごく苦手。

なのに、大切な人のためだったら、やっぱりそれも必死になっちゃうんだよね。

あんなに真剣な顔で教えてって言われたら、断れないよ。

陽のことも、大好き」

声はとっくに震えていた。

ひっくひっくとしゃくり上げながら、ずびずびと鼻をすすり。

普段なら絶対に見せない顔で、それでも話すことをやめようとはしない。

「ねえ朔？　私、見ちゃったんだ」

夕湖がどこか申し訳なさそうに目を伏せた。

「花火大会の日、探しに行ったときね。悠月が朔の浴衣を摑みながら。ふたりで花火、見てた」

「――ッッツ、あれはっ」

俺の言葉を遮って続ける。

「私、夏勉の夜、聞いてみたの。みんなはいま、好きな人っているの!?　ちなみに私は朔!!　って。あの日うっちーに向けたのと、まったく同じ言葉で」

もう取り繕えなくなったのか、ぐにゃりと表情が歪む。

「そしたらね。
誰も、だれも本音を聞かせてくれなかったんだ。
悠月(ゆづき)も、陽(はる)も、やっぱりうっちーも。
もちろん、みんなが朔(さく)のことを好きかどうかまではわからないよ。
私には教えられないって思っただけなのかもしれない。
でもさ、でもさぁッ――」

崩れ落ちないように両脚で踏ん張って、拳(こぶし)を握り締め。

「あんなに幸せそうな顔で花火を見ていた女の子が、なにも想ってないわけ、ないじゃん！
朔の試合であんなに熱いエールを送る女の子が、なにも願ってないわけ、ないじゃん！」

まただ、と夕湖(ゆうこ)はつぶやいた。

「また私が、大切な友達の邪魔をしてる。
私が朔の隣で脳天気に好きだって叫んでるせいで。
彼女でもないのに彼女みたいな顔してるせいで。

気を遣って素直な気持ちを口に出せなくなってる子がいる。
自分の好きと向き合えなくなってる子がいる。
小さい頃からずっと望んでいたのは。
心から大切に思える友達と、好きな人だったのに」

ちょっと待ってくれよ、それって、もしかして。

「だから、私が終わらせなきゃって思ったの。
あの日、あの屋上で、最初にずるいことをした私が。
本当はこんな形で告白なんてしたくなかったよっ！
だけど、だけど、だけどぉっ」

一度ぎゅっと唇を嚙みしめ、無理矢理ほどくように。

「このままじゃうっちーが、悠月が、陽が」

苦しそうに胸を押さえながら。

「なによりも大好きな朔が。
やさしいあなたはきっと、私がいる限り。
傷つけないようにって、哀しい顔をさせないようにって。
一歩踏み出すことをためらっちゃうから。
自分の心に嘘をついちゃうから。
好きな人に好きだと言えなくなっちゃうから。
だからっ!!!!!」

両目いっぱいに涙をたたえて、それでも真っ直ぐ俺を見つめて。

「私の大切な人が、ちゃんと自分のトクベツを大切にできるようにッッッ――」

心を振り絞るように叫び、ぷつり、糸が切れたようにひざから崩れ落ちた。

「夕湖ッ!」
「夕湖ちゃんっ!」

隣に立っていた優空(ゆあ)がしゃがみ込み、俺も慌ててそれに倣う。
ずっと泣きながらしゃべり続けていたせいか、ぜえ、はあと荒く息をしている。
優空がゆっくりと背中をさすりながら口を開く。

「ごめんね、夕湖(ゆうこ)ちゃん。
辛かったよね、苦しかったよね。
話してくれて、ありがとう」

俺はそれを聞きながらぎりぎりと唇を噛(か)みしめる。
自分の馬鹿さ加減にほとほと嫌気がさす。
なにひとつ、気づいてあげることができなかった。
ずっと夕湖の近くにいたはずなのに。
そういう女の子だって、知っていたはずなのに。
まさか、あれが、最初から。

——始めるためじゃなく終わりにするための告白だったなんて。

そうしてようやく、優空が伝えようとしていたことを理解する。
考えるよりも先に口が動いていた。
「じゃあ、もしかして、わざわざみんなの前を選んだのは」
少しだけ落ち着いてきた夕湖は、えへへー、と憑き物が落ちたように笑った。
「言ったでしょ、朔はやさしいから。
ふたりきりで告白したら、きっとなかったことにしてくれちゃう。
他の子にはナイショで、これまでどおりにって。
それじゃ駄目だったの。
みんなの前で、ちゃんと終わらせなきゃ。
終わったことを、教えてあげなくちゃ」
「……っ、ばかだよ、夕湖は」
恐るおそる伸びてきた手が、そっと俺の頰に触れる。

「朔(さく)には迷惑かけちゃった。

だけど、あなたは私のヒーローだから。

こんなことでつぶれたりしないって、信じてるもん」


まるで手紙の封をするように細めた目の端から、ガラス玉みたいな涙がこぼれ落ちた。

俺はその手をぎゅっと握りしめる。

肩を貸して、夕湖(ゆうこ)をゆっくりと立たせた。

こんなに華奢(きゃしゃ)な身体(からだ)で。

どれだけいろんなものを背負っていたんだよ。

そのまま優空(ゆあ)とふたりで縁側に座らせる。

夕湖は照れくさそうに言った。

「これで、私の話は全部」

優空はやさしいまなざしで頷(うなず)く。

「うん」

そのまま夕湖の隣に座り、

「じゃあ、今度は朔くんの番だね」

真っ直(まっす)ぐ俺の目を見た。

そう言われたこと自体に驚きはなかった。

夕湖がこれだけ胸の内をさらけだしてくれたんだ。

聞くだけ聞いておしまいになんてできないだろう。

だけど、いったい、なにを。

言葉に詰まっている俺を見て優空が口を開く。

「きっかけをあげようか？」

そうしてなんでもないことのように、

「――どうして朔くんは断るときにわざわざあんなことを言ったの？」

いきなり想像もしていなかった核心に触れてきた。


「っ、優空……」


隣で夕湖がきょとんと首を傾げる。

「うっちー、あんなことって？」

一度俺を見てから優空がそれに答える。

「『俺の心のなかには、他の女の子がいる』ってやつ」


あのときの気持ちを思いだしたのか、夕湖が苦しそうな顔でうつむく。

「だから、それは、朔につ……。他の、好きな子が」

「違うよ」

優空はその言葉をはっきり否定する。

「もし本当にそうなら、『他に好きな女の子がいる』ってはっきり伝えてたと思う。朔くんの性格なら、こういうときにわざわざ『心のなかに他の女の子がいる』なんて曖昧に濁したりはしないんじゃないかな」

はっと、夕湖が目を見開いた。

「確かに、え、でも、だったら……」

「うん、それをいま」

もう一度、優空がこちらを見る。

「朔くんに聞いてるんだよ」

俺はふたりの前で立ったままうつむき、ぎゅっと拳を握り締めた。

「……わりぃ、そればっかりは」

一生抱えていく秘密のつもりだった。
あまりにも情けないから。
あまりにも身勝手だから。
あまりにも傲慢(ごうまん)だから。
あまりにも美しくないから。
あまりにも千歳(ちとせ)朔らしくないから。
そして。
あまりにも夕湖に申し訳ないから。

「言えねえよ」

ごめん、夕湖。
ごめん、優空。
ごめん、みんな。

――そのとき、ふと、心の奥のほうでからんと音がした。

健太は言った。

『相互理解してこいよ！』

七瀬は言った。

『千歳も意地の張り方まちがえんなよ』

陽は言った。

『男と女である前に、大切な仲間でしょ』

――ああ、そうか。

俺はぽっけに突っ込んでいた家の鍵を手探った。
そこには夕湖とお揃いで買った革のキーホルダーがついている。

ぱち、ぱち、ぱち、と。

ピースを合わせていくように、みんなの顔が浮かんでくる。

大切な友達が、とっくに大切なことを教えてくれていた。

海人は好きな女の子のためにみんなの前で熱くなってぶち切れて。

あのスカした和希でさえ、ダサい自分を抱えながら葛藤してて。

天真爛漫な夕湖だって、自分の弱さと向き合って決着をつけた。


『――だから、話を、しようよ』


どこまでわかってたんだろうな、優空は。

俺はふたりの顔を見てから短く目を閉じて、

「……一年前の、あの日」

恐るおそる、話し始めた。

「最初に夕湖が屋上で告白してくれたとき、真っ先に頭に浮かんだのは『またか』と『勘弁してくれよ』だった」

夕湖がびくっと身体を震わせる。

「ごめんな。高校までにも友達だと思ってた女の子に告白されて、断って、結果仲のよかったやつらと疎遠になって、みたいなことが飽きるぐらいあってさ。うんざりしてたんだ、そういうのに」

それに一年の頃はまだ、いまよりもずっと慎重に他人との距離を測ろうとしていた。

仲間たちにも、完全に心を許していたわけではなかったと思う。

「だけどそれと同時に、夕湖、和希、海人、それからまだ仲よくなったばっかりだったけど優空。みんなと過ごす時間が大好きで、大切だったたっていうのも本心だ。恋ではなかったけど、夕湖とこれからもいっしょにいたいって気持ちは、間違いなくあった」

どうでもいい相手だったら、ごめんなさいのひと言でおしまいにできる。

そうじゃないからこそ、あのとき俺は迷ってしまった。

「だからさ、返事はいらないって言ってくれたとき、その言葉に甘えて、すがってしまった。もちろん夕湖みたいな女の子に想いを寄せられていること自体に悪い気はしなかったし、提案を受け入れたら、もう少しみんなで変わらずにいられるって」

ぎゅっと、唇を嚙みしめてから続ける。

「本当に夕湖のことを考えたら、中途半端に期待なんか持たせずきっぱり断るべきだったんだ。いつかこの曖昧な関係にけりをつけなきゃいけないと思いながらも、いっしょに過ごす時間が長くなればなるほど、だんだん居心地がよくなっていって。ずるずると先延ばしを……」

だから、と俺は自嘲気味に笑った。

「夕湖が自分を汚いって、卑怯だって言うなら、俺だって同じだよ」

そんなことを繰り返しているうちに。

夕湖が、先に一歩踏み出してしまった。

「本当に、情けなくて、かっこ悪くて、くだらない話だけど」

俺は顔を上げてもう一度ふたりの顔を見る。

「聞いて、くれるか？」

夕湖と優空は、なにも言わずにこくりと頷いた。

恥ずかしくてはずかしくて震えだしそうなひざにぐっと力を込めて、

「——俺の心のなかには、夕湖がいる」

これまで誰にも伝えられなかった言葉を口にした。

「えっ……？」

夕湖が驚いたように目を見開く。

俺はゆっくりと首を横に振ってから続けた。

「あの屋上で告白されたとき。

俺にとって夕湖は仲のいい友達で、それ以上でもそれ以下でもなかった。

だけどあれから約一年。

いや、入学したときからずっと。

そばにいてくれたのは夕湖だった。

本当はすぐに飽きるだろうって、思ってたんだ。

そのうち離れていくんだろうな、って。

だけど夕湖は飽きるどころか、離れるどころか、時間が経てばたつほど俺のことを信じてくれて、頼ってくれて、まるでヒーローみたいに、言ってくれて。

……まあ正直、それはちょっとプレッシャーだったかも」


「朔、私っ」

立ち上がりかけた夕湖を苦笑しながら手で制する。

「わからなかったんだよ、自分のどこを好きになってくれたのか。

夕湖の見ている俺は本当の俺よりもずっと美化されている気がして。

幻想を重ねてるんじゃないか、って。

教室で告白されたとき、その思いはなおさらに強くなった。

自分自身が忘れてしまっているような言葉がきっかけだったなんて。

そんなのただのひと目惚(ぼ)れじゃないかって。

……だけど、それとは裏腹に。

夕湖が近くで俺を見ていてくれるから。

期待してくれるから、朔ならできるって言ってくれるから。

意地張って、格好つけて、失望されないような俺でいよう。

なんて思えていたのも確かなんだ。

そんなふうに、いっつも夕湖は俺に知らない景色(感情)を見せて(教えて)くれて」

離れてみて、初めて気づいた想いを。

心から、伝える。

「いつのまにか、夕湖の存在はとても大きくなっていた」

その本音が誤解を招いてしまう前に、

「だけど！」

みっともなく声を張り上げる。
そうしていないと、逃げ出しそうだから。
いつもの軽口で、誤魔化してしまいそうだから。
わなわなと震える唇の内側を血が出るぐらいに噛んでから、

「……それでも俺の心のなかには、他の女の子が、っ、いる」

最低の台詞を、吐き出す。
平衡感覚が狂ったようにくらっと視界がぐらつき、かくんとひざが折れそうになる。
はは、かっこわりぃ。
女の子と話すことが、こんなにも、怖いだなんて。

「ねえ朔、それ、って……」

手探りするように夕湖が言った。

「もし私のイタイ勘違いじゃ、なかったら、だけど」

そこから先を任せてはいけないと思う。

がつんと、俺は固めた拳を太ももに叩きつけた。

夕湖は、すべてをさらけ出してくれた。

見たくない自分と向き合って、知られたくないことを教えてくれた。

だから、俺も、

「ひとりの女の子として、夕湖のことをとても大切に想っている。

だけど、おなじぐらい大切に想っている女の子が。

他にも、いる……」

不誠実な心を、精一杯、誠実に。

「それぞれのひとに、かけがえのないものをたくさんもらっていて」

いっしょにいたい、家族みたいな存在、似たもの同士、並んで走れる相棒、憧れの象徴。

『君は、愛されることに慣れすぎて愛し方を知らないいんじゃないかな？』

明日姉の言うとおりだ。

躱し方ばかり覚えてきた。
他人から向けられる愛にはいつだって消費期限があって。
その日がきたらくしゃくしゃと丸めてゴミ箱に捨てられる。
受取人が不在なら、手軽にお届け先を変更できる試供品みたいなもんだって。
達観した気になっていた。
俺が断ったところで、すぐにまた次の誰かへ。
だけど、いま、はじめて。

——愛について考えたとき。

色とりどりに並んだ鍵つきポストのなかから。
手紙を投函できるのはたったひとつだけで。
一度宛先を決めてしまったら、もう取り返しがつかない。

気づけば、目の端に涙が滲んでいた。
唇がわなわなと震えて。
ずび、と短く鼻をすする。

だから俺は、俺は――、

「どの気持ちに、恋という名前をつければいいのかが、わからない」

たったひとつを選ぶのが、どうしようもなく、こわいんだ。

しん、と沈黙が響く。
さらけ出してしまった。

こんなにもみっともない心の内を。
大切な人たちの前に。
絶対に知られたくなかった、優柔不断で情けない男の姿を。
ふらふらと、途惑うように夕湖が立ち上がった。

「もしいまのが本当なら……っ。
ちゃんと言ってくれたら。
話してくれたら。
私、朔の答えをいつまでだって」

「言えるわけないだろッッッ!!」

かっとなって、思わず大声を上げてしまう。
夕湖は怯えるようにびくっと震えた。
けれど、堰を切ってしまった感情は止まらない。

「いったいなんて伝えればいいんだよ。『夕湖のことは好きだけど他にも気になってる子がいるから決めるまで待っててね』ってか？　あれだけ真っ直ぐ心を届けてくれた相手に？　いま選んでる最中だから列に並んで順番待ちしてろって？」

ぎりぎりと歯を食いしばりながら、なけなしの見栄を張る。

「どれだけ最低の本音を抱えてたとしても、それを大切な人に背負わせる男にだけは、なりたくねえよ」

だってそんなのは、夕湖が好きになってくれた千歳朔（ヒーロー）じゃないから。

「でも、せめて、答えを保留にするとか……」

俺は小さく首を振った。

「その先延ばしの行き止まりに、俺たちは立ってるんじゃないのか？」

「っ……」

話はこれでおしまいだった。
いまの俺は夕湖の気持ちに応えることができない。
かといって、歪な関係を続けるのも限界がきていた。
だからこの夕暮れが、俺たちの終着駅だ。

そうしてふたりでうつむいていると、

「――それでいいんじゃないかな？」

ずっと沈黙を守っていた優空がすっと立ち上がった。

「「え……？」」

思わず夕湖と俺の声が重なる。
優空は顔にかかった髪を小指で流してから続けた。

「夕湖ちゃんは朔(さく)くんのことを好きなままで。朔くんは恋だと思える気持ちを探してるままで。それで、いいんじゃないかな？」

「だから、そんな不誠実は」

「——朔くん」

俺の言葉を遮(さえぎ)るように、ぴしゃりと言った。

「自分だけが選ぶ側だって勘違いしてない？」

「なっ」

それは、どういう。

「あなたに選ぶ権利があるように、夕湖ちゃんにも、悠月(ゆづき)ちゃんにも、陽(はる)ちゃんにも、もちろん私にだって。自分の恋を選ぶ権利があるんだよ」

からん、と一歩近づいて、

「べつに朔くん自身がそう思ってるのは勝手ですけど。私たちの恋の誠実、不誠実まであなたの価値観で判断される筋合いはありません」

出会った頃のようにぴりりと言い放つ。

「どれだけ答えを先延ばしにされても、曖昧な態度をとり続けられても、それでも可能性があるかぎりは追いすがる恋だって、私は誠実だと思うな」

少し口調をやわらげながらも、優空は淡々と続けた。

「ちゃんと自分の気持ちに整理がつくまで待ってほしいって頼むことも、誠実だと思う」

恋を選ぶ、権利……。

その言葉を反芻していると、

「だからさ、他人の恋にまで朔くんが、それから、夕湖ちゃんが。責任を負う必要なんてないんだよ」

優空がどこか諭すように言う。

「『この状況で私にごめんて言う意味。よく考えたほうがいいと思うよ？』って言ったこと、覚えてる？」

「……もちろん」

ずっと、とげのように刺さって抜けなかった。

「じゃあいまここで聞いてもいいかな？　どうして西野先輩とお出かけしたら、朔くんが私に謝ることになるの？」

「だから、優空が家に来なくなったとたん、べつの相手と……」

ふーん、と意味深な表情が返ってくる。

「てことは、それを聞いた私が嫌な気持ちになると思ったんだよね？」

「え……？」

「つまり、私がやきもちを妬くんじゃないかって、無意識に考えてたってことだ？」

「なッ──」

思わず息を呑むと、

「それってちょっと、傲慢なんじゃないかな？」

優空がたしなめるように言った。

もちろんそんなつもりはなかった。

……なかった、はずだった。

男とか女ではなく、支えてくれていた優空が来なくなった瞬間、待ちかねていたようにすぐ他の相手と出かけてごめん、ぐらいの意味で。

だけどいまになって考えれば、もしそれが和希だったら、健太だったら。

俺はわざわざ優空に謝ったりはしなかっただろう。

こうやって言葉にしてもらってはじめて気づく。

あの状況で俺が謝るということは、そういう意味になってしまうのか。

いや、もしかしたら俺自身が無自覚のうちに、そういう意味で口にしていたのかもしれない。

傲慢だと叱られても仕方ないな、と思う。

少し表情を緩めて、優空が口を開いた。

「まあ、あのときは先に私が冗談めかして怒っちゃったからその流れで、っていう部分もあると思うけどね」

それはともかく、と言葉が続く。

「仮にどこかで女の子が朔くんの行動にやきもち妬いたり、哀しくなったり、苦しくなったりしたとして、だからなに？　そんなことまであなたが気にしなきゃいけない理由なんて、あるのかな？」

まるで詰め寄るように、どこか切実に。

「前にも言ったけど恋人だったら話は別だと思う。だけど付き合ってもいないなら、それは恋した女の子が自分で責任をとるべき感情であって、少なくとも恋をされている人が負い目を感じる必要なんてないんだよ」

「優空……」

一度、目を閉じてから、

「──誰の手にだって、その恋を選ばないっていう自由もあるんだから」

静かにそう言った。

「……傷つくのが嫌なら、その程度なら、別の恋を選べばいいんだから」

俺はふと、夏勉最終日のことを思いだす。

まだ恋ですらないくせに、バーベキューの途中で情けない嫉妬に襲われた。

じゃあ、あれは。

俺の気持ちを考えずに和希と過ごしていた七瀬が悪いのか？

俺の前で楽しそうに和希の話をした七瀬が悪いのか？

七瀬は俺の嫉妬に責任を負うべきなのか？


——そんなわけがない。


言い方を変えるね、と優空が続ける。

「夕湖ちゃんが振られて哀しんでいる状況で、朔くんのもとを訪ねた私は、悠月ちゃんは、陽ちゃんは、不誠実なのかな？」

「違うッ！　みんなはただ俺を元気づけようとしてくれて」

それには応えず、優空は話の矛先を変える。

「じゃあ夕湖ちゃんは、私がお家に行くまで誰とも会わなかったの？」

ううん、と夕湖はうつむきがちに首を振った。

「……あの日からずっと海人が家に来てくれて、慰めようとしてくれてた」

もう一度、優空が俺のほうを見る。

「ねえ朔くん。男の子に告白して振られた直後に他の男の子に慰めてもらってた夕湖ちゃんは、不誠実ってことになるのかな？」

「んなわけっ、ないだろ。弱ってるとき友達に頼るのは当たり前だ」

むしろ俺は、海人が夕湖のそばにいると聞いたとき、心から安心した。

「だいたい、告白を断ってしまったのは俺のほうだ。そのあとで夕湖が誰となにをしようと、咎められる理由なんて——っ。え……？」

ふと、自分の言葉に既視感を覚える。

それを見ていた優空が首をちょこんと傾け、ふふとやさしい笑みを浮かべた。

「うん、私もそう思う。そして朔くんに対しても、まったく同じことを思ってるんだよ」


聞き覚えがあって当然だ。

『朔くんは私を含めたみんなの前できっぱり夕湖ちゃんを振ったんだよ。だったら誰となにをしようと、負い目を感じる必要なんてあるのかな？』

優空は最初からずっとそう言っていた。

どうして、と思う。

どうしてそれが自分事だと。

ひとりで深く傷つけ、痛みを噛みしめろ、告白を断ったあとに他の女の子と過ごすなんて許されない。優空に、けっきょく他のみんなの優しさにもたれかかったお前は卑怯だ、って。

いつまでも罵倒したくなるのに。

どうしてそれを夕湖に置き換えると。

誰かそばにいてあげてほしい、夕湖の話を聞いてほしい、できれば慰めてあげてほしい。俺のことなんかどうだっていいから、どうか、どうか、少しでも早く涙が止まりますように。

……そう、願ってしまうんだろう。

単に告白した側とされた側の違いだろうか。

だけど、もしも想いを告げたのが俺でそれを断ったのが夕湖だとしても。

やっぱり、きっと。

自分を責めて、夕湖が傷つかないように願っていたと思う。

頃合いを見計らっていたように優空が続けた。

「だから今回のことも。
朔くんは夕湖ちゃんに対して不誠実だから、って理由でああいう答えを選んだんでしょ？」

「ひと言でいえば、そうなると思う……」

「やっぱりそれ、私には人の恋にまで責任とろうとしてるように見える。
夕湖ちゃんも心のなかにいるなら、本当はいまここで答えを出したくはないはずだよね？
もう少し考えたいはずだよね、自分の気持ちと向き合いたいはずだよね。
だったらそれでいいんじゃないかな？」

「でも……」

「その態度が誠実かどうかは、恋をしている夕湖ちゃんが決めればいいんだよ」

からん、ころん、と近づいてきて。
優空がそっと、俺の胸に手を当てる。

「私も、まちがいなく夕湖ちゃんも。自分のせいであなただけが無理したり、我慢したり、なにかを諦めたりすることを望んでなんかいないの」

ぎゅっと、Tシャツを握り締め、

「家族みたいに、欠けた穴を埋められるような友達になろうって言ったのは、朔くんだよ？　話してくれないもどかしさが、頼られない寂しさがあるって。気づかせてくれたのは、あなたでしょ？」

瞳に哀しげな色を浮かべながら見上げてくる。

「本当に私たちを大切だと思ってくれてるなら、ちゃんと背負わせてよ」

そっと俺の手をとり、胸の前あたりに掲げた。

「夕湖ちゃんも」

反対の手を夕湖に差し出し、それから俺たちの手の上に導く。

下から優空、俺、夕湖。

三人の手が重なった。

優空がそっと目を閉じて言う。

「誰かのために恋を終わらせる必要なんかないんだよ。まわりの女の子なんて気にせず、好きなら好きって叫べばいい。それは弱さじゃなくて、強さだから」

「だって、うっちー……」

「好きな人に好きと伝えるのはとても勇気がいることなの。相手が大切な友達なら、なおさらに。だって、拒絶された瞬間、いままでの関係ではいられなくなるから。心のなかに隠しておけば、普通にそばにいることだけは、できるから」

俺の上に重ねられてた夕湖の手がぴくっと震える。

ゆっくりと目を開けて優空が続けた。

「──好きだと伝えないことを選んでるのもまた、私たちなんだよ。だから、夕湖ちゃんがその責任を負う理由なんて、なにひとつないの」

どこか、自分に言い聞かせるように。

「あの日から、私はずっとふたりを見てきた。朔くんは誰かのためにすぐ自分を犠牲にしようとするけど。夕湖ちゃんは自分よりも大切な人のことばかり考えてるけど」

俺の下に添えられている手が、じんわりとあたたかい。

「そういうふたりが、互いを想い合いながらすれ違っちゃうのは、駄目だよ」

「優空……」
「うっちー……」

「私たちは育ってきた環境も違えば、価値観や性格だってぜんぜん違う。

違うことをわかってて、それでも寄り添ってるんだから。
誰かに迷惑かけたり、かけられたりしながら、みんな好き勝手に自分の恋をまっとうすればいいんじゃないかな」

それ、は……。

「あなたが私に教えてくれたことだよ？」

少しだけいたずらっぽい表情を浮かべて。
だから、と優空は言った。

「この先、もしかしたらまた傷つくことがあるかもしれない。
傷つけることがあるかもしれない。
それでもいっしょにいたいと、想えるのなら」

もう片方の手を一番上に重ねて、俺たちの手を両手でそっと握る。
そうして優空は。

途切れそうな結び目を守るように、固く結び直すように。

「――手を、繋いでいようよ」

優しい空がすべてを包み込むように、言った。

「いつか自分のために恋と向き合う、その日まで」

ああ、そうか、こんなにも。
優空は近くで俺たちのことを見守ってくれていたのか。
つんと鼻の奥が痛くなり、重ねた手を、思わず握り返しそうになる。
このやさしさに、あたたかさに。
すがっていいんだろうか。
求めてしまってもいいんだろうか。
またなにか、見落としてしまってはいないだろうか。
間違えてはいないだろうか。

そのとき、

「——ちょっと待ってッッッ!!!!!!!!」

このまま終わらせないとばかりに、夕湖が叫んだ。
重ねた手をほどき、優空の肩を揺さぶる。

「ねえ、うっちーはどうなの!?
うっちーの気持ちは、どこにあるの!?」

「え……?」

——ぽろり。

一滴の涙が、優空の頬を流れた。

*

どうして、涙がこぼれているんだろう。

私、内田優空は、自分の頰にそっと触れた。

指先がひんやり濡れて、目の前にかざすと夕陽がきらきら反射している。

普段はちょっと照れくさくて塗らないマニキュア。

浴衣と合わせて菫色を選んでみた。

慣れないことして失敗するのが怖いから、数日前から練習したっけ。

上手にできて、よかった。


「えと、あれ、はは……」


唇が勝手に愛想笑いを浮かべている。

いつか癖になるってあなたに叱られたけど、こういうときはちょっとだけ役に立つかも。

おかしいな、最後まで泣かないって誓ったはずなのに。

ふたりが心配そうにこちらを見ている。

……あーあ、朔くん、私服なんだもんなあ。

場違いにそんなことを思う。

待ち合わせしたのは夕湖ちゃんとの約束よりも三十分前。
気づいたときには、その時間を伝えていた。
花火大会で私が浴衣を着ていなかったとき、すっごく残念そうにしてくれたから。
浴衣でお祭り行こうね、って。
約束したときは、すっごくうれしそうにしてくれたから。
だから、ほんの、少しだけって。

「っ、あぁ……」

まだふたりの答えを聞いていないのに。
はやく止めなきゃと思っているのに。
一度流れはじめた涙は次から次へとあふれ出してくる。

「うっちーっ！」

夕湖ちゃんが飛びついてきて、私をぎゅっと抱きしめた。
この匂い、このあたたかさ。

なんだか、久しぶりだ。

「ゆっくりでいいからね。
でも、ちゃんと話してほしい。
今度こそ！」

さっきまで私がそうしていたように、とん、とんと背中を叩いてくれる。

「私たちはまだ、うっちーの気持ちを聞いてないよ」

そっか、夕湖ちゃん、気づいてたんだ。
私がずっとぼやかしていたこと、避けてたこと。
ふたりの話しか、していなかったこと。
そういうとこ、やっぱり夕湖ちゃんだなあ。

「……っ、あの日、あの、屋上でね」

親友の温もりに導かれるように、ゆっくりと口を開く。

「私も、嘘をついたんだ」

びくっと、夕湖ちゃんの動揺する気配が伝わってきた。
それでもとん、とん、と手は止まらない。

「夕湖ちゃんを夕湖ちゃんと呼び始めた前の日。
ご飯に誘ってくれたあの夜。
私は、どうしようもなく朔くんに救われた。
小さい頃から閉じこもっていたガラスの壁を、彼がすっごく雑に叩き割ってくれた」

ぎゅうっと、私を抱きしめる力が強くなる。

「本当はそのとき、決めてたの。
ずっとうつむいてた人生に、白黒だったお母さんの思い出に色を取り戻してくれたこの人が、家族と並ぶもうひとつの私の一番だって。

いつかなにかを選ばなきゃいけなくなったときは、真っ先に朔くんのことを考えようって」
ぽろぽろと滴る涙が、唇を伝ってしょっぱい。

「でもあの屋上で、夕湖ちゃんは『好きな人っているの⁉』って聞いたよね。
……私には、わからなかった。
胸のなかに芽生えたばかりの想いが初めての恋なのか、友達への感謝なのか。
恋なんてしたことなかったから。
大切な友達なんていなかったから。
だからっ、私は——。
朔くんと夕湖ちゃんを言い訳に使った」

っく、ひっくと、しゃっくりをしながら。

「きっと朔くんには、夕湖ちゃんみたいな人がお似合いだ。
なんの取り柄もない、私みたいな女の子は出る幕もない。
素直な気持ちを告げたところで、困らせてしまうだけだ。

せめて波風立てず。

ふたりが結ばれるのを見守っていよう。

それが一番幸せな結末だから。

私は一歩引いて必要なときに彼を支えられたら充分だから。

普通にそばにいられるだけで幸せだから――っ」

あのとき、正直に言えば私は浮かれていた。

大嫌いだったはずの男の子に差し伸べられた手をとって。

その手はとてもたくましくて、やさしくて、あたたかくて。

いままで見たこともない場所まで、私を連れ出してくれる気がしてた。

勢いでお泊まりをした夜。

彼は初めてだと言っていた。

あんなにもてるくせして。

いっつもへらへら軽口を叩(たた)いてるくせして。

――私が、初めての女の子に、なれたんだ。

思えば眼鏡をコンタクトに替えたときから。
ずっと、心のどこかで朔くんの目を意識していたんだと思う。
あなたはどっちが好きかな。
あなたはどう思うかな。
あなたならなんて言ってくれるかな。
あなたは、朔くんは。
第一印象が最悪だった男の子にだんだん惹かれていくだなんて。
ありふれた少女漫画の主人公になったみたいで、なんだかくすぐったかった。
だから、あの日。
夕湖ちゃんから朔くんが好きだと聞かされたときの気持ちはいまでも覚えている。
ぱしゃって、バケツで冷たい水を浴びせられたみたいに。
それまでの一週間が嘘だったみたいに。
あっさりと夢から醒めた。
さらさらと気持ちが引いていった。

――恥ずかしい。
恥ずかしい恥ずかしい恥ずかしい恥ずかしいはずかしい。

なにを勘違いしていたんだろう。

勝手に盛り上がってみたところで、やっぱり私はクラスメイトのひとりでしかない。

きっとやさしい彼はみんなにやさしさを振りまいているだけなのに。

自分だけが特別みたいに舞い上がってしまうなんて。

最初からわかっていたことじゃないか。

朔くんの隣にはとっくの前から夕湖ちゃんがいて。

そこには自分の席なんてない。

ほんのいっとき、気まぐれでたまたま座らせてもらっていただけだ。

でも、仕方ないよね。

これまで私は、望んでそういう感情を遠ざけていたんだから。

それに、夕湖ちゃんは。

入学式のときからずっと、愛想笑いしかできない私に話しかけてくれていた女の子は。

朔くんと打ち解けるきっかけを作ってくれた彼女は。

もっとずっと早くに本当の彼を見つけて、同じ時間を過ごしてきたんだ。

いまさら私が入り込む余地なんて、どこにもない。

だから夕湖ちゃんのために。

私はこのまま、友達のひとりでいい。

だから朔くんのために。

これ以上、迷惑をかけるのはやめにしよう。

そういうのでいい、そういうのがいい、って。

「自分の弱さを、ふたりに預けちゃった……」

あごをのせた夕湖ちゃんの肩に、じわりと涙の染みが広がっていく。

「私も、汚くて、卑怯（ひきょう）だ」

なんだか気が抜けて、もたれかかりそうになったところで、

「——違うッ!!」

ずっと私を抱きしめてくれていた手に押しのけられた。
思わずからころとよろめきながらも。
なんとか踏ん張って夕湖ちゃんを見る。
わなわなと拳を振るわせながら私を睨むその瞳には、

「うっちーは選んだもん！」

初めて向けられる怒りの色が滲んでいた。

「夕湖、ちゃん……？」

思えば私たちは、一度もけんかをしたことがなかった。
いっつもにこにこと笑って、他愛もない話をしていたような気がする。
お互い、心の奥までは、踏み込まないままに。

「だってあのとき、うっ、ちーは、私、を無、視して、朔を、追い、かけ、た」

夕湖ちゃんが怒鳴るように叫ぶ。

「私を見捨てて朔を！
親友よりも大切な男の子を！
ここぞというときに一番を選んでるじゃん！
なのに、いまさら、そんなふうに。
自分も我慢してたみたいに言わないでよッ!!!!!!」

「ちが……」

すがるように伸ばしかけた手を、ぎゅっと握りしめ、涙を拭って口を開く。

「だって、あのとき私が追いかけなきゃ」

震えだしそうな唇を短く嚙んで、

「全部壊れちゃうって！
ばらばらになっちゃうって！
そう思ったんだもん!!」

私も大声を張り上げた。

「お母さんが出ていったとき、私はなにもできなかった。
気づいたときにはすべてが終わってて、家族がひとりいなくなってて。
だから今度こそは！
私が追いかけなきゃって。
いま朔くんと夕湖ちゃんが。
本当の気持ちを隠してるって気づいてるのは。
ふたりの手を握っててあげられるのは、叱ってあげられるのは。
私、だけだって。
迷ったけど、辛かったけど、やりきれなかったけど。
夕湖ちゃんのそばにはみんながいたから私は朔くんを、って。
親友ならそのぐらいわかってよッ!!!!!!」

ずっと溜め込んでいた気持ちを投げつけるように、思わず口調がきつくなる。

夕湖ちゃんは一瞬哀しそうに目を伏せたあと、もう一度私を睨んだ。

「そんなの嘘ッ!!」

「なにそれどういう意味――っ」

「あのときのうっちー、葛藤してるようになんて見えなかった。

私から目を逸らして、迷わずに、一目散に朔を追いかけた。

そのまま振り向きもしなかった。

いまあれこれ言ってるのなんて全部後付けの理由じゃん！

親友だからそのぐらいわかるもんッ!!!!!!」

「――ッッッ」

その言葉を呑み込むより早くとっさに言い返す。

「夕湖ちゃんだって！
朔くんに告白すること、なにひとつ相談してくれなかった。
みんなのために終わらせたって言ってるけどさ。
わざと触れてないこと、あるよね？
もしも朔くんがあのとき受け入れてくれてたらどうしてたの？
俺も夕湖が好きだって言われてたらどうしてたの？
そのまま付き合ってたんじゃないのかなっ!!!!!!」

酷いことを言ってる自覚はあったけど、一度あふれ出した感情はもう止まらない。

「っ、うっちーこそ！
言ってたじゃん。
私が繰り上がってもいいよね、って。
もし朔が来なかったらふたりでお祭りデートするからって。
あれが本心なんじゃないの？
私が今日来なかったらどうしてた？

本当は傷ついた朔の隣にいられることがうれしかったんじゃないの!!!!!!」

「夕湖ちゃんは！
自分は汚いとか卑怯だとか言ってるくせして。
私といるとき、朔くんの話ばっかりしてた。
どこに行った、なにをした、こんなことを話したって。
私の前で！　うれしそうに！
本当にあの日のこと悪いなんて思ってたのかな!!!!!!」

「むっかちーん！
だってうっちーがなんにも話してくれないから！
私は何度も聞いたもん。
そのたびにはぐらかして。
愛想笑いでごまかして。
私に向き合おうとしてくれなかったのはそっちじゃんッ!!!!!!」

「夕湖ちゃんはっ！」

あの夕暮れ、教室を飛び出したとき、私は絶対に泣かないと決めたのに。

全部が解決するまで、涙は見せないって、なのに。

「夕湖ちゃんは、やっぱり強いね……」

親友の顔がぼんやりと滲んでいき、

「いっつも、そんなふうに、真っ直ぐ……」

思わず足から力が抜けそうになる。

「――違うよ」

さっきとはぜんぜん違うあたたかな声で、夕湖ちゃんが同じ言葉を紡いだ。

「ごめんね、うっちーごめんなさい」

そうしてもう一度、まるで支えるように抱きしめてくれる。

「わざと嫌な言い方してごめん。だけど、そうしないとまたうっちーに我慢させちゃうって、また本当の気持ち呑み込んじゃうって、全部背負わせちゃうって、そう、思って……っ」

気づいたら、夕湖ちゃんも泣いていた。

こすりつけるように触れあう頰からふたり分の涙が混じって首筋に伝わり。

おろしたての浴衣がじくじくと濡れていく。

「ありがとう、うっちー。

朔を追いかけてくれてありがとう。

私のところに来てくれてありがとう。

私たちの手を離さないでいてくれてありがとう。

隠していた気持ちを、私を見つけてくれてありがとう」

「あ……あぁっ」

その言葉に鼻の奥がつんと痛くなって上手に言葉が出てこなくなる。

「私ね、頑張ったんだよ夕湖ちゃん……っ」

「うん、うん」

「あの教室を飛び出したとき、このままじゃ壊れちゃうって思ったのは嘘じゃないの。朔くんと夕湖ちゃんが、私たちがばらばらになっちゃうって」

「うん、ちゃんとわかってるよ。うっちーはやさしいから」

「出ていくときに一度泣いてる夕湖ちゃんと目が合って、でも見ないふりして」

「うん、うっちーも辛かったよね」

私は夕湖ちゃんにすがりつきながら、だけどね、と続ける。

「さっき夕湖ちゃんが言ってたことも本当なの。あのとき私は夕湖ちゃんよりも朔くんを、迷わずに一番を選んじゃった」

「わかってる、うっちーはすごいよ、強いよ、かっこいいよ。あの日からずっと我慢させててごめんね。ずるい私でごめんなさい」

「これまでずっと、普通にそばにいられたら充分だって思ってたのに。傷ついてる朔くんの隣にいられるのは、いま支えてあげられるのは私だけなんだって。朔くんが私を頼ってくれてるって、意識しはじめたら……っ」

「うん、うん」

「夕湖ちゃんのことを忘れて、ずっとこのままも悪くないかなって、ふとそんな嫌なこと考えちゃう瞬間もあって」

「うん、うん」

「私が夕湖ちゃんを説得しようとしてるときに、西野先輩や、悠月ちゃんや、陽ちゃんに元気づけられてるのも、なんかちょっとむかむかして」

「それはむっかちーん、だね」

「本当はずっと怖かったっ!!
夕湖ちゃんを置き去りにして、嫌われちゃったらどうしようって。
もう仲よくできなかったらどうしようって。
いっしょに行きたいところも、話したいこともまだまだいっぱいあるのにっ」

「っ、うん、うん、私もだようっちー」

「だけど、だけど――っ。
ごめん、ごめんなさい。
夕湖ちゃんは、私の一番じゃないの」

「っ、私の一番も、うっちーじゃ、ない」

「ねえ夕湖ちゃん、聞いてほしいことがたくさんあるんだ」

「私もうっちーに伝えたいこと、たくさんある」

「私、今日まで絶対に泣かないって決めてたんだよ。ふたりを支えなきゃ、手を繋いでなきゃ、本当にぜんぶ終わっちゃうって、思ってたからぁっ！」

「ありがとう、うっちー、ありがとう」

「もう思いっきり泣いてもいいよね？　大丈夫だよね？　朔くんも夕湖ちゃんも、またみんなでいっしょに過ごせるよね？」

「いいよ、大丈夫。泣き止むまでずっとそばにいるから」

「まだ親友のままでいてくれる？　またうっちーって呼んでくれる？　またふたりで——」

「当たり前じゃんうっちーのばかちんっ！」

「私っ、夕湖ちゃんになら傷つけられてもいいからっ」

「私もうっちーになら傷つけられていいっ」

「夕湖ちゃん、夕湖ちゃん——っ」

「うっちー、うっちー、うっちぃーっ」

そうして私たちはふたりで、手を繋いで。

いつまでもいつまでも。

涙が涸れるまで抱きしめ合っていた。

＊

夕湖と優空が泣き止んだあと、もう一度三人並んで縁側に座る。
話を聞きながら、俺の心も張り裂けそうになっていた。
申し訳なくて、情けなくて恥ずかしくて。
優空が、そんなことを。
薄々感づいてはいた。
夕湖を気にしていないわけがないのに、本当は隣にいたいはずなのに。
それでも俺を追いかけてくれたんだろうと。
夜の箱に閉じ込めた一番の意味を、取り出して向き合わなきゃいけないと。
だけど、まさか、あの日から。
そんな決意をしていただなんて。
いっしょに過ごしてきたふたりのことを、強さを、やさしさを、そして、弱さを。
俺はなにひとつ理解していなかった。
こんな状態で、と思う。
誰かを選ぶことなんて、恋と名前をつけることなんて。
最初から、できるわけもなかった。
「あーあ」
夕湖がどこかすっきりしたように背伸びをした。

「すっきりした」

ふふ、と優空がそれに応じる。

「私、こんなに泣いたのお母さんがいなくなった日以来だよ」

「ちょっとうっちーいきなり切ないこと言わないでぇ」

「大丈夫。朔（さく）くんのおかげで、もう哀しくはないから」

「そっか」

「って言ってて思いだしたけど、そういえば一年前に朔くんの前でも号泣してました」

「あーうっちーずるーい」

「えと、なにが？」

「えへへー、ねえねえ……」

夕湖がどこかうれしそうに言う。

「私、ずっと親友とけんかするのが夢だったの」

呆（あき）れたように優空が笑った。

「なにそれ、変なの」

「これからもいっぱいけんかしようね！」

「ほどほどがいいなぁ」

ふたりで顔を見合わせてくすぐったそうに肩を揺らす。

「どうなるんだろ、私たち」

やがて夕湖がぽつりとつぶやいた。

「けっきょく泣いただけでなにも決まってなくない？」

優空が困ったように頰をかく。

「だって夕湖ちゃんがまとまりかけてた話を脱線させるから」

「それはうっちーが意地っ張りだからだもん」

「もう。夕湖ちゃんは他に話しておきたいこと、ないの？」

夕湖はその言葉にうーんとしばらく考え込んでから、

「はいはいはーい、あった！」

ぴんと手を上げて立ち上がる。

気づけば、あたりはすっかりと夕暮れに染まっていた。

「えへへー、さーくっ」

言いながら、俺の手をとる。

導かれるがままに立ち上がると、夕湖がなぜだかむくれ顔で見上げてきた。

「さっき、どうして好きになってくれたかわからないって言ってたよね？　そんなのひと目惚れみたいなものだって」

「……ああ」

「それ違うから！」

ぴしっと、人差し指で俺の胸を突く。

そっと手を広げて、俺の心臓のあたりに重ねた。

とく、とく、とくと、少し早くなった鼓動の音がやけに響いて落ち着かない。

「確かに、最初はひと目惚れみたいなものだったのかもしれない。

朔は、ずっと特別扱いされてきた私を、特別扱いしなかった初めての人だったから。

好きな男の子ができたって、浮かれて、はしゃいで、舞い上がって。

そういう幼い恋心だったのかもしれない」

でもね、と夕湖は続けた。

「たったそれだけで一年半も片想い続けられるほど、女の子はロマンチックじゃないから！」

「え……？」

ぷくっと、頬を膨らませて、わざとらしく怒ったように。

「朔が私の好きをその程度だって思ってたこと、普通にショックだし！　むっかちーんでばっかちーんだよ、ほんとにもう」

あのね、と夕湖は目を伏せた。

ぱちりと長いまつげが、沈みかけの夕陽に淡い影を落とす。

「あの日、恋に落ちてから。

ずっとずっと、朔を見てきたよ。

いいところも、よくないなーって思うところも。

格好いいところも、格好わるいところも。

好きなとこも、嫌いなとこも」

両手を後ろで組みながら一歩、二歩、三歩と遠ざかり、

「ねえ、知ってる？」

どこか愛おしそうに微笑んでこちらを振り返った。

長い髪の毛が夕風を浴びて羽根のように広がる。

「朔ってさ、かっこつける前に、ひくって目を細めるの。

その仕草がちょっとかわいくて、好き。

嘘ついたり誤魔化したりするときは、唇の左端だけを上げて小さなえくぼができる。

だから健太っちーが昔の友達と会うのを見届けに行かないって言ってたときも、すぐに気づいちゃった。

そういうとこ意外とわかりやすくて、好き。

あとはねー、夜に電話をかけたとき。

最初にわざとめんどくさそうな声を出すとき、朔も本当はちょっと人恋しいときで。

そんな夜に、いつまでも終わらない話をするのが、好き」


「夕、湖……」

俺が知らない俺を、夕湖は次から次へと並べていく。

「格好つけて生きようとするあなたが好き。

でも、自分の痛みに無頓着なところは嫌い。

少年みたいにくしゃって笑うあなたが好き。

でも、悪ぶって卑屈に唇を歪めるのは嫌い。

誰にでもやさしすぎるあなたが好きで。

誰にでもやさしすぎるあなたが嫌い。

無理してヒーローを気取ろうとするあなたはちょっと見ていて心配になるけど。

気づけばヒ、ヒーロ、い、い、いーローになっ、てい、ま、っ、てるあなたが、大好きだよ」


心に射し込むような夕陽が眩しくて、思わず目を細めた。


「きっかけはひと目惚れだとしても。

毎日いっしょに過ごして、朔の隣で。

ひとつひとつ、好きなところを探して、きれいな思い出を集めて。

両手じゃ抱えきれないぐらい大きな花束を作ってたんだよ。

美化してるわけでも幻想を重ねているわけでもない。

私の瞳は、ずっと。

――ただあなたを映してた」

ぽろりと、気づけば一筋の涙がこぼれ落ちていた。
ああ、本当に、なんて。
俺はどうしようもないんだ。
こんなにも真っ直ぐで、こんなにも真摯な想いを。
くだらない先入観で疑っていたなんて。
過去に囚われ、目を曇らせていたなんて。

夕湖の言葉が、想いが。
ふたりで過ごしてきた時間が。
じんわりと胸に染みていく。
染みこんだ分だけあふれるように、しずしずと頬が濡れた。

情けない顔を見られたくなくて、ふと目を背ける。
鏡みたいな池の水面が、真っ赤に染まる空を映し出していた。
そっか、ずっと、こんなふうに手の届くところで。

見つめてくれていたのか。

もっと早く気づくべきだった。

自分で思ってたじゃないか。

すぐに離れていくって、いつものように幻滅されるだけだって。

だけど、そうはならなかった。

軽薄に振る舞っても、悪ぶっても、情けなく落ち込んでるところを、熱くなってださいところを見せたって。

なにひとつ変わらず、そばに。

だから、高校に入って初めて仲よくなった女の子は。

誰よりも長い時間をかけて。

ゆっくりと、大切に想いを育んでくれていたのか。

夕湖はその透明に澄んだ瞳で俺を見つめて、くしゃっと笑った。

まるで、

「――そーゆーとこぜーんぶ含めて。

私は、いっつも隣にいた、千歳朔っていう男の子が大好きなんだよ」

夕暮れの湖が、月を映し出すように。

「……ありがとう、夕湖」

なにを口にしても薄っぺらくなりそうで、俺はただそうつぶやいた。

夕湖は満足げにこくりと頷いて、

「はいはいはーい、じゃあ次はうっちーだよ！」

今度は優空の手を引いて立ち上がらせる。

「あるよね？　話しておきたいこと」

「えと、うん……」

優空は俺たちふたりの顔を交互に見比べてから、意を決したようにゆっくりと口を開く。

「あの日、朔くんに救われた日。

ちょっと大げさかもしれないけど、私はこれからの人生、あなたのことを一番に考えようって思ってた。

自分の幸せよりも、朔くんの幸せを願って。

あなたを笑顔にしてくれるのが、私じゃなくてもかまわない。

ただ普通にそばにいられたらそれでいい、って」

浴衣の襟をぎゅっと握り締めて。

「でも、きっと間違ってたんだよね。

だって、朔くんが教えてくれたのは。

私が内田優空だってことだから。

お母さんみたいにならないように、家族に心配かけないように、っていう生き方を。

朔くんのために、って置き換えて。

また同じことを繰り返しそうになってた。

いろんなことを諦めそうになってた。

普通でいいはもうやめようって決めたのに。

だから、その……」

夕湖ちゃん、朔くん、と優空が手を差し出してくる。

三人で目を見合わせてから。

俺と夕湖はその手を握った。

優空はいたずらっぽく首を傾けて、

「――これからは私、もうちょっとわがままになってもいいかな？」

くしゃっと、照れくさそうに満面の笑みを浮かべた。


「さっき、自分で俺にそう説教したばっかだろ」

俺はずびずびと泣きっ面でわざと荒っぽく答える。

「もっちろーん！」

夕湖が叫び、

「じゃあ最後は朔!!」

俺の手を握って高々と上げた。

「このまま語ったらちょっと間抜けな感じになっちゃうだろ」

「えー、選手宣誓みたいでいいじゃーん」

「それが恥ずかしいんだって気づいてくれ」

すっかり調子を取り戻した夕湖に苦笑しながらも一度手を離す。

それでも優空と繋いだ三人の結び目はほどかずに、並んで水鏡を眺める。

伝えたい言葉は決まっていた。

やっぱり口に出すのは気後れするけど、それでいいんだってふたりが教えてくれたから。

真ん中に立っていた優空が、ぎゅっぎゅと二回、握った手に力を込める。

大丈夫だいじょうぶって、そう言ってくれているみたいに。

だから俺は、

「やっぱりさ、夕湖の告白を、断った事実を、なかったことにはできないと思う」

はっきりとそう言った。

「「え……？」」

夕湖と優空の声が重なった。

ふたりがこちらを向く気配が伝わってくる。

俺は真っ直ぐ暮れなずむ空を見つめたままで続けた。

「勘違いしないでくれ。

優空の話は痛いぐらいに届いたよ。

もう、格好つけてるわけでも、意地を張っているわけでもないんだ」

Tシャツの袖で乱暴に涙を拭う。

「誰かのためじゃなくて俺自身のために。

その、なんつーか、夕湖や、優空と、他のみんなと。

……恋と、ちゃんと向き合うために」

ぼそっと、照れくさくて語尾が小さくなる。

「なかったことにはしたくない。夕湖が想いを伝えてくれたこと、断ってしまったこと。それから今日、ふたりと話したことも。この夏を、ちゃんと胸に刻んでおきたい」

俺はゆっくりと息を吸い込んで、もう一度はっきりと告げた。

「だからごめん。やっぱりいま、夕湖とは付き合えない」

「……っ、うん」

少しだけ、夕湖の声が震える。

「だけど」

俺は静かに続けた。

「なんの約束もできない。待たせるだけ待たせてやっぱり答えは変わらないかもしれない。もしかしたら他の女の子と付き合う日が、来るのかもしれない」

「――ッ」

「それでもいつか」

夕湖がきっかけを与えてくれたから。

優空（ゆあ）が叱（しか）ってくれたから。

ふたりが、取り出してくれたから。

だから、これからは、今度こそは、

――千歳朔（ヒーロー）ではなく千歳朔（ひとりの男）として。

「もしもこの先いつか、夕湖を想う気持ちに恋と名づけられたら。

そのときは、俺のほうから、好きだと伝えてもいいかな」

誰かの気持ちに、自分の気持ちに。

目を背けず、真っ直ぐ向き合っていこうと思う。

——まだ赤く染まっていない、青い糸の端っこを握り締めながら。

夕湖はほんの少しだけ考え込むような間を空けたあとで、

「かーしこまりー！」

どこまでもらしく叫んだ。

「でも、あんまり待たせたらもう一回こっちから告白しちゃうかも。だって私たちの恋は私たちのものだもんね、うっちー？」

「うん！」

ゆらゆらと、まるで俺たちの心みたいに、水面がたゆたっている。

不確かで、繊細で、透き通っていて。

月に、太陽に照らされながら。

風に吹かれながら。

夕陽の沈んだ湖が、やがてまた朝陽を映し出すように。

見上げればいつもそこにある、優しい空に、抱かれているように。

＊

三人で養浩館を出ると、優空が言った。

「せっかくだから、みんなでお祭りまわろっか」

「行くいくー！」

間髪入れずに夕湖が叫ぶ。

手を繋いで歩くふたりを少し後ろから苦笑して見守っていると、

「そういえば、朔くん」

優空がこちらを振り返った。

「さっきのあれはないと思います！」

どこかぷりぷりした声で言う。

「さっきのって……？」

俺は思わず聞き返す。

心当たりがないというよりは、いろんな話をしすぎたせいで優空(ゆあ)がなにを指しているのかがわからなかった。

「……私が浴衣(ゆかた)の感想聞いたとき」

隣で夕湖(ゆうこ)がきょとんと首を傾げる。

「なんて言われたの？」

「『さすが優空。きれいに着こなしてるな』って」

「えーーーーーーーーーーー!?!?!?」

非難するような大声が響いた。

優空と手を離した夕湖が詰め寄ってきて、

「なにそれ、浴衣の感想じゃないじゃん！　テクニック的なやつじゃん！　せっかく頑張っておめかしして来てるのにありえなーい!!」

ぶす、ぶす、ぶすと俺の胸をつついてくる。

「いや、夕湖の告白を断ってぎすぎすしてる状況でへらへら軽口叩(たた)くのもな……」

「それはそれ、これはこれでしょ！　そういうとき、女の子はかわいいね、きれいだね、似合ってるねって言ってほしいものなのーっ!!」

「でも、さっきの話じゃないけど、自分の心もろくに決まってないやつが誰にでもそういうこと言うのは……」

「えー意味わかんない、朔めんどくさー」

成り行きを見守っていた優空がジト目でこちらを見た。

「あのね、夕湖ちゃん。きっと朔くんはこう思ってるんだよ。自分が気軽に女の子を褒めたりしたら、勘違いで惚れさせちゃうかもしれないぜ、って」

「ちょっと優空ちゃん!?」

俺は思わずつっこむ。

確かに言葉にすればそのとおりというか、好きって伝えることもできない子を気軽に褒めたりするのは、って自重しようと思ってたことは間違いないけど。

それを聞いた夕湖までジト目になった。

「え、きも」

「素でどん引きやめて?!」

くすくすと、ふたりが目を合わせて可笑しそうに肩を揺らす。

夕湖が呆れたように言った。

「ちょっと褒めたぐらいで勘違いさせちゃうとか、女の子を甘く見すぎー」

優空がそれに続く。

「朔くんていちいち古くさくて大げさだよね」

「てかそんなことしてたらいつまで経っても好きな子なんて決まらないじゃーん。ちゃんとみんなと仲よくして早く心を決めてほしいー」

「だいたい朔くんの軽口って加点じゃなくて減点ポイントだし」

「それねー！」

めちゃくちゃ悪口言われてる。

でもまあ、そういう、もんか。

俺はぽりぽりと頬をかいて、

「優空、その、似合ってるぞ。

見返り美人の代わりに切手としてお手紙に貼りたいぐらいだ」

ぼそっとそうつぶやく。

優空は驚いたような表情を浮かべたあと、

「うん、ぜんぜん意味わからないけど、ありがとう」

うれしそうに目を細めた。

そんなふうに歩いていると。

やがて祭りの賑やかな喧噪が近づいてくる。
すっかりと陽が沈んだ宵の口。
屋台の光に照らし出された神社の鳥居が見えてきた。

「「え……？」」

俺と、夕湖の声が重なる。
そこに固まってこちらを見ていたのは、

「お前ら……」
「みんな……」

七瀬、陽、和希、健太、なぜだか明日姉も。
それに、海人……。
隣にいた夕湖が懐かしそうに、愛おしそうに瞳を輝かせ、一目散に駆け出していく。

「悠月、陽ッ――」

並んで立っていたふたりに思いきり抱きついて、

「ごめんね、ごめんね、ごめんねぇ」

大声で何度もそう伝える。

七瀬はそんな夕湖の頭をやさしく撫で、陽は照れくさそうにぽんぽんと背中を叩いていた。

「優空、これって……」

俺が言うと、ぺろっといたずらっぽく舌を出す。

「うん、私がみんなに声をかけた」

「明日姉、西野先輩は……？」

「きっと今日は来てもらったほうがいいんだろうなっていうか、呼んだら朔くん尻尾振って喜ぶんだろうなーって。吹部の先輩づてで連絡先教えてもらったの」

「言い方のとげがひどい」

「ちょっとだけむっかちーん、だからね」

言われてみれば、ふたりで屋台を見て回っていたとき、優空はがっつりした食べ物やみんなで分け合う系のものを避けていた。

こうなることがわかって、いや、きっとこうなると信じてくれていたんだな。

そうして俺たちがみんなの輪に近づいていくと、夕湖がべそをかきながら言った。

「うっちぃ～、最初っから朔とふたりでデートする気なんてなかったんじゃん！」

どこか楽しげに優空が答える。

「どうだろう、そうでもないかも」

「もし私が来なかったらどうするつもりだったの？」

「そしたら夕湖ちゃんだけ仲間はずれだね」

「ひどい⁈　でもこれでうっちーだってデートはお預けー」

「残念でした、それはもう済ませてます」

「どういうことーっ⁉」

優空は浴衣の袖からお面を取り出して頭の横につけ、

「こういうことコン」

なぜだかまねき猫みたいな手で言う。

「なにそれかわいい！」

「ふふ、朔くんに買ってもらったの」

「あーずるい朔わたしのもーっ‼」

からから、けらけらと笑い声がはじける。

陽がこっちに向かって手を上げた。

「旦那、早くなんか食べよーよ。待ちくたびれておなかぺこぺこ」

「そりゃ悪かったな。〇〇焼き奢ってやるよ」

明日姉が照れくさそうに目を伏せ、

「あの、なんか、お邪魔してます」

「あ、いえ、こちらこそ」

ぎこちないやりとりを交わす。

ふと、七瀬と目が合った。

俺はわしゃわしゃと頭をかいてから口を開く。

「このあいだ、エプロンの感想聞かれたとき素っ気ない態度とってごめん。似合ってた」

七瀬は一瞬、驚いたように眉を上げてから、

「ほんとに!? 私、なんか、落ち込んでる千歳の前ではしゃいじゃって、盛大に滑ったんじゃないかって、不安で……」

泣き出しそうに顔を歪めた。

俺はふっと口の端を上げてそれに答える。

「ま、家庭的っていうよりはグラビアアイドルのそういう撮影みたいだったけどな」

七瀬は今度こそ呆気にとられた表情を浮かべると、

「……なにそれ、ばーかっ！」

べえーっと舌を出して可笑しそうに肩を揺らした。

そして、

「朔……」

さっきからずっとうつむきがちに棒立ちしていた海人が俺の名前を呼ぶ。

「海人」

「その、あんときは、かっとなっちまって、悪かった」

「ヘッ」

俺は小さく笑って右手を差し出す。

海人(かいと)はそれを見たあと、すんっと短く鼻を鳴らした。

俺の手を力強く握りしめて、

「じゃあ、これで手打ちってことで」

にかっと歯を見せる。

「ああ」

俺はハグするようにそのまま海人を引き寄せて、

「——うるアッッッッ!!!!!」

そのままばふんと脇腹をぶん殴った。

「――ッ、げほっ、えほっ、なんでッ?!?!?!」

うずくまる海人にふんっと笑いかける。

「これで手打ちだ」

「ひどくないッ?!」

「左手で勘弁してやったんだからな。ったく、馬鹿力でぶっ飛ばしやがって」

そうして今度こそ、ぱちんと手を合わせた。

にやにやと見守っていた和希が呆れたように言う。

「ったく、それで済むなら最初からそうしときなよ」

「悪いな、お前にもいろいろ気を遣わせたみたいで」

隣にいた健太も怖ずおずと口を開く。

「神……」

「おう、相互理解してきたぞ」

――そうして俺たちは、八月最後の祭りを練り歩いた。

綿菓子やりんご飴(あめ)、焼きそばに◯◯(まるまる)焼き、かき氷にクレープ、ベビーカステラ、新しいラムネを追加で六本。

みんなで買って、みんなで分ける。

まるでなにごともなかったかのように、ここが夏休みの折り返しみたいに。

だけどふとしたとき、互いに交わす視線や並んで歩くときの距離、声の温度、少しだけぎこちないかけ合いには、確かに一歩進んでしまった俺たちの関係性が滲(にじ)んでいた。

それでも、照らし出された顔に憂(うれ)いはなく、石畳を叩(たた)く足音に迷いはない。

やがて祭りも終わりに差しかかる頃。

気の早い屋台はせかせかと店じまいの準備を始めて。

水風船にスーパーボール、金魚に浴衣(ゆかた)。

ハレの彩りをケが引き取り、手繰りよせてはひとつひとつ丁寧に仕舞っていく。

もう少しだけ名残(なごり)惜しんでいたい夜に差し色をするように。

海人(かいと)がどこからか仕入れてきた手持ち花火を抱えて、俺たちは隣の公園へと移った。

ぱらぱらとまばらになっていく人影のなか。

ろうそくに火を点け、バケツに水を張り、万華鏡みたいにくるくる踊る。

夕湖は俺に向かって必死にLOVEの文字を書き、七瀬と陽は両手に何本も持ってやんやと駆け回り、優空と明日姉はふたりしゃがんで行儀よく火花を眺めていた。

ふと見上げた空に、大粒の涙をくり抜いたような月が白々と浮かんでいる。

じっ、じじっ、また来年とセミが鳴き。

ちりりりちるる、今年もよろしくと秋が呼ぶ。

そのうち花火のファミリーパックがすかすかになって。

みんなで輪になり、きゅぽんとラムネの栓を開けた。

からころ沈んだビー玉が、祭りの結びを映して転がる。

きっと、こんなふうに。

誰かの胸のなかにいる誰かも、またその誰かが見つめる誰かも。

たゆたう泡沫のなかで揺り、揺られ。

心寄せた人の横顔を、瞳の奥に閉じ込めているんだろう。

最後にひとり一本の線香花火を手に取って、せーので火を点ける。

まるで送り火のように。

ぱちぱち、ぱちぱちと、俺たちの夏が終わっていく。

「また、来年」

誰かがそっとつぶやいて。

――頷（うなず）くように、線香花火がぽとりと落ちた。

エピローグ　あなたのフツウ

トクベツになりたいと思ってた。
トクベツになれないとわかってた。

胸の奥につっかえていた違和感の、答えはあっけないほどにシンプルで。
特別扱いされることをあんなに嫌がってたくせに。
特別扱いされなかったことがあんなにうれしかったくせに。
いつのまにか私はあなたを特別扱いして特別扱いされたいと望んでしまっていたから。
ずっとその心に触れさせてはもらえなかった。

ねえ、本当は。

私の瞳(ひとみ)に、毎日あなたを映していられたらな。
私の隣を、あなたの特等席として空けていられたらな。

願いなんてたったそれだけでよかったの。

失くして空っぽになったあとにやっと転がり落ちてきた、まあるい私の恋心。

宝物みたいに大事にされなくていい。

帰り道を並んで歩けたら、寄り道でおしゃべりできたら。

あなたの名前を呼んであなたに名前を呼んでもらえたらそれでいい。

欲しかったものは全部、とっくに手のひらのなかにあって。

私がなりたかったトクベツは、ぜんぜん特別なんかじゃなかったから。


だからそれに気づかせてくれた親友の女の子みたいに。


大好きな人が、私の一番が。

頑張ってるときはそっと背中を支えて、うつむいているときはやさしく背中を撫(な)でて。

涙で頰(ほお)を濡らしているときは話を聞いて、間違いそうなときはちゃんと叱(しか)ってあげて。

それからひとりぼっちでひざを抱えている真っ暗な夜は、手を握って離さないで。

隣で見つめながら、月はここにあるよって映し出せるように。


——私はただ、あなたのフツウ(当たり前)になれたらな。

エピローグ　あなたの特別

一歩下がって慎ましく。
半歩寄り添い身を尽くし。

普通にそばにいられたらと誓った夜に、嘘(うそ)はなかったはずなのに。

いまのあなたには私しかいないと実感したとき。
初めてあなたの涙を見たとき。
あなたの寝顔をひとりじめしたとき。
すぐにあなたをひとりじめできなくなったとき。

——隣(こころ)にいるのは、私でありたい。

切ないほどに、そう願ってしまった。
思えば夕暮れの教室であのドアをくぐったとき。

迷わずあなたを選んで追いかけた瞬間から、きっと。
ふたがはずれて転がりはじめた恋心に、もう一度栓をすることなんてできなくて。

ねえ、お母さん。
許すわけじゃないけど、認めるわけじゃないけど、同じじゃないけど。
なにか譲れない一番があったってことだけは、ほんの少しわかったよ。
普通じゃ嫌だって、手を伸ばしたくなるその気持ちも。

だからきっかけをくれた親友の女の子みたいに。

いつかこの胸に閉じ込めていたありったけの想いであなたと向き合いたい。
自分だけを見つめてもらえるように。
ずっと心のなかにいられるように。
繋(つな)いだ手を離す日がこないように。
月が見えない夜は、やさしく抱きしめてあげられるように。

——あなたの特別になれるなら、私は、そういうのがいい。

あとがき

今回は言うほどお久しぶりじゃないことを切に褒(ほ)めてほしい裕夢(ひろむ)です。

四月に五巻が発売してから中四か月での六巻発売、なんとかやり遂げました。とある一文、下手したらたった一言が気に入らないだけで丸一日悩んだりする僕は作家として筆が早いほうではないので、これほど短い期間で書き上げたのは二巻以来です。しかも二巻の本編は三五九ページだったから、今回ほぼ二五〇ページ増えてるのに!!　えらい!!　おかげで初稿が完成するまでの二か月弱は、誇張抜きで明け方まで原稿と向き合ってた記憶しかない（落涙）。

——この一冊を、どうしても八月に出したいと思っていました。

理由のひとつは五巻のあとがきで触れたとおり。あの引きで半年とか待たせられないなと。

もうひとつは、〝夏の終わりに夏の終わりの物語を読んでほしかった〟からです。

シリーズを続けていると、作中季節と発売時期というのはなかなか一致しません。

前々から本当は夏の話を夏に、冬の話を冬に出せたら一番だと考えていたので、今回は絶好の機会だからと頑張ってみました。

発売日付近でお手にとってくださった方はぜひ、窓の外の空気を感じながら、少しずつ暮れるのが早くなっていく空を眺めながら、ひぐらしの声に耳を傾けながら、そして祭り囃子(ばやし)や花火の余韻に浸りながら、朔たちの夏に想いを馳せていただけたら幸いです。

さて、この六巻をもってひとまずチラムネというシリーズ前半の結びとなります。

一巻の発売から二年と二か月。有り体ですけれど長かったような一瞬で過ぎ去ったような、何巻で終わりと明確に決めていなくても「折り返しかー」という不思議な感慨がありますね。

なにはともあれ、魂（寿命かもしれない）を削りながら、その都度ありったけを捧げてここまでがむしゃらに走り続けてきたので、次は少しゆっくり時間をかけて、あんまりひりひりしない六・五巻を書こうかと思っています。とはいえ、もちろん一冊として出す以上、読まなくてもいい内容にするつもりはないのでご安心を。寄り道回り道して気力体力を充実させながら、シリーズ前半以上に満足してもらえるよう後半の構想を練っていきますので、しばしお待ちくださいませ（べつに執筆活動休止みたいに大げさな話じゃないですよ、念のため）。

というわけで謝辞に移ります。raemzさん、今回のカバーイラストはいつも以上に僕と担当編集氏からのお願いが多かったと思いますが、結果として想像を遙かに上回る完成度となりました、ありがとうございます！　二年の月日が流れても、イラストが届いた瞬間の興奮は色あせることなく冷凍保存されています。編集岩浅さん、成し遂げたいことはまだ星の数ほどあります。現状に足踏みすることなく、月に手を伸ばしていきましょう（星か月かどっちゃねん）。

そのほか、宣伝、校閲など、チラムネに関わってくださったすべての方々、なによりついてきてくれた読者のみなさまに心から感謝を。どうかこれからも手を繋いだままで……。

裕夢

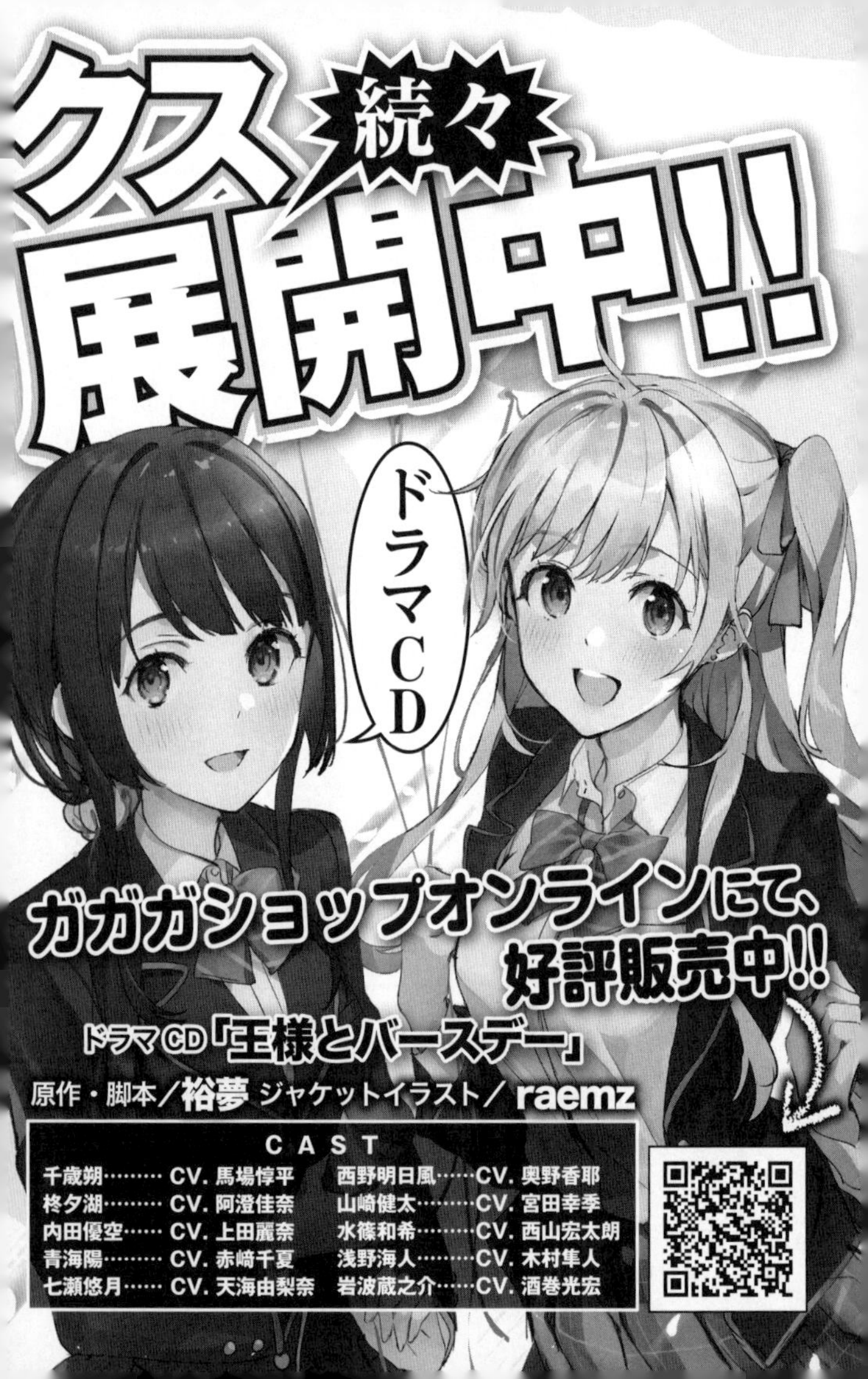

クス、
続々
展開中!!
ドラマCD
ガガガショップオンラインにて、
好評販売中!!
ドラマCD「王様とバースデー」
原作・脚本／裕夢 ジャケットイラスト／raemz
CAST
千歳朔……… CV. 馬場惇平
柊夕湖……… CV. 阿澄佳奈
内田優空…… CV. 上田麗奈
青海陽……… CV. 赤﨑千夏
七瀬悠月…… CV. 天海由梨奈
西野明日風……CV. 奥野香耶
山崎健太………CV. 宮田幸季
水篠和希………CV. 西山宏太朗
浅野海人………CV. 木村隼人
岩波蔵之介……CV. 酒巻光宏

メディアミッ
コミカライズ
千歳くんはラムネ瓶のなか
1
コミックス1〜3巻、好評発売中!!
マンガUP!にて、好評連載中!!
(スクウェア・エニックス)
漫画/ボブキャ 原作/裕夢
キャラクター原案/raemz

GAGAGA

ガガガ文庫

千歳くんはラムネ瓶のなか6

裕夢

発行　2021年8月24日　初版第1刷発行

発行人　鳥光 裕

編集人　星野博規

編集　岩浅健太郎

発行所　株式会社小学館
〒101-8001 東京都千代田区一ツ橋2-3-1
[編集]03-3230-9343　[販売]03-5281-3556

カバー印刷　株式会社美松堂

印刷・製本　図書印刷株式会社

Printed in Japan　ISBN978-4-09-453022-3